凯旋旗
中共江汉区委

赶考

2020

王跃春－主编
余　玮－执行主编
华　南　陈　晰－副主编

红旗出版社

序　大考中的中华儿女最美

王跃春

有一句话深刻有理，叫作“信心是命运的主宰”。

新型冠状病毒肆虐已将近三个月。2020 年春节前夕，随着大武汉封城的到来，千百年来繁盛的武昌、汉口、汉阳三镇几乎归入寂静，唯有滚滚汉江、长江之水奔流不息，彰显着疫区万众不平静的内心和不认输的斗志。

2020 年 3 月 10 日，习近平总书记亲赴武汉，带去了党中央和全国人民对武汉和湖北人民的敬意和祝福。在与大家座谈时，习近平总书记充满深情地说：“尽管武汉的疫情形势逐步向好，但总体上看还没有到可以松口气的时候。这是一场人民战争，需要全体人民坚定信心、同舟共济。坚持就是胜利。”

坚定信心，成为摆在全体中国人民面前的一道重要考题。《寂静的春天》作者蕾切尔·卡森曾经说过，地球上生命的历史一直是生物及其周围环境互相作用的历史。著名心理学家荣格说：“世界历史上那些重大事件，其实并不重要。最重要的事情是个体的生活，他们创造着真正的历史。只有这时，伟大的转变才得以发轫，无数个体的涓涓细流汇成洪流沧海，从而造就历史和未来。”由此我们奉献了这本《赶考 2020》，专门记录在这场波澜壮阔的抗击新冠肺炎疫情的人民战争中一个个生动而又具体的人，以及他们背后生动而真切的故事与思考。

幽灵一般的病毒横冲直撞，速度之快，波及之广，破坏之烈，影响之深，让武汉猝不及防，让湖北疲于应对，让中国全民动员。毫无疑问，这是一场复杂严酷的考试，大考武汉，大考湖北，大考中国！细读《赶考 2020》的读者能深切感受到，这堪称一场突如其来而又旷日持久的考试，那一张张悲壮、英勇、豪迈、凝重、淡定、刚毅、从容、善良、灿烂的面孔定格在九省通衢的鄂汉大地，定格在华夏九州。

唯大英雄真本色。钟南山来了。“非典”肆虐的时候，这位 67 岁的呼吸病专家就曾说过：把重病人都送到我这里来！而今，84 岁的他一边告诉公众，尽量不要去武汉，一边自己登上奔赴武汉的高铁，再次挂帅出征。“病人的生命重于一切，医院是战场，作为战士，我们不冲上去，谁上去？！”在这本书里，我们可以亲眼见证！

忘已之为大，无私之谓公。73 岁的李兰娟院士来了。她表示，这次去打算长期奋斗，自己也没有考虑什么时候回来。除夕的晚上，她在机场吃了一碗饺子便继续赶路……“至于到了武汉以后去哪个医院？听从安排。但我自己希望到金银潭医院。”在武汉，她对疫情作出了预判，尤其是提出武汉要采取“不进不出”的措施。在这本书里，我们可以看到她对公众有关疫情关切的回应及对武汉封城的研判细节。

科技传递的是文明与智慧。少将女院士陈薇来了。这位军事医学科学院生物工程研究所所长从进入疫区的那一刻起，就开启了“忙到起飞”的模式。她常年与鼠疫、炭疽、埃博拉病毒打交道，大敌当前，她表示自己有责任投身其中，去研发保卫国家和庇佑人民的“生物盾牌”。

在这本书里，我们可以看到一位军人和科研工作者的使命与担当。

面对大考，我们看到无数平凡却挺身而出的中华儿女的身影，其中就有一批批“90后”甚至“00后”昂扬地走上考场。在这本书里，我们可以看到那一张张青春飞扬的面庞在验证着那句话：那种吃苦也像享乐的岁月，便叫青春。

在历史长河中，中华民族从来没有被击垮，反而越挫越勇，千百年来形成了“千磨万击还坚劲，任尔东西南北风”的勇气和信心。《赶考2020》告诉我们，疫情当前，我们的信心来自自强不息的底气，来自政令畅通的举国体制，当然也来自国家雄厚的经济基础，还来自万众一心的钢铁意志，来自不盲目乐观的清醒和冷静。

疫情袭来，医务人员，解放军指战员，科技人员，社区工作者，公安干警，基层干部，下沉干部，志愿者，加班加点的防疫物资生产者，物资、善款的捐赠者无时无刻不在书写一个个“一方有难，八方支援”和万众一心、众志成城的精彩篇章，既催人泪下，更催人奋进。

此时此刻，病毒并没有收敛，大考还在进行。考试就是考验，核心考题考的是当今中国人对这块土地、这个民族和这个国家乃至这个世界的态度。《赶考2020》是我们“中华儿女”人在新闻“战疫”一级响应启动后，以笔为戈，以纸为盾，用自己的方式讲述中华儿女抗疫的故事，传递感动与力量。翻开《赶考2020》，就会发现大考中最美的中华儿女、最美的中国不在远方，就在我们身边，就在这本书的点点滴滴中！

2020年3月

contents 目录

一 · 大家亮剑

再出征的“80后”钟南山

冲在抗疫前线的李兰娟院士

铸造“生物盾牌”的巾帼将军陈薇

2003年，“非典”肆虐，时年67岁的他说：“把重病人都送到我这里来！”2020年，新冠肺炎疫情暴发，84岁的他一边告诉公众“尽量不要去武汉”，一边登上奔赴武汉的高铁，再次挂帅出征。

再出征的“80后”钟南山

张惠清

新年伊始，新型冠状病毒（COVID-19）感染的肺炎疫情防控工作牵动举国上下之心。

生命重于泰山。疫情就是命令，防控就是责任。疫情发生后，党中央、国务院高度重视。全党全军全国人民认真贯彻落实习近平总书记重要指示精神，“把疫情防控工作作为当前最重要的工作来抓”。全国范围紧急开展疫情防控与医疗支援，各地驰援武汉的医务工作者正在全力投入这场没有硝烟的战役之中。

国有难，召必应。时隔17年后，中国工程院院士、著名呼吸病专家钟南山，又一次出现在大众视野中。

2003年，“非典”肆虐，时年67岁的他说：“把重病人都送到我这里来！”

2020年，新冠肺炎疫情暴发，84岁的他一边告诉公众“尽量不要去武汉”，一边登上奔赴武汉的高铁，再次挂帅出征。

他以院士的专业、战士的勇猛、国士的担当，给予人们战胜疫情的无限信心和力量。

向“疫场”逆行——万众一心、攻克难关

2020 年 1 月 18 日，距离庚子新春还有一个星期。突然暴发的新冠肺炎疫情形势严峻复杂，使得这个不同寻常的春节注定在历史长河中令人刻骨铭心。

当天，钟南山在深圳连夜抢救新冠肺炎病人后，乘坐高铁返回广州。他随便吃了几口饭，下午来到广东省卫健委的会议现场。

会议尚未结束，钟南山便通知助手帮他收拾行囊，即刻奔赴武汉。当天的航班已经买不到机票，他和助手会合后，挤上一列傍晚 5 点多开往武汉的高铁。

正值春运高峰期，临时上车的他只能被安顿在餐车的一角。刚落座不久，他立刻拿出疫情的相关文件进行研究。忙碌一会儿后，连日奔波的他仰倒在座位上，闭目凝思。

当晚 11 点抵达武汉，钟南山立即认真听取了武汉方面的疫情介绍，次日一早便前往武汉金银潭医院和武汉疾控中心了解情况。自此之后，从广州到武汉再到北京，连续几天，钟南山实地了解疫情、研究防控方案、上新闻发布会、连线媒体直播、解读疫情最新情况……工作和行程安排得满满当当。他的面孔和声音，也开始接连在荧幕中出现，回应社会关切。

他指出新型冠状病毒“肯定的人传人”，存在医务人员感染的风险；

他提醒公众提高防范意识，出门最好佩戴口罩，勤洗手，没有特殊情况不要去武汉；

他认为对感染者进行前端隔离，并严密跟踪密切接触者，是目前防控疫病传播的最好手段；

他告诉我们，有信心不会让“非典”重演……

他针对疫情有关防控情况作出一系列回应，字字千钧，仿佛一剂“定心丸”，迅速安抚了民众恐慌的情绪，更新了人们对疫情的认知，产生了巨大的影响力。网友纷纷热议：“看到钟南山就安心了”“总有敢担责任，负重前行的人出现”“钟老，民族的脊梁，武汉加油！”……

然而，老人一边告诫着民众“不要出行”，自己却义无反顾地深入疫情第一线。在参加各种会议、连线媒体、研究疫情之余，他还会到广州医科大学附属第一医院，听取专家组汇报省内重症患者的病情，并逐一打电话询问治疗情况，给予临床指导意见。1 月 29 日，由钟南山担任组长的广东省新冠肺炎重症病例会诊专家组对广东省 5 例危重症患者

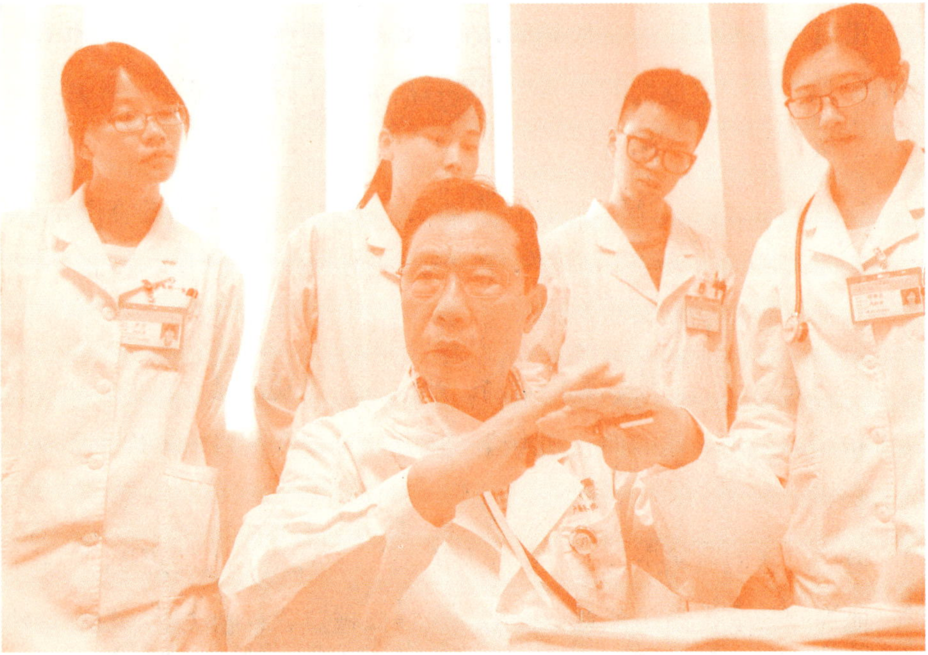

黄鹤望霾悲切切，南山出战铁骨铮铮。图为钟南山在为患者分析病情（邓华 / 摄）

进行首次远程会诊。这次会诊，持续 4 个多小时。

1 月 30 日，由于临时接到北京通知，钟南山一大早要赶至机场，他不得不把原本与世界上知名的“病毒猎手”、美国教授维尔特・伊恩・利普金的约见提前至 6 时，地点则改为在广州白云国际机场，他们就新冠肺炎疫情进行探讨。

之后，钟南山立刻奔赴北京中国疾控中心参加座谈会。当日，国务院总理李克强在会议上将就进一步加强科学防控疫情听取专家意见。

会议开始前，李克强说，本该与大家握手的，但按你们现在的规矩，握手就改拱手了。会议结束后，李克强与专家们告别时，特意对钟南山说：“还是握一次手吧！”

尽管一直都在马不停歇地工作、赶路、交流，但即使上了飞机，钟南山依旧在坚持工作，研究危重病人的治疗方案，并认真作记录。

如此奔波忙碌，眼睛里布满血丝的钟南山让夫人李少芬看在眼里、疼在心里。“你们能不能让他多睡一会？”然而，与丈夫相伴半个多世纪的她，了解丈夫的脾气：“劝是劝不住的，因为他太在乎自己的病人了。”

“劲头上来了，很多东西都能解决。大家全国帮忙，武汉是能够过关的。武汉本来就是一个很英雄的城市。”在 2020 年 1 月底接受新华社采访时，这位鞠躬尽瘁的老人一度哽咽，眼含泪光。

钟南山指出，17 年前的“非典”持续了近 6 个月的时间，如今我们的国家在重大传染病防控方面已经有了长足的进步，我们有信心更加有效地控制此次 COVID-19 肺炎疫情，尽快恢复正常社会秩序。这需要我们一线医务人员的努力，需要我们科研工作者的努力，需要我们患者的努力，需要我们全国人民的努力，同时需要各国一起加强合作、携手应对，万众一心、攻克难关。

抗“非典”英雄——“把重病人都送到我这里来！”

关键时刻再次挺身而出的钟南山，勾起了人们对这位当年敢讲真话、抗击“非典”英雄的集体回忆。

2003年春节刚过，南国广东乍暖还寒，一种人类从没有见过的新型冠状病毒悄然肆虐。这场突如其来的灾难，让所有的人猝不及防，也把67岁的钟南山推到了一场大战的最前线。

那一年的1月22日，钟南山与专家们共同起草《省专家组关于中山市不明原因肺炎调查报告》，首次将这一怪病命名为“非典型肺炎”。随后，钟南山被任命为广东省“非典”医疗救护专家指导小组组长。

2020年1月21日，国家卫健委高级别专家组组长、国家呼吸系统疾病临床医学研究中心主任钟南山院士（中）在新闻发布会上介绍新冠肺炎疫情情况（黄国保/摄）

“非典”暴发之初，整个广州城人心惶惶。钟南山以科学家的远见卓识郑重宣称：“非典型肺炎并非不治之症，而是‘可防、可控、可治’”，“绝大部分病人是可以治愈的。”他以学术泰斗的专业权威和从容笃定的自信，赢得了人们的信赖。

2月上旬，“非典”疫情愈演愈烈，大批医护人员纷纷倒下，人人谈“非典”色变，唯恐避之不及。而此时的钟南山却作出了一个让人吃惊的决定，他代表广州医科大学附属第一医院呼吸疾病研究所，向广东省卫生厅慷慨请缨，“请把重病人都送到我这里来”！

这无异于“向我开炮”的请求，让许多人感到震惊。钟南山态度很明确：“病人的生命重于一切。医院是战场，作为战士，我们不冲上去，谁上去？”钟南山的名字以及他所代表的精神，从那一刻起，成了全国抗击“非典”斗争中一面飘扬的旗帜。在他的精神感召下，广大医护人员上下齐心，拧成一股绳，为抗击“非典”斗争作出了巨大贡献。

2月18日下午6时，整整38小时没有合过眼的钟南山，在检查完病房走出来时，突然一阵天旋地转，一向以身体强健为自豪的他终于因过度劳累导致左上肺发炎病倒。为了避免影响士气，他选择自己在家治疗，没地方挂吊瓶，就在门框上钉了一根钉子，至今没拔掉。

经过夜以继日、呕心沥血的反复观察，反复试验，以钟南山为首的攻关小组终于在2003年3月初取得突破性进展，形成了“三早”（早发现、早诊断、早隔离）以及“三合理”（合理使用皮质激素、合理使用无创通气、合理防治继发感染）的防治措施，成为我国“非典”诊治指南的基础，使广东省“非典”病死率全球最低（3.8%）、我国“非典”的总体病死率位于国际上较低水平（6.6%）。后来，他们的治疗方法也得到了世界卫生组织的认可，被誉为“世界独一无二”的治疗原则。

在抗击“非典”的战场上，钟南山始终保持着科学的理性和清醒。

实事求是、注重科学、坚持真理、敢于讲真话是他的一贯风格。而面对权威，他也敢于发出不同声音。

2003 年 2 月 18 日，北京国家疾病预防控制中心传来消息，在来自广东的死亡病例肺组织标本切片里，发现了典型的衣原体。当天下午，广东省卫生厅召开紧急会议，对这一报告进行讨论。轮到钟南山发言时，他却沉默着摇头。他不同意这一方案，认为“非典”致病的根本原因不是衣原体，而是一种病毒。经过一番有理有据的论证，会议最终采纳了钟南山的意见。

一场学术领域论争之下，是万千生命的生死。面对个人荣辱得失，钟南山选择力排众议，坚守科学家的良知。他以科学的精神，争得一个“真相”。会议结束后，有朋友悄悄问他：“与官方意见不同，你就不怕判断失误吗？有一点点不妥，都会影响你院士的声誉。”而钟南山却反驳道：“科学只能实事求是，不能明哲保身，否则受害的将是患者！”

两个月后，在北京召开的关于“非典”的新闻发布会上，当记者问到“是不是疫情已经得到控制”时，钟南山再次语惊四座：“现在病原不知道，怎么预防不清楚，怎么治疗也还没有很好的办法，病情还在传染，怎么能说是控制了？我们顶多叫遏制，不叫控制！连医护人员的防护都还没有到位。”此话一出，现场哗然，人们也开始认识到疫情的严重程度。

很少有人知道，在发布会前一天，钟南山曾回乡祭祖，在父亲的坟前沉默许久，最终决定在第二天的发布会上，向公众说出肺腑之言。而他的话，在当时就像黑夜里点燃的火把，照出一道亮光，炸开了方向。

2003 年，在中山纪念堂举行的一次会议上，时任广东省委书记张德江满怀感情，如此评价了钟南山：“如果抗击‘非典’没有钟南山院士，结果可能就不会是这样。”

直到多年以后，每当人们再谈论抗击“非典”的重大战役时，钟南山仍是一个绕不过去的人物。在严峻考验面前，他一次次挺身而出，以医者的妙手仁心挽救生命，以实事求是的态度捍卫了科学和真理的尊严，完美地诠释了一代医者的崇高风尚。

作为抗“非典”英雄，钟南山感动了整个中国。

践行初心——“科研既要顶天，也要立地”

钟南山，福建厦门人，1936 年 10 月出生在南京。因为出生医院在钟山以南，父亲钟世藩为他取名“南山”。

钟南山出身医学世家。他的父亲钟世藩是儿科专家，在 70 岁高龄和身体多病、眼睛几乎失明的情况下编写了儿科著作《儿科疾病鉴别诊断》。母亲廖月琴曾担任广州肿瘤医院副院长，是护理学专家。在家庭的耳濡目染中，他从小对于“治病救人、救死扶伤”有着坚定的愿望，这也是他多年来行走在医学道路上的初心。

1955 年，19 岁的钟南山以优异成绩考入北京医学院（现北京大学医学部）医疗系，实现了从医理想的第一步。毕业后，他曾留校担任辅导员、校报编辑，从事过放射医学教学。就在风华正茂的钟南山打算干出一番事业的时候，一场突如其来的政治风波，让他暂停了对医学追求的步伐。

“文化大革命”期间，由于父母的身份问题，钟南山被打成“反动学术权威的后代”。在那段特殊的岁月里，他上过山，下过乡，当过工人，还当过文艺宣传队队员。直到 1971 年，钟南山才迎来转机。那一年，他离开北京回到广州，进入广州第四人民医院急诊科工作。

医学是一门看重经验的学科，除了大学期间的学习，钟南山在这个领域可谓毫无优势，事业也遇到了瓶颈。他至今都记得，刚从北京回到家的一段时间，父亲望向他的眼神中，总是充满难解的忧虑。直到有一天，父亲问他：“南山，你多大了？”

他回答道：“35 了。”

父亲淡淡地说了一句：“都 35 岁了，真可怕。”

父亲轻飘飘的一句话，却重重地砸在了钟南山的心头。“父亲 32 岁就已经是一名非常优秀的大夫了。而我已经 35 岁了，和一个优秀的医生来比较，我真的差得太远了。”父亲的这句话，对钟南山来说是一种鞭策，重新唤起了他对工作更强烈的追求。

他废寝忘食、刻苦钻研，不断完善自己的医学知识。在短短 8 个月的时间内，他写下了 4 大本医疗工作笔记，体重掉了整整 12 公斤。据当时他的同事后来回忆：原先圆头满腮、双目炯炯发光、笑口常开的一个小伙子，变得高颧深目、面容严肃，走路也在思考问题。

这样的付出，也换来了蜕变——钟南山渐渐在临床工作中有了建树，并成为医院呼吸科负责人。

1979 年，钟南山考取公派留学资格，前往英国爱丁堡大学进修。但在当时，英国法律并不承认中国医生的资格，中国医生不能单独为病人看病，更谈不上治疗。在英国人眼中，当时的中国太落后了。他的英国导师弗兰里教授甚至告诉他：“你的留学时间 8 个月就可以了，根本不需要两年。”那天晚上，钟南山彻夜难眠，心想，为了祖国，也一定要争口气。

后来，在英国的两年时间，钟南山拼命工作，先后取得了 6 项重要成果，完成了 7 篇学术论文，其中有 4 篇分别在英国医学研究学会、麻醉学会和糖尿病学会上发表。他的勤奋和才干，彻底改变了外国同行对中国医生的看法，也赢得了他们的尊重和信任。当他完成两年的学习后，爱丁堡大学和导师弗兰里教授，一再盛情挽留他。

但钟南山回国决心已定，他说："是祖国送我来的，祖国正需要我，我的事业在中国！"

回国之后，钟南山的医学事业开始飞速发展：1980 年，被授予首批国家级有突破贡献专家称号；1995 年，获全国"五一"劳动奖章；1996 年，成为中国工程院院士；2003 年，在抗击"非典"中作出突出贡献……

数十载风雨兼程，钟南山始终坚守初心，奋战在抗击疫情第一线。他说："科研既要顶天，也要立地。'顶天'就是抓住国际前沿、国家急需项目，'立地'就是要解决老百姓的实际问题。顶天的研究不能立地，不能缓解患者的痛苦，意义就会打折扣。"

"非典"过后，钟南山依旧致力于呼吸系统疾病领域，他主动承担起突发公共卫生事件代言人的角色，在雾霾治理、室内空气污染、甲型流感防控等公共卫生事件中敢于发声、传递真知。他带领团队探索建立符合中国国情的呼吸道重大传染病防控体系，建立了国际先进的新发特发呼吸道重大传染病"防—治—控"医疗周期链式管理体系，对圆满处置 H5N1、H1N1、H7N9、H5N6、MERS 流感等突发疫情发挥了积极作用。他所做的一切，正如他所说，"在我们这个岗位上，做好防治疾病的工作，就是最大的政治"。

再攀医学高峰——"假如所有人都有这么一颗恒心，都有一个追求，然后努力朝前走，就会有很大的收获"

曾经有人问钟南山："和疫情对抗这么多年，没怕过吗？"

钟南山幽默地回答："我不是不怕死，只是仗着自己身体好。"

此言非虚。84 岁的钟南山至今仍是一名“运动达人”，目光如炬，身姿挺拔。年轻时，他便酷爱运动。在 1959 年中国第一届全运会上，当时还是北京医学院学生的他便“轻松”拿到了全国 400 米的中栏冠军，甚至打破了全国纪录。

即便如今进入耄耋之年，他仍旧坚持每天快走或者跑步 20—25 分钟。如果时间宽裕，他会来到离家近的公园里跑跑步，如果时间紧，那也一定要在家里的跑步机上出出汗。

在钟南山简朴而整洁的家中，摆放着跑步机、扩胸器、哑铃等运动器材。为了加强肌肉训练，他甚至在卧室的墙壁之间安装了一个单杠，平时做做引体向上。坊间有个趣闻：曾经有年轻记者采访钟南山，结果两人在上楼梯的过程中，记者还跟不上院士的步伐。

对体育运动的酷爱，也成全了钟南山一段美好的姻缘。钟南山的妻子李少芬是首届中国女篮的主力队员，电影《女篮五号》的原型就取材于她和队友们的故事。婚后，两人育有一子一女。儿子钟帷德如今是著名泌尿外科专家、广州市第一人民医院教授、博士生导师，医院篮球队主力。女儿钟帷月是 20 世纪 90 年代国内优秀的游泳运动员，曾获得过世界短池锦标赛 100 米蝶泳冠军。

体育精神是这个温馨家庭的共同语言。但除此之外，钟南山也十分注重对家风的传承。“钟家的优良传统，第一就是要永远有执着的追求，第二办事要严谨要实在。”对于名利和金钱，他更是看得淡泊。“我们家说来说去，都是讲医疗，都是讲学术上的追求，但从来不讲钱有多少，从来没有，所以到现在我自己的工资是多少，我都不知道，这个习惯一直到现在。”

而有时，钟南山也不得不承认自己的确老了。

2003 年“非典”之后，钟南山的身体逐渐开始出现问题。2004 年，他患心肌梗塞，通过手术，在心脏里安装了支架。2007 年，他的心脏再次出现问题，心房纤颤让他不得不告别心爱的篮球运动。2009 年，他患甲状腺炎，两个月的时间瘦了 10 斤。随后鼻子出现问题，又做了鼻窦手术。

但即便如此，在新冠肺炎疫情暴发之前，年过八旬的他仍旧坚持每周四下午坐诊，一直没有改变。如无特殊情况，他会下午两点半准时出现在广州医科大学附属第一医院门诊 3 楼 1 号诊室，问诊全国各地慕名而来的患者。据报道称，现在病人平均要等 3 到 6 个月，最忙时，约他看病的人甚至排到两年后。但不论多忙，钟南山心怀病人的医者仁心从未改变。他对“医生”的理解是，看有病的病人，而不是看病人的病。落脚点，在于“人”。

同样没有改变的，是这位医学权威“敢说真话”的风格。作为全国人大代表，2013 年全国“两会”上，他直言“雾霾与肺癌有极大的关系”；2015 年，他又痛批一些公立医院的医生不讲医德、违规使用心脏支架创收的行为。

而这种敢说真话的风格，也正是新冠肺炎疫情中人们格外信任他的原因所在。和现实中抗击新冠肺炎疫情的风尘仆仆相映衬，钟南山现在在网络世界里也很忙，他的名字反复出现在各种“提醒”“呼吁”中，大到“目前不要出行”，小到摘口罩的方式，他一言、看他一行，备受信赖。这段时间，微博上还出现一个话题，叫作“火神山雷神山钟南山”，阅读量目前已超过 1.4 亿次。所谓“三山齐聚克难关”，是人们内心里寄托着的一种朴素又真挚的期待。

至今，钟南山也不曾忘记父亲的教诲：“一个人要在这个世界上，留下一点东西，那么他这辈子就算没白活了。”

在一次访谈节目中，他曾对着镜头回应已逝的父亲：“现在我已经

80 多岁了，我已经慢慢懂得了，你的愿望我初步实现了，但我还不会满足。”

秉虔诚之心，继续攀登一座座医学高峰。如同钟南山多年前曾说的：“我会一直往前走，假如所有人都有一颗恒心，都有一个追求，然后努力朝前走，就会有很大的收获。每个人都能这样，不枉过这一生，这个社会就会进步很快，国家也会进步很快。”

她主持的“以防控人感染H7N9禽流感为代表的新发传染病防治体系重大创新和技术突破”项目曾获国家科学技术进步奖特等奖。武汉新冠肺炎疫情发生时，她主动请缨。

冲在抗疫前线的李兰娟院士

徐忠友

提到传染病，人们心里也许都会有点紧张。多年来，我国曾出现过脑膜炎、甲型肝炎、“非典”、禽流感等一些传染病的疫情。因为人一旦给传染上了这些病毒，轻则身体不适，需要服药打针，重则住院或动手术，甚至有生命危险。十二届全国政协委员、中国工程院院士、著名传染病防治专家李兰娟是位经常与传染病打交道，并且通过自己的精湛医术挽救感染患者生命的著名专家。

建议武汉必须实行全城隔离

2020 年春节前夕，武汉市新冠肺炎疫情引起了党中央、国务院及世界卫生组织的关注，于是国家卫健委组成了钟南山、李兰娟等 6 名成员的高级别专家组。73 岁的李兰娟院士与 17 年前抗击“非典”一样，冲在了防控武汉疫情的第一线。

2020 年 1 月 30 日，李兰娟院士强调：对传染病思想上永远不能松懈（黄宗治 / 摄）

2020 年 1 月 18 日，李兰娟等国家卫健委高级别专家组成员受国务院、国家卫健委委托来到武汉后，顾不上年纪大和一路舟车劳顿，及时听取了武汉市新型冠状病毒感染情况的汇报，并到武汉市收治新型冠状病毒感染者最多的金银潭医院和华南海鲜市场实地调研。在武汉，李兰娟作为国家级专家提出了对疫情的预判，尤其是武汉要采取“不进不出”措施、新型冠状病毒感染要作为乙类传染病甲类管理等重要建议。

1 月 20 日上午，李克强总理主持召开国务院常务会议，李兰娟列席了会议。会上，李兰娟就加强疫情防控与救治等提出具体建议。1 月 22 日，为了防止武汉新冠肺炎向外输出，建议武汉必须实行全城隔离。这个建议很快被国务院采纳，对防控疫情扩大作出了重要贡献。

1 月 22 日凌晨，李兰娟从北京飞回杭州后，立即率领团队开始在杭州国家重点实验室分离新型冠状病毒的毒株，以便及时研制防病疫苗。经过夜以继日的工作，一个多星期后，李兰娟领导的杭州国家重点实验室分离出了 3 株（30 日增加到 8 株）新型冠状病毒的毒株，这意味着我国离拥有防治新型冠状病毒的疫苗又近了一步。

1 月 24 日是农历除夕，李兰娟再飞北京，参加科技部关于武汉新冠肺炎疫情科研部署的紧急会议。当晚她在首都机场吃了一碗饺子算是年夜饭，然后深夜才回到杭州。

回应公众对疫情的关切

1 月 28 日晚上，中央广播电视总台新闻频道《新闻 1+1》节目主持人白岩松连线国家卫健委高级别专家组成员李兰娟，对公众关心的疫情问题进行解读。

白岩松问李兰娟：还要多久能出疫苗？

李兰娟答道：我们团队已分离出多株病毒毒株，这就意味着我们已经拥有了疫苗的种子株。通过疫苗株以后，我们就可以制备疫苗。制备疫苗要有个过程，拿到疫苗株需要一个半月，之后还需要一个半月的审批过程。

白岩松又问：1 月 27 日一天新增病例 1700 多例，你如何判断这个数字，是否靠近的疫情的峰值？

李兰娟回答：这样增加在我们的预计中，前段时间从武汉输出到各个省，通过二代甚至三代的传播，已经在潜伏期的这些感染者都应该发病了，所以现在应该是一个发病的高峰期。我们国家采取了严格的防控措施，比如封城，减少了大批的感染者流向全国，封城前的全国各地武汉人和武汉本地人，他们的潜伏期现在已经到达了发病期，所以现在应该是一个高峰期，所以增加一点不奇怪。

白岩松接着问：峰值会持续多久？离衰减还有多久？

李兰娟回答：这个我们也在不断地预测。关键是，我们对于已经感染的人是否全部隔离了，对隐性感染的人是否全部找到了，如果已经全部找到，感染的人也就全部隔离了，通过 14 天潜伏期或隔离期后，新发感染率会慢慢往下降。但担心的是，有的地方如果隔离不严格，或对传染源没有全部找出来，就会使得病人不能一下子控下来，所以严格查出感染者，严格隔离是非常重要的。

白岩松说：今天（1 月 28 日）公布的数字，大家能看到疑似的病例接近 7000 例，但是进行医学观察的还超过 4 万，它是怎样的一种转化？如果疑似病历不说 45%，40% 的转化的话，那未来也会增加很多的确诊病例呀。

李兰娟回答：疑似病例既然已经报告了，那这些人都已经隔离了。这当中肯定有一部分要转化为确诊病例，这个是我们预期当中的，并不可怕。最怕就是还不知道的隐性感染者。

白岩松问：飞沫传染，鼻子挡住了，手的问题呢？亦可通过接触传播，是否意味着我们要戴上手套，或者改变自己的动作？

李兰娟答道：除了呼吸道传播，病毒还可以通过接触传播，呼吸道飞沫出来污染了周围环境。所以我们提倡要勤洗手，很重要，切断传播途径。规避飞沫和可能接触传播，让大家更加重视，加强洗手，改善卫生习惯，会让预防工作做得更好。

白岩松追问：要戴手套吗？

李兰娟回答：在医院，医务人员接触患者或者污染物质戴手套，外环境污染物是有限的。

白岩松问：近期出现没有症状的患者或者传染者，家人却传染了，提醒我们要关注什么？

李兰娟回答：我们现在最需要关注这些人，没有接触疫区来的人，但可能无形中接触过了一些人，给我们预防带来难度。现在我们可利用大数据来排除。

白岩松又问：假期还剩5天。这是最好的时间，怎么去利用这5天？

李兰娟回答：很宝贵。一方面大家要好好休息，同时大家可以做好工作的准备，也是为防控大局共同出力。

白岩松最后问李兰娟：你现在作为专家，给政府的建议还能做什么，有没有更严厉的措施可以实施？

李兰娟回答：政府对传染源的发现，对传染病的控制是非常重要的。国家短期内对武汉实施了封城，也做了乙类传染病甲类管理，这一系列措施是非常正确的。对患病人员坚决隔离是非常重要的，这一次我还是强调一定要这样做。

李兰娟与白岩松的电话连线，解答了许多人悬在心中的许多问题，起到了疫情正确防控、减少人们的恐慌和稳定人心的重要作用。

请缨率队出征武汉疫区

2020年2月1日下午，李兰娟带树兰（杭州）医院紧急医疗队驰援武汉。李兰娟说："当前抗新冠病（新冠肺炎）进入关键期，危重症病人抢救关键，浙江在抗击H7N9时，总结了一套经验。这次，浙江的危重症病人救治时，也用上了人工肝技术。浙江的经验应该应用到全国。这次去武汉，我们会把'四扛二平衡'这一套浙江经验带过去，希望武汉的危重症病人得到救治。"

这次是李兰娟看到武汉确诊人数增加，1日上午主动向国家卫健委请示，要求去武汉的。树兰（杭州）医院紧急医疗队出征的医护人员大多于 2 月 1 日中午 12 点多才接到通知，紧急集结了感染科、重症监护室、人工肝等科室的精兵强将。此番出征主要是为了抢救危重病人。李兰娟表示，这次去打算长期奋斗，自己也没有考虑什么时候回来。“至于到了武汉后去哪个医院，听从安排，但我自己希望到金银潭医院。”

出征仪式开始前，众多医护人员在紧张忙碌地准备着带去武汉前线的物资，包括肥皂、拖鞋、润肤露、毛巾、牛奶、方便面等生活用品，以及一些退烧药等常用药品。

据了解，这次随李兰娟出征的医疗队员有：树兰（杭州）医院副院长、医疗（感染）科主任医生汤灵玲，医疗（感染）科副主任、门诊办主任朱梦飞，监护室护士长张园园，人工肝专科护士刘元春等，都是医院的骨干力量。

出征仪式后，李兰娟率领团队一行十多人先前往上海，乘由上海南开往重庆北的 Z256 次列车，于 2 月 2 日凌晨 4：40 到达武昌。稍作休息后，她就和医疗队成员们在武汉大学人民医院开展工作。在这里，院方专门设置了一个新区域开展危急重症救治工作，这也是接下来专家组每天工作的场所。此前，她所领导的浙江团队在危重症病例救治中，摸索出了一套叫作“四抗二平衡”的救治方案；这一方案已经用到浙江对新冠肺炎病例的救治。这次，她也想用“四抗二平衡”的方案，救治武汉的危重病人。

从 2 日下午 3 点开始，李兰娟在湖北省卫生健康委员会通过电视电话会议，与国家卫健委相关部门负责人、专家就修订《新型冠状病毒感染的肺炎诊疗方案》等多项内容进行了 3 个小时左右的研究讨论。根据前段时间防治当中的一些经验以及出现的一些新的问题都进行了整理，用这个方案来更好地指导全国各地包括武汉的救治工作，所以该方案完全是一个诊断和治疗的方案，也称第五版《新型冠状病毒感染的肺炎诊疗方案》。

李兰娟团队在武汉公布了治疗新冠肺炎的最新研究成果。据李兰娟介绍，根据初步测试，在体外细胞实验中显示：一是阿比朵尔在 10—30 微摩尔浓度下，与药物未处理的对照组比较，能有效抑制冠状病毒达到 60 倍，并且显著抑制病毒对细胞的病变效应。二是达芦那韦在 300 微摩尔浓度下，能显著抑制病毒复制，与未用药物处理组比较，抑制效率达 280 倍。她指出：抗艾滋病药物克力芝对治疗新冠肺炎效果不佳，且有毒副作用。她建议将以上两种药物列入国家卫健委《新型冠状病毒感染的肺炎诊疗方案（试行第六版）》。同时，李兰娟团队成员、浙江援鄂重症救治组领队、浙大一院副院长陈作兵提醒，“这两种药为处方药，患者一定要在医生的指导下服用”。陈作兵还介绍，现在这两种药物已经在浙江省新冠肺炎患者中使用，下一步计划用这两种药物替代其他效果欠佳的药物。

摘取国家科技进步奖特等奖

在李兰娟与传染病的作战中，她曾参战抗击“非典”和 H7N9 禽流感这两大战役。

2018 年 1 月 8 日，在北京人民大会堂召开的 2017 年度国家科学技术奖励大会上，李兰娟领衔、并联合中国疾病预防控制中心等 11 家单位共同完成的“以防控人感染 H7N9 禽流感为代表的新发传染病防治体系重大创新和技术突破”项目一举摘取了 2017 国家科学技术进步奖特等奖。

李兰娟团队创造的新发传染病防控体系有以下几个创新突破点：第

一，突破新病原识别难题，创立新发传染病病原早期快速识别技术体系。创建全球最大的传染病监测网和数据库，可在 72 小时内完成 300 余种病原分析，为早期发现新病原、监控病原变异提供关键技术。第二，创立了以分子分型和溯源为特色的新发传染病预测预警技术体系和防控模式，可快速发现传染源，精准防控。第三，创立了从蛋白结构到动物模型，多因素、全角度精确解析新发传染病发病机制研究体系。第四，突破人感染 H7N9 禽流感病毒高病死率的难点，创建早期抗病毒、抗休克、抗低氧血症、抗继发感染和维持水电解质平衡、维持微生态平衡的“四抗二平衡”救治策略，显著降低病死率，救治经验纳入国家和世界卫生组织临床救治指南。第五，创建了新流感疫苗快速研发技术体系和平台。利用反向遗传技术成功研制了我国首个人感染 H7N9 禽流感病毒流感疫苗种子株，打破我国流感疫苗株必须依赖国外提供的历史，填补了我国流感疫苗株自主研发空白。疫苗种子株安全性和质量评价达国际水平，获临床试验批件 2 项并产业化，为今后新流感疫苗研发提供了关键技术。第六，创建我国新发传染病诊断试剂高效快速研发平台。

下先手棋、打主动仗，这是一位军人和科研工作者的担当与使命。她说：“科研成果转化为战斗力，是对我最大的褒奖。”

铸造“生物盾牌”的巾帼将军陈薇

李玲

中国工程院院士、国家传染病重大专项总体组专家、军事医学科学院生物工程研究所所长……这每一个只是陈薇众多头衔中的之一，而作为军人的陈薇一切由“战绩”说话。49 岁晋升少将，她所依赖的不是别的，正是她的“战绩”。

2003 年“非典”，全国 30 余所“非典”定点医院近 14000 名医护人员使用了陈薇研发的“重组人干扰素 ω”喷鼻剂，无一例感染。2014 年，致死率 50%—90% 的西非埃博拉疫情暴发，陈薇率队赴非，成功研制出抗埃博拉病毒新基因疫苗，将塞拉利昂从死亡的威胁中拯救出来，被誉为“埃博拉终结者”。2008 年汶川地震期间，陈薇担任国家卫生防疫组组长，为“大灾之后无大疫”作出了重要贡献。在近十几年的重大公共卫生事件中，陈薇都交出了一份令人肃然起敬的答卷！

2020 年伊始，新冠肺炎疫情暴发，这位阻击“非典”、抗击埃博拉的“少壮派”女科学家、女少将再一次出征，在我国新冠肺炎疫情防控的战场上铸造守护人民健康的“生物盾牌”。

守住生物防控战场上这一线中的一线

熟悉陈薇的人都知道，她常这样鼓励团队官兵："在生物防控的战场上，我们是一线中的一线！"

这个"一线"意味着，面对日益严峻的生物安全威胁，为国家和军队建起稳固的"长城"；意味着像新冠肺炎、"非典"、禽流感这样的疫情暴发时，拥有 14 亿人口的中国必须随时有药可医，有技可控；同时也意味着，要屡屡冒着生命危险，与各种足以致命的病原体短兵相接，在"无形战场"战斗。

2020 年 1 月 26 日，武汉新冠肺炎疫情紧急，陈薇又一次率队进驻"抗疫"一线。从进入疫区的那一刻起，她就开启了"忙到起飞"的模式。经过 4 个昼夜赶工，一座帐篷式移动检测实验室终于在 1 月 30 日上午开始投入使用。她和同事们应用自主研发的检测试剂盒，配合核酸全自动提取技术，实现了新型冠状病毒的快速检测，加快了确诊速度，有力地推进了疫情防控工作。这无疑是一项重要应用成果。30 日当天，她还抽空赶到金银潭医院，见到了院长张定宇。面对这位身患渐冻症、妻子感染新型冠状病毒却依然奋战在一线的同行，陈薇的话很简洁："你的事迹让我非常感动。"英雄相惜，张定宇回了她一句"彼此彼此"。

在一次战"疫"采访报道中，陈薇面对记者的提问，极富客观思辨，专业且富有远见。她说："疫情防控绝对不能等到疫情来了再做。国家有必要建立防疫科研白名单，形成真正有力的'首席科学家'体制，长期支持一批团队一辈子就做某种病毒或细菌的深入系统研究，不追热点，敢坐冷板凳，别管这个病毒是来了还是走了。一旦疫情发生，就能迅速找到最权威的团队，即使出了事故也知道打谁的板子。而不是像现在这样，新型冠状病毒一来，谁都觉得自己能做，但发挥的作用还是有限。”

占领先机，赢得优势，掌握主动。事实上，多年以来，陈薇的眼光始终紧盯未来一切有可能影响国家安全的危险因素。

任研究室主任后，陈薇主持的第一项课题就紧紧围绕提升战斗力——她率领团队历时十余年，成功研制首个纳入国家战略储备的重组疫苗。这标志着我国相关生物防御能力达到世界领先水平，也由此奠定了陈薇团队在该领域的领军地位。

2000 年，她主持研制广谱抗病毒药物“重组人干扰素 ω”。2003 年，当 SARS 疫情肆虐全国时，1.4 万名预防性使用“重组人干扰素 ω”喷鼻剂的医护人员无一例感染。

早在 2006 年，大多数国人还不知“埃博拉”为何物时，陈薇就针对这个烈性病原体展开相关研究。她敏锐觉察出，随着国际交往的日益频繁，过去仅限于一地的生物安全威胁越来越具有全国乃至全球性的意义。“埃博拉离我们也就是一个航班的距离。”陈薇就此开展了科研之路。

2014 年，西非大规模暴发埃博拉疫情，这个 1976 年以来发生变异速度最快的病毒，首次由非洲到达欧洲和美洲。一时间，世界谈“埃”色变。

在前期工作的基础上，陈薇团队经过夜以继日的科技攻关，研发了全球首个进入临床的 2014 基因型埃博拉疫苗，开创了我国自主研发疫苗境外临床试验的先河，实现了中国疫苗“走出去”的零突破。

在赞誉纷至沓来之时，陈薇却异常冷静。在她看来，下先手棋、打主动仗，是军人应有的追求、科研工作者应有的担当。

与“毒”共舞的岁月

2003年春天，“非典”暴发，学校停课，娱乐场所停业，全国到处人心惶惶。危急时刻，37岁的陈薇受命研制预防SARS冠状病毒的疫苗。她没有周末和节假日，午夜零点以后从实验室回家是常事。

为了和疫情抢时间，陈薇带领课题组冒着生命危险，与SARS冠状病毒零距离接触，进行SARS冠状病毒的体外细胞试验，构建新的动物实验模型。她和同事们，不顾实验室里负压缺氧的环境给人体带来的不适，每天进去一待就是八九个小时。为了多待一会儿，他们进实验室前还尽量不吃饭不喝水，使用成人尿不湿，以减少出来的次数。

在实验最关键的时候，陈薇和组员们在实验室48小时没有合眼，

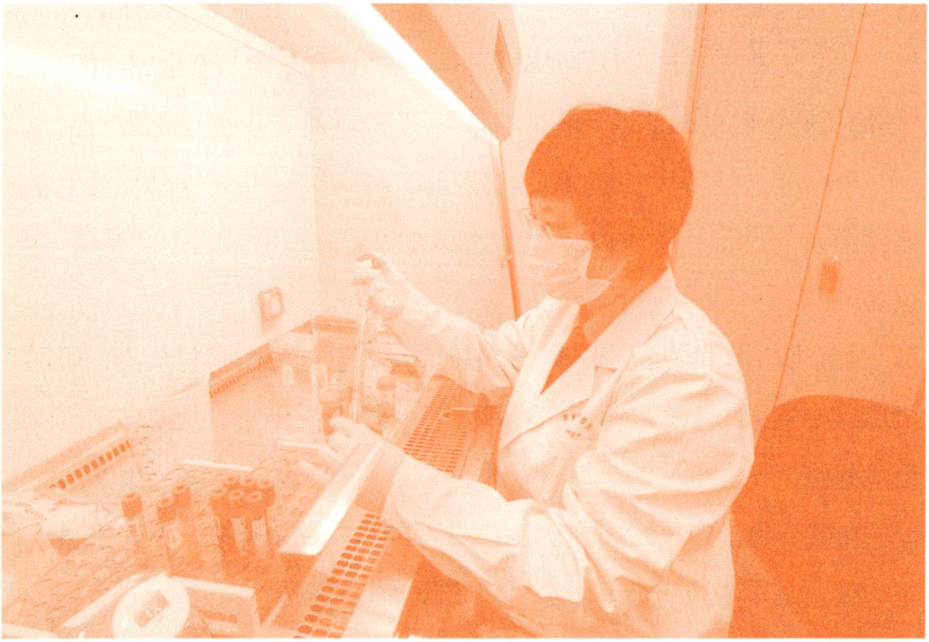

陈薇在实验室

终于得到了一个振奋人心的结果：由于干扰素的保护，细胞在 SARS 冠状病毒的攻击下安然无恙。

在随后进行的动物与临床实验中，因为每天都要与高浓度的 SARS 冠状病毒零距离接触，陈薇与团队被单独隔离。长达 100 多天的时间里，陈薇的丈夫和 4 岁半的儿子只有从电视节目中才能看到陈薇。有一次儿子看到妈妈出现在电视里，扑上去亲吻，结果发现不是真的，忍不住哇哇大哭。

功夫不负有心人，陈薇在最短时间内验证了干扰素的有效性。她带队研发的“重组人 ω 干扰素”，通过了国家食药监局的批准，获准进入临床。

为满足急需，她组织全室人员加班加点生产，在营区外连续奋战 20 多个昼夜，使“重组人 ω 干扰素”喷雾剂的日产量，由最初的几百支很快增加到两万支。事后，她又亲自将 2000 多支喷鼻剂及时送到小汤山医院。此后，全国共有 1.4 万名医护人员使用了“重组人 ω 干扰素”喷雾剂，无一例感染。

2008 年 5 月，汶川发生 8 级特大地震，全国揪心。陈薇担任国家抗震救灾卫生防疫组组长，组织编写《震后卫生防病 30 问答》和《卫生防疫与心理援助知识手册》，冒着余震率队入川，战“疫”长达两个月。

2014 年，西非大规模暴发埃博拉疫情并迅速向外蔓延。世界卫生组织将其列为对人类危害最严重的“第四级病毒”。这种病传染性强，死亡率高达 50% 至 90%，病毒潜伏期可达 2 至 21 天，已在世界范围内暴发疫情 30 余次。她知道，埃博拉这种自己从 2006 年就开始研究的病毒，又发生了变异。

为了将疫情阻挡在国门之外，陈薇不顾艰险，率队赴非，研发出世界首个 2014 基因型埃博拉疫苗。由于中国陈薇团队的新基因疫苗推广，世界卫生组织 2015 年宣布，埃博拉病毒的传播在塞拉利昂已经终止。那一刻，全球为之惊叹。

2015 年 7 月 10 日，中国人民解放军总后勤部举行晋升少将军衔仪式，49 岁的陈薇成为当天晋升的唯一一名女军官。2016 年，因“抗埃”贡献突出，陈薇荣获“2015 年度中国十大科技创新人物”，同时入选的还有因发现青蒿素而获得诺贝尔生理学或医学奖的屠呦呦教授。站上中央电视台颁奖晚会舞台，刚刚从非洲回国的陈薇眼中泛起泪光：“我特别自豪，在中非共同抗击埃博拉的日子里，贡献了我们的才智。”

陈薇带队研发的重组埃博拉病毒病疫苗于 2017 年在中国获批上市，成为全球首个获批新药的埃博拉疫苗产品。同年 10 月，作为全球首个

埃博拉疫苗在非洲开展临床试验取得成功，陈薇在当地很受欢迎

陈薇（中）到非洲一孤儿院探望“埃博拉孤儿”，并给孩子们带去有中国特色的小礼品

获批新药的埃博拉疫苗研发者，陈薇荣获“2017 年度何梁何利基金科学与技术进步奖”。

2019 年 11 月，53 岁的陈薇众望所归，当选为中国工程院院士。

从 1991 年进入军事医学科学院到如今，29 年“与毒共舞”的拼搏岁月里，陈薇以国家与人类需求为己任，心怀大爱，从未懈怠。敢坐冷板凳，敢上第一线，她用科学的力量维护国家安全和守护人民健康，为无数生命打开希望之门。当荣誉接踵而至时，她不为所动，而由于工作需要和性格使然，淡泊名利已经成为她人生的一种习惯。她说：“科研成果转化为战斗力，是对我最大的褒奖。”

从文艺青年到生物危害防控专家

1984 年，18 岁的陈薇进入浙江大学化工系本科就读。1988 年，大学毕业后，陈薇获得了浙大保送清华大学读研的唯一资格，顺利进入清华大学化学工程系。

性格活泼的陈薇，虽是理科生，但是她爱读书、写作，爱跳舞，当过记者，编过刊物《研究生通讯》，还办过舞会，因为清华女生少，甚至跑到北大等其他学校去拉人。

1991 年春天，陈薇在研究生毕业之前就和深圳一家著名企业签了合同，工资不菲。直到有一天，老师让她去位于海淀太平路的军事医学科学院买一种实验试剂时，她改变了想法。她一去，就被那里的尖端课题和科研设备所吸引，又听说军事医学科学院是周恩来亲自签署命令，从全国抽调最优秀的科学家迅速成立的，她便萌发了参军到军事医学科学院做科研的想法。

最终，陈薇放弃了企业的工作，怀着从军报国的理想，走进军事医学科学院，从此踏上了攀登医学顶尖领域的漫漫征途。

1998 年，32 岁的陈薇从军事医学科学院博士毕业。陈薇的研究对象很恐怖，包括鼠疫、炭疽、埃博拉……以至于她的一位同事，在转业前特意劝她，少搞这些危险的“魔鬼”课题研究。但陈薇认为，各种致病微生物在战争年代都可能成为敌人手中的武器，而在和平时期，则可能成为大规模疫情发生的罪魁祸首，给国家和民族带来灾难。她认为自己有责任投身其中，去研发保卫国家和庇佑人民生命和健康的“生物盾牌”。

2002 年，36 岁的陈薇因为成绩突出被破格评为教授，晋升研究员，并被遴选为博士研究生导师。她比以往更加努力地带队研发、奋战，为后来保家卫国的“抗毒之战”积蓄着“洪荒之力”。

这位生活中婉约的江南女子陈薇，在工作中却成了与病毒战斗的烈性女战士。作为阻击“非典”、抗击埃博拉病毒等硬仗中，总能以一己之力扭转战局的巾帼英雄，陈薇在此次武汉战“疫”中同样被寄予厚望。

有人问她：去疫区那么危险的地方，有没有想过万一回不来怎么办？陈薇的回答始终是：“穿上这身军装，一切都是我应该做的。”

二·火线抗疫

一线天使的声音

“医”无反顾

一次特殊的主题党日活动

身披白色“铠甲”的“90后”

战地医院工地上准爸爸们的感人担当

窗外阳光明媚，香椿树的芽胀得厉害，几只小麻雀正踮着脚尖站在上面唱歌，春天的脚步似乎一天比一天急切和热烈。

一线天使的声音

楚林

“我有力量帮助更多的人”

我辗转联系上申莉的时候，是早上 9 点，她说刚下夜班。我连忙说不急，先吃饭，休息好了说一声，我们再聊。

申莉是湖北省襄阳市中心医院外科的一名护士。2020 年 1 月 16 日，护士长在会议上说新冠肺炎疫情暴发，身为三甲医院的中心医院被列为首批定点医院，正在组建发热病房，要征集志愿者。申莉第一个站了出来。

下午 2 点，我等到了申莉的电话。我迫不及待地抛出了第一个问题：“面对这么严重的疫情，你为什么那么快就决定报名？”

“是直觉。直觉告诉我应该站出来。我经历过抗击 SARS，有经验。我觉得这次疫情和当年的 SARS 类似。当年抗击 SARS 时有很多年长的老师鼓励我，现在我希望自己也能够鼓励到年轻的护士们。另外，我喜欢打羽毛球，体质好，不容易被传染。”电话中申莉的声音不紧不慢，清晰、温润。

“家人支持吗？”

提到家人，申莉笑了起来。1月21日中午，申莉和丈夫正在逛街买年货，突然接到护士长电话，让做好准备，晚上一病区就要开放。尚不知情的丈夫有些懵了：“我初八要到外地出差，几个月都不能回家，儿子怎么办？明年就小升初。”

“我在科室年龄大，孩子年龄也大些。别的同事有的两个孩子，有的正在怀孕，有的刚上班。你知道的，我经历过抗击SARS，有经验……”丈夫不吭声，安静地听着，沉默了几分钟后说：“既然你已经决定了，那就去吧。孩子和家里的事情我来安排。”申莉在心里偷着乐，就知道丈夫会同意，因为他们的爱情和17年前的那场“非典”有关。

下午3点多钟，来不及收拾行李，申莉一个人开车赶到了医院新开辟的发热病区。因为晚上就要收治病人，病房里很忙碌，感染办的老师在做上岗前的紧急培训：怎样穿脱防护用具，怎样标准化操作，怎样做好隔离……尽管时间紧促，老师讲得很仔细，大家听得也很认真。

培训刚结束时，申莉注意到一个年轻的小护士十分紧张，脸色苍白，不时地进进出出打电话。那一瞬间，她仿佛看到了17年前刚上班就抗击“非典”时的自己：彷徨、无助，充满了恐惧。申莉主动过去拍拍她的肩膀：“别怕，我抗击过SARS，我会带着你，保护你。”她感激地看着申莉，使劲地点了点头。

1月22日，申莉上夜班，她早早来到科室，穿上防护服，把身体裹得严严实实的，还有点小兴奋，感觉自己挺伟大的。之后，她进入了发热病区。发热病区很大，病人也多，第一天就收治了25名。穿戴防护用具后人很不方便，走路变慢，说话要扯着嗓门，拿东西不利索，因为护目镜上总是一层雾。由于是隔离病房，病人的治疗全程无陪护，所以，除了治疗工作，病人的生活护理，也就是吃喝拉撒都由护士负责。在临时构建的病房，很多设施不到位，仅给病人烧开水都要耗费护士很大的精力。她们防护服里面的衣服湿了干，干了又湿。

申莉发现，这次的战“疫”和她理想中的有些差距。“一个班下来，我就崩溃了。十几个小时，不能喝水，不能吃饭，不能上厕所，没有一秒钟开小差的时间。脱下防护服，人就像一摊水，瘫在了椅子上。整整半个小时，我没说话，也没力气动……”电话里的声音停顿了几秒，她哽咽着说：“‘非典’疫情暴发时，湖北不是主战场，没有这么多患者，那时我还年轻，身体也好……可这次……眼泪哗哗地……完全控制不住自己。”

窗外的黑暗无边无际，枫树上仅存的几片枯叶在寒风中瑟瑟作响，申莉独自回到新租的小屋，怎么也没有办法入睡，只得躲在被窝里看手机。看着看着，突然看到丈夫在微信朋友圈发的文字：“2003 年全国‘非典’疫情暴发，当时还是女友的老婆主动报名到一线支援，参与救助发热患者，因欣赏、钦佩，我们相爱成婚。今有新冠肺炎疫情暴发，她再次主动报名到一线。第一天下班回来，就躲我们远远的，主动把自己隔离开。我只好临时给她找个落脚点，尽可能让她吃口热乎饭，现在我只想说：‘媳妇儿啊，以后这样的机会要留给年轻人！’”

看着看着，申莉泪如泉涌，但这一次，泪光是闪亮的，身体里涌动着很多很多的爱和力量。

“为战而战，加油！”申莉在微信朋友圈里一笔一画地写道。

不过是几天的时间，病人就越来越多，工作量越来越大，每班工作时间也越来越长。上一次班，要抢救病人，做心肺复苏；收治几十名新患者，因为病情程度不同而转入转出几十个，已经成为常态。不但防护用具供应紧张，而且穿脱衣服花费的时间也长。申莉尽量在上班前吃得饱饱的，多吃硬饭，不吃稀饭，不喝汤，不喝水。同事们开始使用成人纸尿裤，但听说有的已引起泌尿系统感染，所以她不敢用。口罩和护目镜把鼻子、面颊、额头和耳朵，都压出深深的红痕，特别是耳朵疼得碰都不敢碰。鼻涕常常混着口罩里面的蒸气一起流到嘴巴里，也没空尝一下是什么味道。

病人年龄不等，有 70 多岁的老爷爷，也有在武汉上大学的学生。申莉印象最深的是第 33 床，40 多岁的中年男性，病情很严重，呼吸困难，气喘得厉害，平躺在床上都不容易。做血气分析时需要穿刺，他很配合地勉强躺下，可是申莉的护目镜上有雾，越想快越是出错。穿刺技术过硬的她，竟在关键时刻穿刺失败，申莉心里特别不是滋味。这时，病人却很温和地说："没事，没抽好，再来一次，没事的。"

申莉说："疫情暴发，他们是受害者，心理上身体上都要承受很大的压力，需要我们安慰，现在却反过来安慰我。"因为自责，她眼泪呼地一下又顺着护目镜流下来。

还有一位申莉印象也很深刻病人，因为怕病情变化，她们每隔两个小时，就要给病人测一次体温。而这位病人，每次他都会提前量好，并记录清楚，说这样可以节省护士的工作量，少跑点路。虽然只是一个小小的举动，但却让科室的几位护士感动得热泪盈眶。

也有一些病人会发牢骚。有的嫌饭菜送得太慢，有的怕被交叉感染，有的不停质问护士病情为什么没有好转……然而，这些对于申莉来说，实在不算什么，都能理解。

1 月 25 日，正月初一，申莉刚下班，手机就响了。"莉莉，昨天大年三十，你们怎么没回来？"原来是妈妈。

申莉这才知道，除夕之夜已经过去，自己竟然忘了给家里打个电话。

想想自己，忙得晕头转向，一头扎在病房，分不清白天黑夜，哪里还知道每天是什么日子。

没敢和妈妈多说，申莉强忍着泪水挂掉了电话。

“我发现，情绪不仅是病人也是医护人员最大的敌人。”申莉说。

恐惧、慌乱、折磨、失望、痛苦、忧伤、孤独……这些在医院苍白色光影里笼罩着病人的情绪同样在影响和攻击着每一位医护人员。

所以，从手机里看到有医护人员崩溃大哭的视频，申莉特别理解，她也陪着哭。看到有的危重病人和家属绝望的神情，她也泪流满面。申莉说：“哭泣也是释放情绪的一种方法，朋友、家人、同事、领导的关心鼓励也是。但是，更多的时候还是要靠自己，靠内心岩石一样坚硬的信念和毅力。”

为众人在荆棘中开辟道路者，总会不缺少关怀。很快，申莉和同事们搬进了医院为她们配备的宿舍，生活用品一应俱全，饮食也是合理搭配的，由专人配送。同事见面的时候笑容多了起来，会主动聊到哪床病患病情有减轻，哪床病患家属又送来了爱心水果……申莉知道，她在渐渐适应发热病区的工作和生活，同事们也是。

“2 月 3 日，是个好日子，要立春了，有阳光，还有白云，真美。今天，第一例治愈患者要从发热病区出院，这在我院是首例，在襄阳市也是首例。这位患者的痊愈，有着非同寻常的意义，让我和我的同事们看到了曙光。我发现，我对自己越来越有信心，也变得越来越有力量。我还发现，17 年来，我的初心从未改变。面对疫情，白衣天使就是白衣战士。疫情就是命令，防控就是责任。我坚信，和 17 年前一样，我们一定能够打赢这场疫情阻击战。”

通话结束后，申莉发来了这段她新写的日记。

我看了看通话记录，整整一个小时，旁边的抽纸也用了整整一盒。

我知道，同为医务工作者，我们还有很多话要说，但是我毅然选择了结束。我明白，她需要休息，还有更多的人需要她，在等着她，盼着她。

“我要给家宝做个榜样”

决定采访郑艳是因为一张照片。绿茵茵的背景下一张充满委屈的小脸，短发、单眼皮、大眼睛、高额头、皮肤白皙细腻，唯一的不足之处是鼻子红肿且塌陷，明显是被外力挤压过。侧面有几个俏皮的小字：被毁的天使之容。

照片是老同学小苏发来的。她说："你看照片上的美女，我们科室的小护士，主动申请去一线发热病区，刚去了两天，脸就成了这样。"小苏现在是襄阳市中心医院骨科护士长，一直在参与组建该院的发热病房。

电话接通的时候，郑艳还在大声地喘气，我说："你在忙什么？"她说："家宝他爸送衣服刚走，在停车场。"我说："你们见面了？"

"离得远远的，他把衣服放在地上，就走了……我们只说了四个字。他问'还好吧'，我说'好'。"一瞬间，空气突然变得有些凝滞和压抑，电话里明显传来了抽泣的声音。

这对"80后"小夫妻，从高中开始恋爱，到结婚，到孩子家宝3岁半，15年，从来没有真正意义上地分开过。而今天，她不让他靠近，怕病毒会传染。他不敢多说，怕说多了她会控制不住。彼此看着对方深呼吸，然后狠心地迈开步子。一个向左，一个向右，转过身后，俩人都开始不停地抹眼泪。

"这些天，我一直在哭，因焦虑而哭，因害怕而哭，因高兴而哭，感动了也是哭，一直在挣扎。"郑艳说。

大年三十和正月初一，郑艳哭得最厉害。因为那两天是第二批志愿者报名时间，医院把2号楼全部改成了发热病区，需要一大批医护人员。第一批征报时，郑艳就想去，可她没敢报。儿子家宝才3岁半，她放不下。这一次，她不想再错过，却仍然下不了最后的决心。她决定寻求外援。她先问许威，许威说："你还是先问问家宝他姥爷吧，我怕老爷子知道了问罪，说我没把你照顾好。"她就开始给家宝的姥爷打电话，然后是家宝的姥姥、爷爷、奶奶，自己的兄弟、姐妹、姑嫂、叔伯、闺蜜、邻居……一连串地打了几十个。让她没想到的是，所有的回答全是两个字：支持。就连平时最疼爱她，不让她做一次饭，拖一次地的家宝奶奶也说："去吧，这是你的工作，年轻人就应该冲在前面，但必须做好防护。"

报名的前一天晚上，夫妻俩关着门，把可能遇到的困难和凶险全勾勒了一遍。然后开始刷抖音，看到抖音上到处都是全国各地医疗队、医疗物资队以及生活物资队等驰援武汉的视频，两口子的心慢慢定了下来。他伸出手说："放心地去吧！你负责治病救人，我负责给你保驾护航。"许威是国网襄阳供电公司的一名工作人员，也是单位的"青年安全先锋"。她和他击掌："好！我们一起给家宝做个榜样。"

"从穿上防护服的那一刻起，突然感觉自己和以前不一样了。"郑艳说。

防护服不仅仅是人和病毒之间的一道屏障，它还是爱，是责任、是义务、是担当、是信念、是使命，是即将开始的战斗，是血肉之躯与病魔搏击时的力量和武器。

所有的战"疫"都不会那么顺利，第一天上班，郑艳就遇到了问题。刚穿上防护服，就恰巧赶上生理期——肚子疼，腰痛，喉咙痒，嗓子也疼，却不能喝水，不能吃东西，还不能上厕所。防护服像一个蒸笼，蒸得她全身发肿，喘不过气。8 个小时的时间，她命令自己站着，不能坐，她怕自己一坐就起不来。

一层楼两个病区，32 张病床，只有 16 个护士轮流倒班。病人多，事情也特别多。穿上防护服后，人变笨了，平时一倍的工作量，现在要花三四倍的力气才能完成。护理工作她倒不是很怕，总是能够顺利地完成，她怕的是那些思想上有问题的病人。

一个从武汉回来的小伙子，有低烧、鼻塞、咳嗽症状，但全身症状不严重，他一口咬定自己只是轻微的感冒，绝不可能是新冠肺炎。他害怕住院，说住院只会引起更多的交叉感染。因此，他不停地大声吵着闹着，缠着医护人员，坚持要出院。他找郑艳，郑艳却不敢让他靠近。她不是怕病人传染自己，而是不能确定自己的防护衣上是否携带病毒。疑似还没排除，怎么能出院呢？在医护人员的心里，对每一位疑似病例都不能马虎，要像对确诊患者一样认真对待。

一位 70 多岁的老年患者，患有高血压、心脏病，还有轻微的阿尔茨海默症，因从武汉上大学回来的孙子而被感染。他开始发作时高烧，呼吸困难，病情特别严重，经过治疗后有所好转。可是老爷子时常犯糊涂，过几分钟就想出病房转一圈，说要看看是不是在家里，孩子们还在不在。若是得不到回应，他就嚷着要回家，要逃跑。他不配合做雾化，不配合做检查，也不配合打针，凡是治疗项目都不愿意配合。医护人员只好轮流来劝说，像哄孩子一样，想尽了办法，就差叫保安来了。郑艳特别怕老人一不小心又溜出去，稍微有点空隙就赶紧过来看看。

郑艳最喜欢的患者还是乐乐，一个 7 岁的小男孩。乐乐是圆脸、翘鼻子、大眼睛，为了过年新做的卷发懒懒地堆在头上，像动画片里的洋娃娃。乐乐特别懂事，打针的时候也不哭，表现得像奥特曼一样勇敢。他不发烧的时候爱笑、爱背唐诗、听故事、看动画片，还喜欢调皮地叫护士“阿姨”。护士们都很疼爱他，担心食堂的伙食不够营养，总是悄悄地给他带牛奶、面包、鸡蛋、零食和水果。其中，郑艳带得最多。她喜欢看他调皮的样子，怎么看都看不够。她看到他就像看到了儿子家宝。家宝也是这么活泼，这么可爱，也喜欢会打怪兽的奥特曼。郑艳每次看到乐乐发烧时脸红扑扑的样子，就会心疼，特别难受。“无论如何，哪怕是为了孩子，也要坚持下去，打好这场疫情阻击战。”她做了一个深呼吸，在心里暗暗告诫自己。

说到深呼吸，郑艳笑了起来。她说，这是她和丈夫许威发现的控制情绪秘诀。无论俩人闹别扭还是在生活或者工作中遇到麻烦时，都会让自己做深呼吸，静一静，再静一静，特别有效。这大约是只有“80后”小夫妻才会有的相处模式。之前，老一辈的总是担心“80后”是蜜罐子里泡大的，没有责任，没有担当，不能接好革命的班。然而，在新冠肺炎疫情阻击战中，让我们看到了不一样的“80后”。医疗前线冲锋陷阵的是“80后”，做后勤保障工作的是“80后”，报名参加志愿者团队人数最多的也是“80后”。事实证明，“80后”不是只会享受会嬉闹的一代，他们也是建功立业，在关键时刻披挂上阵、重拳出击的一代。

坚持到下班，脱下防护服，郑艳就换了模样。不吃不喝的8个小时，别人一下来就开始抱着饭盒儿狼吞虎咽，她却不。她要照镜子，看看脸上被护目镜和口罩压迫的伤口怎么样了，还要拍一张照片给许威和闺蜜（原本还会发给爸妈，可自从爸妈看过一次就在电话里叮嘱几十遍要保护自己后再也不敢发）。然后，她迅速赶回宿舍，刷牙、洗脸、洗头、洗澡，一遍一遍地消毒。没有这一套从上到下的程序，她就不敢吃饭。她不知道那个看不见摸不着、像鬼魂一样的病毒藏在哪里，也没有办法消除内心对病毒的恐惧，只有尽可能地做好每一步防护措施。

休息时，郑艳最开心的时刻是用视频和家宝聊天。家宝会乖乖地说：“妈妈加油！你是最棒的，我听奶奶的话，等你回来。”家宝还说：“等病毒都死掉了，你可不可以带我到游乐场看恐龙？”这几天，她发现，家宝长高了，也胖了，可是对自己没有之前亲热，话也少了。她心里有些小小的失落。时间过得真快，家宝和奶奶回老家快一个月了，见面的那一天，是什么时候呢？

说来也巧，郑艳刚放下电话，就看到了一则本地的新闻：“青安先锋”在行动，看最美“逆行夫妻”。新闻的最后是这样说的：一个治病救人，一个保电护航，在这场没有硝烟的战“疫”中，许威和郑艳，这对“80后”的年轻夫妻勇做抗击疫情最美“逆行者”，用实际行动诠释了光明使者和白衣天使的责任和担当。

新闻里还配有照片，帅气的小伙子许威在仔细地排查电路隐患，苗条的郑艳在专心致志地给患者输液。可惜他们都戴着口罩，看不到他们朝气蓬勃的脸。这两张照片，家宝一定认不出来，但是他们认真负责的样子，家宝一定会记得，因为这将是他未来的人生旅途中最好的榜样。

“妈妈让我每天必须吃个鸡蛋”

“妈妈说我太瘦了，每天报平安时都要问一遍，今天吃鸡蛋了吗？”

刚上班3年，爱画画的谢文飞在电话里的声音甜甜的，清澈如溪流，和她的网名“牧蘑菇”一样，透着童话般的可爱。

如果你以为谢文飞就是个天真可爱的邻家小女孩，那你可就错了。谢文飞虽然年纪小，头发长长的，身材也瘦瘦弱弱的，一脸清秀，骨子里却像个男孩儿，坚强勇敢，有一股天生的倔劲儿和冲劲儿。当年在卫生学校时她就是学生会干部，成绩好，工作能力也强，在毕业前夕被老师强烈推荐成为学校里最年轻的共产党员。“作为一名党员，任劳任怨，冲在前线是我的职责和使命。”这是谢文飞报名参加抗疫任务时说出的第一句话。

“当然，若说一点也不害怕，那是假的。我也有恐惧的时候，那就是来的前一天。我一直在纠结该怎么向爸妈开口说我报名的事情。还怕万一我被感染上病毒，出了什么不好的事情，奶奶和爸妈的余生该怎么办……”谢文飞轻轻地说。

可是，到了第二天，和同事们走进病区，什么恐惧和挣扎都消失得无影无踪。谢文飞说，她发现了两件事情：一是自己的背后站着很多人；二是有很多人在等着她。

站在背后的都是谢文飞尊敬和喜欢的人：感染科刘老师刚有空闲来做预防感染的培训；第一天，刚上班老同事申老师就特意赶过来指导和鼓励；郑老师的脚受伤了，也坚持不回家休息；马老师为了给大家提供物资保障，每天晚上都忙到 12 点以后才下班；宁夏赶来支援的两位姐妹，有工作时总是冲在前面；领导为医护人员安排的单人宿舍还提供可口的饮食，一日三餐都有妈妈说的鸡蛋……有这么多人在前面顶着，谢文飞的恐慌和挣扎渐渐变成了从容和自信。

病房爆满那天，病房不得已由单间改为双人间，双人间改为 3 人间，3 人间改为 4 人间，从早上一直忙到深夜。姐妹们顾不上吃饭喝水，顾不上鼻子被 N95 口罩磨了多个水泡，顾不上双手因长时间戴双层手套及多次消毒而严重起皮，顾不上防护服太封闭穿在身上忙起来直冒汗，顾不上戴上护目镜看不清人和物，更看不清电脑，没有一个人叫苦叫累。每一个小小的身体都释放着巨大的能量。她们相互帮助，相互扶持，相互理解，团结就是力量。面对疾病、疫情，所有的人都只有一个身份：白衣战士。

病人后来又增加了很多，而且每一个病人眼里都满怀着期待和希冀。

那些一道道如闪电般的目光组成玻璃墙，常常刺得谢文飞不敢回头。

一位 70 多岁的老奶奶和有肾病的儿子同时感染了新冠肺炎，分别住在不同的病房。老奶奶每天都会问谢文飞：我儿子今天病情怎么样？饭吃了多少，吃了些什么？他今天针打了没有，透析做了没有，体温是多少？儿子病房的消毒液用完了没有？儿子这几天的检查结果怎么样？……这位满头白发、走路蹒跚却关心儿子的奶奶，让谢文飞想起自己的奶奶。如果不是穿着隔离服，她真想抱一抱奶奶，让老人家把悬着的心放下来。

一个年仅 10 岁的小女孩住进了发热病房，因为是隔离病房，家属不能进。这个女孩的爸爸便一直守候在病房门外，不时地询问病情，并带些牛奶、面包、鸡蛋、薯片等让谢文飞帮忙转交给小女孩。可是这个女孩的体温忽高忽低，血氧饱和度也是忽高忽低，病情恶化得特别快。看着病房外那个疲惫焦灼却转来转去的身影，谢文飞再也不敢靠近。她感觉自己像一个犯了错的学生，神情沮丧地徘徊在老师的视线之外。

最让谢文飞记忆深刻的是看到同事也被感染。一位她特别尊敬和佩服的内科大夫，因为在发热门诊上班时被感染，住院时已是凌晨 2 点，正好谢文飞在值夜班。这位大夫来的时候精神看起来很好，还在微笑着和她打招呼。谁知道第二天下午这位大夫的病情就突然发生变化，血氧饱和度降到了 60% 以下，被直接转到重症监护室上了呼吸机。知道消息的谢文飞和科室里所有的同事都躲在角落里失声恸哭起来。魔鬼用它阴影般的手掌，把这些亲密的同事、战友和亲人们都推上了一个巨大的悬崖，谁也不知道下一刻掉下去的会是谁。

“病房里难忘的人和难忘的事太多了……讲一天都讲不完。”谢文飞说。

虽然到发热病房的时间并不长，却让谢文飞感到自己变了许多。她发现自己做事情比以前有计划，变得细致、耐心、迅速，工作也更有效率。她感觉自己长大了，突然间领悟到了情感和生命的真谛，能够让自己很快地换位思考，和家人、同事、患者以及患者家属都能很舒畅地沟通交流，达成内心的共识。她还发现，虽然下班时脱下防护服的那一刻，每个医护人员的脸上都有很深的印痕和滴滴的汗水，但是每位同事都在微笑，那笑容像家乡原野上的小玉兰一样洁白、简单、美丽。那是仁爱之美，也是大义之美。和这样的人在一起，再多的风雨也将无畏无惧。她特别喜欢现在网络流行的一句话："哪有什么岁月静好，只是有人在为你负重前行。"她希望自己和同事们今天的负重，将来能被社会和岁月温柔以待。

"现在最开心的事情是看到病人出院，真希望这次疫情能快点结束。"在采访的最后，谢文飞笑着说。

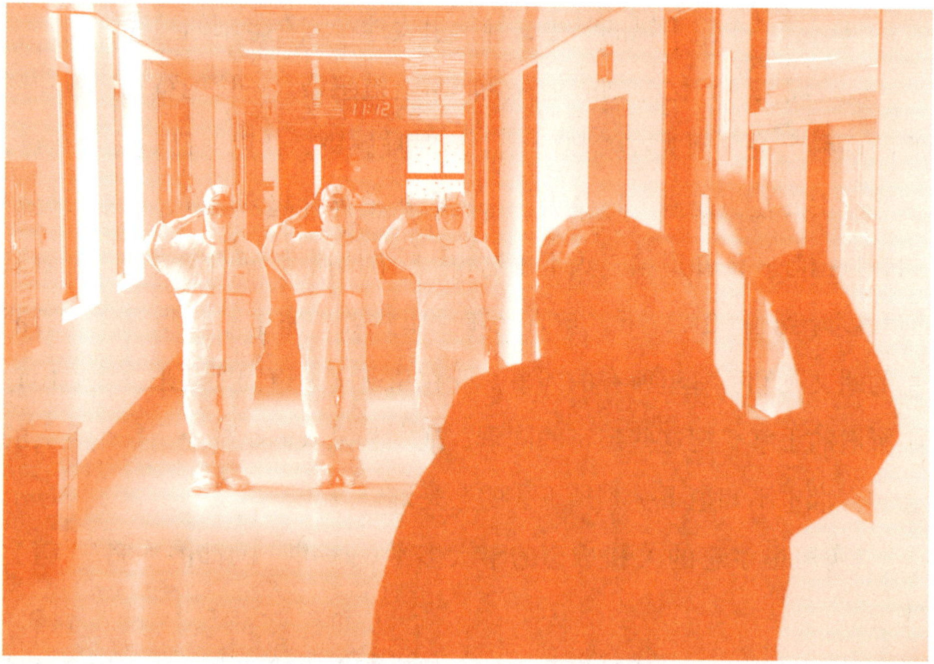

一名新冠肺炎患者治愈出院时与医护人员道别（王传顺／摄）

当然，消灭病毒，结束疫情，这不仅仅是谢文飞的愿望，也是所有医护人员和 14 亿中国人乃至世界人民共同的愿望。窗外阳光明媚，香椿树的芽胀得厉害，几只小麻雀正踮着脚尖站在上面唱歌，春天的脚步似乎一天比一天急切和热烈。我们相信，这愿望一定会实现，而且会很快实现。

军人的天职、医生的使命、专业的对口，都促使他毫不犹豫报名“参战”。“上一线，打硬仗，这是我们的责任。如果医务人员都退缩了，那还有谁冲在前面呢？没有国，哪有家？”

“医”无反顾

华南

2020 年 1 月 25 日至今，陈德昌一直驻守在武汉最大的转染病专科医院——金银潭医院的重症区北 3 楼病房。这里住的都是新冠肺炎重型和危重型病人，生死转换往往在一瞬间。

身为中华医学会重症医学分会候任主任委员、上海交通大学医学院附属瑞金医院和瑞金医院北院重症医学科主任，陈德昌从事重症医学科已近 30 年。这次，他担任上海援鄂医疗组副组长，率上海首批援鄂医疗队在除夕启程，驰援武汉。“职责所在，义不容辞。我会一直坚守到抗击疫情胜利的时刻。”陈德昌说。

逆行，为驰援武汉

1 月 24 日，己亥除夕，但在这一天，“团圆”二字不属于陈德昌。下午 6 点左右，陈德昌接到院里驰援武汉的通知，遂立即准备从家里出发。“在我以前，国家卫健委派的专家已经去到武汉了。当时我还没有接到驰援的任务，但我看到了一张照片，听说也很需要重症医学科的医生过去支援。因此医院发出号召时，我就报了名。”陈德昌毕业于上海第二军医大学，既是瑞金医院北院重症医学科学科带头人，也是中国医学会重症医学分会候任主委，有着近 30 年重症救治的丰富经验。军人的天职、医生的使命、专业的对口，都促使他毫不犹豫报名“参战”。

除夕下午 3 点，结束行前培训的陈德昌，准备回家和家人吃一顿简单的年夜饭。还没等准备好，出发的号角就吹响了。陈德昌随便吃了一口饭，就背起行囊上路了。陈德昌说：“我们做重症医学科的，就是要冲在前面。无论是当年的 SRAS，还是汶川大地震的医疗救治，重症医学一直挺在公共卫生事件第一线。上一线，打硬仗，这是我们的责任。如果医务人员都退缩了，那还有谁冲在前面呢？没有国，哪有家？”

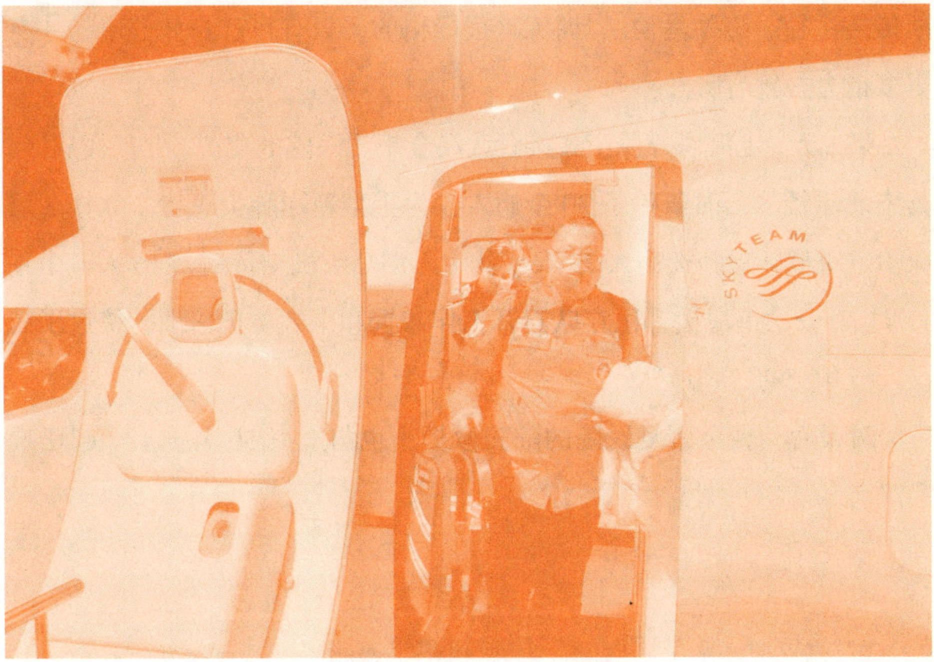

放下年夜饭饭碗出征武汉的陈德昌

陈德昌的妻子也是军人出身，她理解爱人的选择，在他临行前反复叮嘱“千万要防护好”。陈德昌宽慰道：“放心，传染病都是有办法防护的，我们都会平安无恙。”陈德昌回忆道，2003 年“非典”肆虐时，自己作为二线医务人员，坐镇发热门诊，参与预防保健工作，“这回投身抗击新冠肺炎疫情第一线，直面确诊病人，也是弥补了当年的缺失”。

当夜，沪降冬雨，寒气逼人。25 日 0 点 30 分左右，载着陈德昌和其他 135 名上海医护人员的飞机从虹桥机场起飞，飞往武汉。凌晨 4 点多，陈德昌率领的上海援鄂医疗队首批队员抵达武汉的住处。稍作休整，他们就奔赴武汉金银潭医院，进入病房，查看感控流程，“金银潭病房原本就是个传染病医院，污染区、半污染区、清洁区等区域设置流程还是比较规范的。我们只不过在原来基础上，做了一些优化，比如把污染的衣服，换一个地方换等”。

25 日，医疗队进行了一整天的培训，主要是怎样去防护自己，阻断传播途径。陈德昌说：“训练是很严格的，只有自己身体健康，才有更多精力去救治病人。”

第二天，上海医疗队正式接管武汉金银潭医院的北二、北三楼病区。其中北二楼，当时收治了 30 个病人，为重型新冠肺炎患者；北楼 3 层收治危重型新冠肺炎病人 29 人。其中无创呼吸机支持病人 16 人。中午 12 时 30 分，上海援鄂医疗队召开工作布置和个人防护培训，接过了武汉同行移交的“阵地”。

两天后，瑞金康复医院的陈骏彦护士也与上海 50 名护士一起增援武汉。

坚守抗击疫情风暴的中心

北三楼是个改建的重症加强护理病房（ICU），重症病人较多，很多都需要呼吸机支持。陈德昌说："工作量非常大，尤其是我们的护士，一进去就要 4 个小时以上。在正常的 ICU 里，一般是一个护士看护 2 个重病人，但这里是一个人管 4 个重病人，所以工作压力特别大。"

第一周尤为艰难，"局面比想象的严重，医疗物资缺乏，设备也不完善，连合身的工作服都没有。一间 ICU 挤进 4 个患者，前来支援的医护人员来自不同医院和不同科室，有的不熟悉重症医学科的操作，完成一项操作要用很长时间……"陈德昌回忆道，当时真是手忙脚乱，环境较为艰苦。

"另外，这个病确实有特殊之处，它很'鬼'、很狡猾。"陈德昌说。新冠肺炎与禽流感病毒等引起的重症病毒性肺炎最大区别是，初期它是温和而令人掉以轻心的，经过 7—10 天后患者体内病理生理过程急转直下，由轻型转变成重型乃至危重型，至今仍无有效方法阻断此病理生理过程。作为重症医疗领域的专家，推测此过程可能由体内"炎症风暴"介导。此"风暴中心"就成为陈德昌等人奋斗的主战场，最终的目标是通过各种各样的办法，帮助病人清除体内病毒。

身材魁梧的陈德昌，穿着紧绷绷的防护服指挥了第一周的战役。他说："这边的工作服最大号我穿着都小，裹在身上紧绷绷的，操作都不敢使劲，怕撑破了会因暴露而感染。"可是病毒不等人，陈德昌曾经半蹲着，小心翼翼地给危重症患者插管，喷溅的飞沫糊在他的面屏上。他不是不懂得危险，抗击"非典"的经验之一就是："给病人气管插管一定要实施 3 级防护，需要动力新风系统，使面罩里面必须保持正压。这样，病人就算咳嗽，咳出物也不会喷到我们的面罩里面，否则病人气道分泌物喷出来就会使插管医生感染，插一个感染一个”。

起初几天，因为条件有限，尽量采用无创或者微创的方法，对病人进行支持治疗，帮助病人渡过难关，但实在遇到危急情况“就顾不上了”。陈德昌说，“当时只想力所能及地多挽救几条生命”。不过，陈德昌对队员们则千叮咛万嘱咐：“一定要做好防护，如果口罩湿了，衣服湿了就会失去防护作用，很容易感染病毒，因此一定要出来换。”

与病毒的博弈中，陈德昌尽责尽力。曾有一个病人才32岁，很阳光的小伙子，看上去也很健硕，陈德昌认为他是有希望康复的。当天早上查房时，陈德昌还跟他聊了一会儿，确定他各方面状况都还挺好的。然而，第二天7点刚过，陈德昌刚进病房楼的时候，就看到一个女孩子在门口哭得不能自已。“当时心里‘咯噔’沉了一下，莫名其妙地想到了那个阳光的男孩”，陈德昌身材魁梧，偏胖，那天却一口气跑上3楼，推门就问那个小伙子的情况，却得到小伙子已经去世的消息……

陈德昌接受笔者采访时说：“不过，现在好消息越来越多了。有一个病人让我印象深刻，1月27日晚他被送入病房时，因大脑严重缺氧已失去意识，如果再晚几个小时就无力回天了。经过两周多的治疗，我昨天看到他已经恢复得很好了。其实，像他一样的病人还不少，我们还是可以尽力拉回来，所以死亡率也比之前显著降低了。”

随着医疗器械、防护物资包括工作服，陆陆续续从四面八方运来，情况稍有缓解，陈德昌也终于穿上了合身的工作服。刚来的时候，病房实行翻班制，后来根据实际情况成立了治疗组，专家们一人带一组，每一位病人都有直接负责的小组，责任落实到组、落实到人，管理更加有效了。陈德昌说：“大家共同战斗了近20天，磨合得不错，病区内比之前安静了很多，我个人感觉也没一开始那么累了，一切都在有条不紊地进行着。”

北三楼的危重型病人病情如果好转，就会转入北二楼，逐渐康复后就可以出院了，这是陈德昌最希望看到的场面。自新冠肺炎阻击战打响以来，瑞金医院已先后派出 4 批医疗队、共 146 名的医护人员驰援武汉。截至 2 月 10 日，他们共收治 100 多位患者，其中 30 多名已经出院。

疫情不结束不离开

从抵达武汉金银潭医院第一天起，陈德昌就每天早上 7 点出门走到医院，到病房交接班，跟几位专家一起讨论病例，哪些病人要插管，哪些治疗方案要调整。查房一圈下来，他的衣服就会湿透，中午回到宾馆换洗后，下午他又回到医院，直到晚上 7 点下班回到住处，继续查资料、看论文、整理数据，夜里有电话打来就随时赶过去。陈德昌说：“天天上班，天天查房，从未休息过，也不想休息，一天不看病人都不放心。我们这里都是最重的病人，一松手，人就走了。面对生命，决不能松手。”

在抗击疫情的战场上，时间等于生命。陈德昌认为，目前最大的挑战还是病人和病情。“每天衡量是否要插管，考量哪套治疗方案获益更大。因为重症病人病情比较严重，病程长，细胞一直被破坏，炎症反应严重，一旦炎症反应风暴启动就很危险。我们必须尽全力及时发现病情变化，及时优化治疗方案。病人的事情是最大的。”

陈德昌说，“这次跟以往医疗救援最大的区别就是，病人太多了，全国都在防控，物资紧张。不过上海卫健委对我们上海援鄂医疗队支持力度很大，瑞金医院也对我们瑞金小分队给了很多支持。我们缺什么，医院就努力筹集，给寄一点”。

1 月 28 日，上海援鄂第一批医疗队召开了第一次临时党支部会议。在会上，作为临时党支部书记，陈德昌动情地讲了一个小故事：有位周医生听到隔离病房里面说有个病人情况不好，就不顾安危想赶紧冲进去，但是她的脸特别小，而 N95（1860 型）面罩又大又硬，她戴上后四面都在漏气，一旦进去就暴露了，“我赶紧帮她调整位置，她急急忙忙就冲了进去。她的举动充分体现了医生的责任和义务，明知有风险还是义无反顾地冲进去，知难而上，奋不顾身”。

陈德昌说：“我们第一批队员里差不多一半都是党员。我想，在艰苦环境里，党员一定要带头冲锋陷阵，党员先锋模范作用和党支部的战斗堡垒作用，在这个时候必须体现出来。入党誓词说‘随时为党和人民牺牲一切’，这句话的内涵在此时更加彰显。体现在一名党员的行动中，就是看能不能在国家危难之时，在艰苦危险时刻，能不能挺身而出，冲锋在前出作表率。”

驰援武汉，陈德昌心里是做好了准备的。“知道有风险，但那怎么办呢？来了，就是有思想准备的。”有多年重症治疗经验的他心里有底，对于传染病，只要把传染源和传染途径控制住，把密切接触者严控起来，自身防护到位，就应该没有问题。陈德昌说：“而且现在我们在病房里会微量接触病毒，现在 3 周过去了，病毒也过了潜伏期，体内产生了抗体，加上防护到位，信心更足了。”

已经驻守金银潭医院北 3 病区 20 多天，陈德昌说他不会离开，他要坚守到抗击疫情胜利的那一刻。同时，陈德昌在工作之余也在作一些病例统计，希望从数据里得到些规律，摸索哪种方案对病人更有利，完善救治规范和流程。他认为：“人类社会的发展史就是与微生物博弈的历史。微生物虽然肉眼看不见、摸不到，但无处不在。有些微生物是可以与人和谐相处的，有些却是致命的。对于集体发病倾向的疾病，碰到就要立刻制定应急预案，隔离病人，迅速开展流行病学调查。疫情结束后，一定要制定一套对传染病，尤其是呼吸道传播和接触类传染病的应急机制。同时，这次疫情也提醒人类与环境的和谐关系，只有人与自然保持平衡，才能更好维持生命体的完整和平衡。”

“尽管个人力量微不足道，但是众人的力量是巨大的。我们有信心，尽快结束疫情。”陈德昌说。新的春天，正在与病毒抗争的战役中来临。

“责任在肩，不光要有态度，更多是用行动、用工作来践行，希望我们平安凯旋，我和队友们摘下口罩的时候，都能露出发自内心的笑容，那一刻，这份答卷才能算圆满交付。”

一次特殊的主题党日活动

梁伟

为响应党中央、国务院和甘肃省委省政府的号召，根据国家和甘肃省卫生健康委员会统一安排部署，甘肃省从各市州、各大医院精心选拔出思想政治觉悟高、专业技术水平过硬的医疗队员共 137 名，组建成援助湖北应对新冠肺炎疫情第一批医疗队，由甘肃省青年联合会常委、甘肃省人民医院副院长蔡辉担任队长。

“在出征仪式上，我代表医疗队成员宣誓，内心特别激动。当省委书记林铎把队旗交到我手中的时候，我感觉这面旗帜沉甸甸的，有种战士上战场的感觉。责任是重大的，使命是光荣的。我们 137 名队员带着 2600 万陇原父老乡亲的嘱托，去武汉抗击疫情。我有信心获得最终的胜利，并带着我们的队员凯旋！”蔡辉说。

以最快的速度进入一线

2020 年 1 月 28 日 15 时 5 分，搭载着 137 名甘肃援鄂医疗队队员的东航 MU700 航班在武汉机场降落。“有幸能送你们奔赴前线，愿你们一切顺利，等你们凯旋时，我们去接你们！”空乘人员的祝福感动着每一名医疗队员，蔡辉将空姐发给大家预示着平安的苹果，拍了一张照片之后，用红袋子包上塞进了包里。

甘肃援鄂医疗队的“战场”是武汉中心医院后湖院区，这里自 2014 年 9 月开诊以来，让后湖片区百万居民十多年来“家门口就能看名医”的夙愿终成现实。医院在成为新冠肺炎疫情定点医院之后，患者持续增加，医护力量明显不足，因此，甘肃援鄂医疗队的 137 名医疗队员“整建制”入驻这里。

武汉市专门把医疗队安排在了距离医院不远的一处运动员培训基地，以保障医疗队的食宿。“武汉市对我们医疗队非常重视，各项保障工作都做得很好！”蔡辉说，“希望我们以最快的速度进入一线！”

抵达武汉的当天晚上，蔡辉将苹果郑重地放在房间桌子上之后，就和副队长张亦兵以及医疗护理组的 3 名同事前往后湖院区对接救治工作。后湖院区院长彭义香表示，后湖院区本来只是中心医院的一个分院区，之后因发热病人增加，在 1 月 24 日被确定为定点医院；这里都是疑似病人和确诊病人，整个院区都是作为隔离区管理的，希望医疗队能够尽快进入“战斗”。而后湖院区副院长杨名喃喃地说：“与我共事的同事，一个个都病倒了！”这句话深深地触动了蔡辉，而在 4 天之后，杨名也出现了症状，开始了自我隔离……

回到驻地之后，蔡辉知道留给自己和医疗队准备的时间已经不多了。

尽管队员们在来之前已经做过专门的培训，但是面对新环境、新任务，既要全力救治每一个病例，还要保护好自己，依然感到压力倍增。

越是有压力的时候越要冷静，越是危险的时候，越要发挥党员的模范带头作用。医疗队中共有 41 名党员，虽然时间很紧，但是蔡辉还是报备相关部门，成立了临时党支部，竭力发挥党支部在防疫战斗一线的战斗堡垒和党员先锋模范作用。

在武汉的第一夜，蔡辉没有休息好。他在心里反复梳理着每一个环节，生怕遗漏。第二天，国家级专家们为整个医疗队做了最新版的诊疗规范和防控指南的培训指导。在防护服的“穿”和“脱”上，蔡辉要求队员们不断地练习，整个防护装备需要经过 20 多个步骤，每一步都要规范、严格！因为只有把自身的防护做好了，才能去救治病人。

当晚 7 点，在做好了一切准备之后，蔡辉和他的队员们就全面接

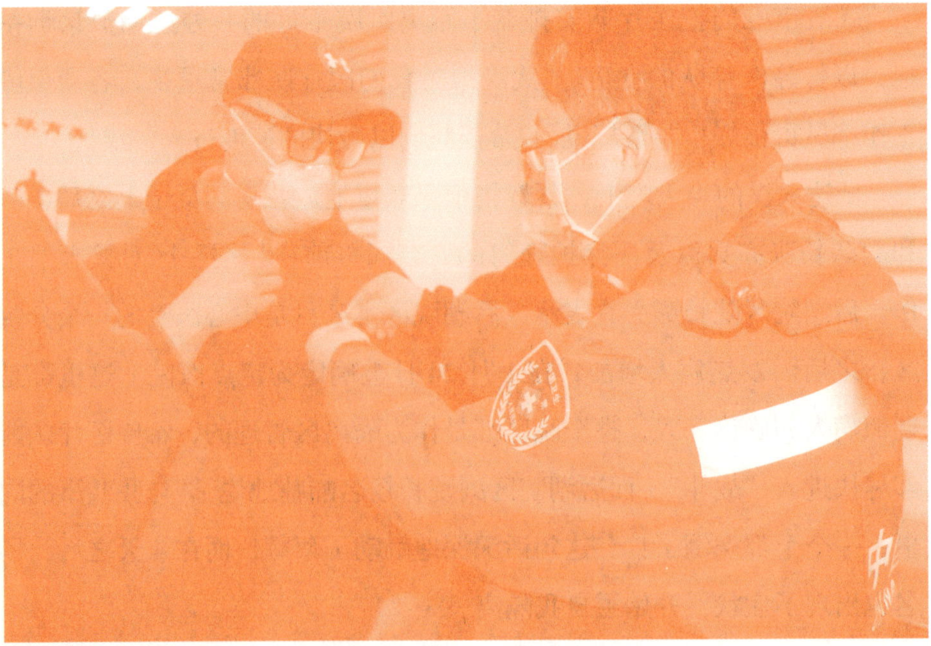

蔡辉（右）给医疗队员佩戴党徽

管了一个病区。“我们进行 A、P、N、N+ 轮班制，规定是每班 6 小时，但按照到医院准备、消毒、穿防护服，下班后再次消毒、脱防护服、清洁、交接班的整个程序，算下来近 10 个小时。上班前半天我们就在控制自己的饮水量，而且上班穿纸尿裤，生怕浪费了防护服，浪费了病人的救治时间。”蔡辉说，“进入病房简单熟悉环境后，医护人员就立即投入到了紧张而有序的工作中，在平时护理工作中看似很简单的基础操作在这里也遇到了困难：防护服密不透风，护目镜起雾，双层手套行动不便，而且，大量的操作使他们呼吸困难、憋闷，进行配药、静脉穿刺等都比平时慢了许多。长时间的工作导致全身汗湿了又干，但我们的队员都只有一个想法，那就是多上一会班，为下一个队友节省一套防护服。”

无怨无悔冲在最前面

虽然这是一个团队，但是里面的队员来自甘肃省 14 个市州、20 多家医疗机构，很多人以前根本不认识，所以工作起来暂时不熟悉，这本身就需要很长的磨合时间，但是疫情的发展又不允许他们有太多的时间沟通、配合和交流，只能边摸索边工作，彼此以最快速度去相互适应。因为在武汉，他们就是一个团队。老中青 3 代队员，相互提点，相互扶持，为的是更默契地投入战斗。就这样，医疗队全面接管了 9 楼发热 19 病区和 10 楼发热 16 病区，共有 70 余名病人。

“尽管我们建立了微信群，但是一些事情还是需要面对面商议并快速解决。”蔡辉说。为此，医疗队想出的办法是：在阳光能够照射到的地方开会。就这样，后湖院区的小广场成为甘肃医疗队的“露天会议室”，临时商讨工作，研究分析解决问题。

1 月 31 日上午 10 时，“露天会议室”举行了一场特殊仪式——甘肃省第一批援助湖北应对疫情医疗队临时党支部重温入党誓词主题党日活动。“我志愿加入中国共产党……为共产主义奋斗终身，随时准备为党和人民牺牲一切……”41 名共产党员齐声宣誓！无疑，在这个特殊的时刻重温入党誓词，让他们热血沸腾，也让他们战胜疫情的决心更加坚定。

在这个特殊时刻，临时党支部接连收到 51 名队员提交的入党申请书，有的人在入党申请书中这样写道：“前方就是战场，祖国和人民在召唤我们，我要把参加此次战斗作为锤炼意志作风的重要机会，做好打硬仗、打持久战的准备，坚决完成保卫人民群众生命安全和身体健康的任务……”党支部批准了表现得最优秀的第一批 5 名队员火线入党。身后是战“疫”第一线，眼前是鲜红的党旗。在入党宣誓仪式上，5 名新

甘肃省第一批援助湖北应对疫情医疗队临时党支部重温入党誓词主题党日活动

党员表情严肃，他们举起右手，宣誓成为中国共产党党员。不久，又有第二批 8 名队员火线入党……2 月 10 日，医疗队组织党支部委员、医疗组组长和部分市州医院业务骨干，认真收听并学习了习近平总书记对做好新冠肺炎疫情防控工作的重要讲话。

蔡辉介绍说："可以说，在武汉的每一天，我都被队员们感动着，我们所有的工作都在有序进行，现在病人一直流动的，国家根据医院统一调配，对他们进行分病检诊，有的确诊病人转去了火神山，有的轻症病人转到了方舱医院，但是我们的工作一点都没有轻松。2 月 6 日，医疗队接到上级指示，紧急抽调 30 名重症医护人员支援武汉协和医院西院区，协助照顾 9 楼、13 楼重症病房的 100 余名患者。"蔡辉说："我们很多队员的口罩勒得脖子、鼻尖都化脓了，有些小姑娘平时特别在意自己的脸，但是这个时候，没有任何人去计较，去抱怨，都无怨无悔冲在最前面。"

除了自己的队员，还有很多人让蔡辉感动：队员去医院的交通工具是政府临时调派的 9 路车；有人送来了热水杯，有人送来了洗衣液，还有人为他们送来了秋衣秋裤；当地做餐饮的甘肃籍负责人还给医疗队送来了家乡的臊子面……

"我有信心带着队友们打赢这一战役，信心源于组织、信心源于工作，源于科学的安排，当然信心更源于党和政府，源于每一个队员。来武汉之前，我们准备越充分，安排越合理，我们来到武汉之后的管理和服务就会越到位，队员防控和救治患者就会完成得越有序，就越有信心来完成这个这项工作。当接过林书记交予队旗的那一刹那，责任在肩，不光要有态度，更多是用行动、用工作来践行。我希望我们平安凯旋，我和队友们摘下口罩的时候，都能露出发自内心笑容，那一刻，这份答卷才能算圆满交付。"蔡辉说。

“健康所系，性命相托。”他表示，一定不辱使命，与湖北人民一起并肩作战，坚决打赢这场疫情防控阻击战。“黄沙百战穿金甲，不破楼兰终不还。”

身披白色“铠甲”的“90后”

2020年的春节是特殊的，当新年的钟声敲响，武汉暴发的新冠肺炎疫情无时无刻不牵动着全国人民的心。面对不期而遇的考验，面对突如其来的挑战，全国各地医护人员紧急集结，他们身披白色“铠甲”毅然逆行，告别家人驰援武汉。

此时，在祖国的最北方，来自哈尔滨医科大学4所附属医院的137名医护人员也已集结完毕，组建了黑龙江省首批支援武汉医疗队，涉及呼吸科、感染科、重症医学科、护理专科等科室，援助对象为华中科技大学同济医学院附属协和医院西院。他们的平均年龄为35岁，其中年纪最大的59岁、最小的24岁，“80后”和“90后”俨然是这支医疗队的主力军。与此同时，医疗队还成立了由17名团员组成的哈医大援鄂抗疫医疗队临时团支部，由团支部骨干成员组成的哈医大援鄂抗疫青年突击队，并选举出团支部书记及团委委员。他们于大年初三带着首批援鄂物资赶赴武汉。

哈医大援鄂抗疫医疗队临时团支部书记、哈医大二院重症医学科护

黑龙江省援鄂抗疫医疗队在宣誓

士王东博，这位奋战抗疫一线的“90后”小伙子接受采访时坚定地说：“生命重于泰山，疫情就是命令，哈医人从不曾畏惧，而让我们一往无前的是家人的期盼与守望，是肩上的责任与担当，更是人民的生命安全与健康。我们，以我所学，尽我全力。”

“白衣卫士”王东博的战地日记

2020年2月2日　星期四　阴

经过5天紧张的感控培训和考核，今天我作为黑龙江省援鄂医疗队重症组的一员，第一次到武汉协和医院西院的隔离病房轮值班。在去医院的路上，天色阴暗，我忐忑不安。虽然我已经有7年的临床工作经历，顺利通过岗位前培训和考核，防护服的穿脱也已经演练了无数次，但是当我真的要面对确诊的患者，心里还是有些发虚。

同行的一位曾经参加过抗击“甲流（甲型H1N1流感）”疫情的同事，一路上不断为我加油鼓劲儿：“只要防护到位，注意手消毒，没问题！”慢慢地，我紧张的情绪稍微有些缓解了。

走进武汉协和医院西院，这里给我的第一印象是紧张，每一个工作人员都行色匆匆，神情严肃。进入病区，护士长亲自为我穿上了隔离服，并在隔离服外面写上了我的名字。现在的我可以说是“全副武装”了，虽然心中默念了无数次之前培训需要的知识，但是进入感染区内，陌生的工作环境和与普通病房迥然不同的工作方式，对我的身体乃至心理都是一个巨大的挑战。

我不断鼓励自己：加油，你一定可以的！

每个轮班是4小时，可刚刚过去一个钟头，我的全身就被汗水浸透了，眼镜、护目镜上全是汗水和雾气，呼吸也开始困难起来。然而，看着病房内大口喘气的患者，看着连进食行走都困难的他们，我的疲惫又瞬间消失了。我的职业是护士，我的职责就是救人！

我在与同组的一位武汉当地的护士聊天中得知，她的家人已经被隔离，但是因为床位限制，只能在家治疗。她言语间有些哽咽，可是当新的患者来到病房时，她还是第一个冲上前去，帮助医生抢救患者。那一刻，我心想，有这样的战友和我并肩作战，我们一定能赢。

完成了4个小时的轮班，脱下隔离服的我已经是大汗淋漓，接过同事递过来的水，一饮而尽。在回驻地酒店的路上，天空下起了淅淅沥沥的小雨。第一次轮班，我收获的不仅是疲惫，更是感动：武汉当地的医务工作者已经维持这种工作状态很长时间了，很多人都是超负荷运转，可是没人喊苦，没人喊累，这不正是我要学习的榜样吗？

回到酒店，雨停了，天空逐渐放晴。我相信，疫情就像这场雨一样，是暂时的，抗击疫情这场战斗终会放晴。武汉加油！中国加油！

医者仁心，不忘初心

《中华儿女》：您是哪里人，儿时的梦想是什么？在学医的道路上给您印象最为深刻的事是什么？

王东博：我是黑龙江省哈尔滨市人，儿时的梦想是成为一名军人。小时候，每当我走在大街上看到解放军叔叔穿着笔挺的军装，那英姿飒爽的样子都让我久久不能忘怀，十分羡慕。后来，我经常去医院找身为护士的小姨，看到医护人员穿着白大褂忙忙碌碌帮助病人的身影，感觉非常神圣，可以说小姨对我的职业选择产生了重要影响。

2010 年，我考入哈尔滨医科大学护理专业，在哈医大学习了 3 年。印象最深的是入学伊始，我和所有 2010 级入学的新生一起在哈医大“木直中绳，博学载医”的校训下，举起右拳，背诵希波克拉底医学生誓词的场景。健康所系，性命相托。我步入神圣医学学府的时刻，庄严宣誓：“我志愿献身医学，热爱祖国，忠于人民，恪守医德，尊师守纪，刻苦钻研，孜孜不倦，精益求精，全面发展。我决心竭尽全力除人类之病痛，助健康之完美，维护医术的圣洁和荣誉，救死扶伤，不辞艰辛，执着追求，为祖国医药卫生事业的发展和人类身心健康奋斗终生。”

当宣誓结束的那一刻，我的内心无比激动，我终于成为我国千万医务工作者中的一员了，将来可以为维护人类的生命健康贡献自己的力量了。虽然未能实现成为一名军人的愿望，但是我用另外一种方式成为保护人类健康的“白衣卫士”。

《中华儿女》：大学毕业后，您走进哈医大二院，作为重症医学科 4 病房的一名 ICU 护士，您的日常主要工作是什么？工作状态又是怎样的？

王东博：平日里，我的主要工作是配合医生收治、抢救危重症患者，实时监测记录患者的生命体征；熟悉并掌握一些重要仪器的操作与故障的处理；为患者进行基础护理和生活护理；评估患者的精神状态、皮肤状况，以制定相应的护理计划。

重症医学科4病房以收治内科重症患者为主，虽然平时工作都很紧张，但是每个人都能坚守自己的岗位，在工作中互相帮助，因此我们在朝夕相处中也形成了默契，各司其职，圆满完成自己的工作。有时，收治的患者因为病痛以及身体上的不适，情绪上多少会出现焦躁和激动，ICU护士在这时也需要对其进行心理上的疏导和安抚。可以说，ICU护士的工作节奏很快，强度很大，同时对专业性又有很高的要求。

《中华儿女》：此次面对武汉疫情，您第一时间主动请缨，报名参加黑龙江省首批援鄂医疗队，家人是否知道？你心里紧张吗？

王东博：黑龙江省首批援鄂医疗队是在1月26日成立的，当时是由医大附属4所医院以科室为单位报名的，各科室的医护人员都非常积极踊跃。就这样，一支由37名医生和93名护士组成的医疗队组建完毕。一方有难，八方支援，虽然哈尔滨与武汉相隔千里，但是此时疫情肆虐，我们不伸出援手，还等什么呢？我的家人都很支持我的决定，这也更加坚定了我到武汉去的决心。

同时，虽然在ICU工作的6年多让我懂得安全防护的重要性，但是此次疫情来势汹汹，还是让大家感觉很紧张。临行前，医院专门为我们做了感染监控的培训，包括安全防护的每一步，从此次新型冠状病毒的流行病学知识、传播途径、易感人群到无菌手套、无菌鞋套、N95口罩的佩戴，再到穿脱隔离衣的流程，几乎细致入微。焦军东院长更是亲自挂帅，带领我们奔赴武汉，为我们此次出征吃下了一颗“定心丸”。

此外，院领导在为大家饯行时说道：“大家放心，你们的家人由我们照顾，你们家里的事儿就是我们的事。”在场的很多医护人员听了这句话，眼睛里都饱含泪水。有了这样坚强的后盾，我想，我们一定会在前方加油努力，为黑龙江医疗人争光！

跨越千里，并肩作战

《中华儿女》：大年初三，您和战友们一起登上了飞往武汉的飞机，这是您第一次去武汉吗，有什么感受？

王东博：我是第一次来武汉。此次出征，各级领导都十分重视，医院为大家准备了充足的物资，包括生活用品。到达武汉一周后，我们又收到两批从黑龙江省内发来的补充物资，让我们没有了后顾之忧。与此同时，武汉的相关部门第一时间为我们安排了下榻的酒店，出行有车接送，饭菜也可口，可以说是尽最大的努力来满足医疗队员的需求，让我们感到非常温暖。

《中华儿女》：此次，黑龙江省首批援鄂医疗队员都被分到武汉协和医院西院，你们是哪天正式投入工作的？您的主要工作是什么？当时的情况是怎么样的？

王东博：首批队员于到达武汉的第二天就到病房开始工作了。我是 2 月 2 日到病房，工作地点在 5 楼的一个由妇科病房改造成的隔离病房，每个班次大约能接诊 10 名患者，大部分都是确诊患者，还有当地下级医院转送来的。我的主要工作是配合当地医院的护士，为患者静点药物，测量体温、血氧，协助医生为患者氧疗，上呼吸机，发放口服药，配合医生接诊新患者。工作还是比较顺利的。

当我第一次穿着隔离衣进入隔离病房，心里还是很紧张的，医院内的工作人员都是脚步匆匆，如临大敌。可见，此次疫情不仅给大家的生理带来了病痛和伤害，还给心理上带来了恐惧和创伤。但是，在医护人员的脸上，丝毫看不出畏惧和胆怯，在如此紧张的工作环境下，大家的精神还是比较饱满的，干劲儿十足，这也让我对这场“战疫”更有信心。

《中华儿女》：连日来，您所看到的疫情有什么变化？目前是什么情况？

王东博：目前，不少患者在医护人员的努力下病情已经有了好转，情况逐渐稳定，但是防疫形势还是十分严峻，医护人员的配比严重不足。就在今天，有个好消息，黑龙江省第二批援助武汉医疗队已经出发，他们是由来自齐齐哈尔医学院附属 3 所医院 119 名医护人员组成，我们两批来自黑龙江省的医疗队将一同援助武汉协和医院。我相信，疫情一定会得到有效控制。

《中华儿女》：哈医大援鄂抗疫医疗队临时团支部是什么时候成立的？作为临时团支部书记，您有什么想说的话？

王东博：此次，我担任援鄂医疗队临时团支部书记，医疗队到达武汉第三天，也就是 1 月 30 日上午 11 时全体支部成员参加了临时团支部成立大会。会前，经过黑龙江团省委与湖北团省委协调，由武汉团市委提供团旗和团徽，因为武汉当地过江管制，下午当我从工作人员手中接过团旗和团徽时，我非常感激。他则激动地握着我的手说：“该说感谢的是我们，你们放下手中的工作，告别家中的亲人，来到武汉与我们并肩作战，与你们相比，我们做这点事又算什么呢！”

在临时团支部成立仪式上，17 名团员在团旗下庄严重温了入团誓词，铿锵誓言，掷地有声。大家纷纷表示要勇敢地与病人并肩战斗，不抛弃、不放弃！我作为临时团支部书记，真心为每一位团员感到骄傲。“健康所系，性命相托”，我们一定不辱使命，与湖北人民一起并肩作

王东博与队友一起为武汉加油

战，坚决打赢这场疫情防控阻击战。在这里，我借用一句古诗来表达我的态度吧，“黄沙百战穿金甲，不破楼兰终不还。”武汉加油！中国加油！

武汉雷神山医院的建设工地上，有许多准爸爸的身影。多年后，当孩子问起2020年那个春节，在疫情最紧张的时候，爸爸做过什么？这几位爸爸都会有令孩子骄傲的答案。

战地医院工地上准爸爸们的感人担当

王海珍

经过十多个昼夜的日夜奋战，雷神山医院 2020 年 2 月 8 日交付使用。武汉雷神山医院位于武汉市江夏区强军路，整体参照战地医院形式，采用模块化设计，主要包括医疗用房区、医护保障区、医疗辅助区，总用地面积约 328 亩，建筑面积 7.99 万平方米（包括隔离病房区 5.22 万平方米，医护人员生活用房 2.77 万平方米），病床 1600 张，还可供 2000 多名专家、医护人员和部队官兵工作、生活使用。该项目由中建三局独立承建，中建西部建设主供混凝土。

在雷神山医院医护生活区建设现场，工人穿梭在洁白的板房当中进行水电安装和装饰工作，组成一幅繁忙场景。在休息的间隙，工地上流传的 4 个准爸爸的故事感动了很多人。

郭俊良：给即将出生的宝宝做好榜样

来自中建三局基建投公司黄陂中环线项目的郭俊良，是雷神山医院医护宿舍项目的一名施工员。大年初二这天，郭俊良在工作群里看到雷神山医院建设急需人手的消息，他的第一反应是“我要去！”于是，他主动请缨赶赴一线，联系到了报到地点。郭俊良说：“我清楚这次建设非常危险，但作为三局人，我没有迟疑，只想尽自己的力量帮助大武汉。”

他怀孕 7 个多月的爱人边唠叨边给他收拾家里存留不多的口罩、酒精、洗手液和换洗衣物……还不停嘱咐他要注意保护自己。郭俊良安慰她说：“不要担心我，我这是给我们即将出生的宝宝做一个好榜样，我在做一件非常有意义的事，你要照顾好自己！”随后，他又打电话说服远在老家的父母，给他们做思想工作，让两位老人安心。

安顿好妻子，来到施工现场，郭俊良被安排负责材料进场管理和钢基础施工。因为时间紧迫，现场 24 小时不间断施工，他跟工区长申请把最辛苦的夜班交给他。之后，他连续 4 个晚上通宵值班，他负责的二工区率先完成钢基础施工任务，成为各工区的榜样。

杨宏亮和妻子隔着“猫眼”对望

武阳高速项目的材料员杨宏亮，过年前一天接到任务，命令是简单几个字：“在武汉家中待命，需随时执行任务！”大年三十，他和家人看着春晚，握在手里的酒杯始终没动，担心命令随时到达，需要立刻动身！1 月 26 日接到命令，他即刻动身赶往雷神山项目建设现场。“公司需要我，是对我的认可，现在武汉水深火热，需要我们建设者临危解困，虽然我是外地人，但也在武汉扎了根，这里是我的第二故乡，同时作为党员有义务有责任顶上去。”

来到现场后，杨宏亮的第一个任务就是 36 个小时连续作业，不到两天就筹备了大量的贝雷架、型钢、活动房材料等。他说，早知道在过年的几天里材料筹备非常困难，再加上疫情导致保障供应难上加难，“要特别谢谢供应方们的大力支持，以及一大群可亲可爱的同事跟我一起并肩作战，虽然大家都是蒙面人，没能看清‘真面目’，但是大家共同的名字都深深地烙在了武汉人民心里，那就是——英雄”。

杨宏亮的爱人也是中建三局人，对他的决定非常支持，虽然已经怀孕 8 个月，但坚持说自己在家中能照顾自己，让他放心。

为了保护爱人和宝宝的健康，杨宏亮这几天住在酒店里，但他每天总要抽空回一趟家。他不进家门，只是和妻子隔着“猫眼”对望，互诉思念之情，把给家里买的生活用品放在门口，走的时候帮老婆带走垃圾，在门后妻子的注视下赶回施工现场。

肖安：给妻子一个迟到的拥抱

鄂州 40 工程项目技术负责人肖安，在雷神山医院项目担任一名普通的技术员。2020 年他和父母一起在武汉过年，大年初一下午看到雷神山医院开建的新闻，晚上就看到了项目领导在工作微信群里的号召，说公司要参与雷神山医院建设，急需人手。于是，他主动请缨，大年初二就来到强军路。

作为一名技术人员，肖安知道设计和技术准备工作关系工程是否能够顺利开展。在投入紧张工作中后的第二天早上，他的微信收到妻子发来的“两道杠”。她说幻想过无数种告诉丈夫自己怀孕的场景，说他会抱着她转圈圈之类的，从来没想过会是在医院建设现场。

肖安付出了全部的精力投入雷神山医院建设当中，每天工作超过16小时，只能趁着吃饭时给妻子打电话聊聊。肖安到了雷神山医院现场，才得知老婆已经怀孕两个月，这让他百感交集：“老婆这段时间孕吐很频繁，多想这时候能在她身边照顾和安慰，但是更重的责任压在肩上。很多的病人和医生需要我们的完成建设任务，我只能对老婆和肚子里的孩子说声对不起，等我凯旋，一定给你一个迟到的拥抱。”

骆良：有好多故事想跟准宝宝说

1月26日，在新浪微博上一条中建三局家属发出的微博获得了13万的阅读量，大致内容是“昨天半夜你临时接到了被抽调前往雷神山医院项目的通知，一家人突然沉默，开始默默地替你准备口罩、手套、药品等物资。两天前你从鄂州项目回来的衣物还没来得及清洗，如今又塞着满满的行囊准备出发……跟我和肚子里的宝宝道别后，明明有好多话要嘱咐，却什么也没说出口。原谅我昨晚的泣不成声。宝宝，你的爸爸去当大英雄啦，我们一起等着他平安凯旋”。到2月1日，这条微博已获得230条评论和1500多个点赞。

这位准妈妈的爱人叫骆良，是雷神山医院项目的党支部书记。大年初一晚上接到公司征调的通知后，他第二天清早就赶到了施工现场，负责统筹后勤、协调等综合保障工作。开始的前3天，他累计只睡了10个小时，为的是和他的团队全力做好所有施工人员的后勤保障。他感慨道：“我的嘴巴现在是用来说话的，不是用来吃饭的，我已经把我的身

各地驰援武汉（王传顺 / 摄）

体‘开发’到极限了。”

有人问他现在最想说什么，骆良说：“好想早点完成建设任务，回家陪老婆把剩下的一半《囧妈》看完。以前，老婆逼我给肚子里的宝宝讲故事，我一次都没讲，现在我有好多好多故事想跟宝宝说。”骆良还说，他是一名党员，要用实际行动告诉即将出生的宝宝，什么是勇气、坚强和担当，人的一生应该这样活着才有意义。

疫情防控形势严峻，医院建设刻不容缓，疫情防控需要英勇的建设者快速集结，于是他们就不怕吃苦和冒险，逆行奔赴。他们视防控如命令，视防控如战场，视防控为责任。雷神山医院建设现场异常嘈杂，每个人都必须扯着嗓子进行沟通，这种伴着作业声音的交谈，或许就是4

位准爸爸要讲给妻子肚子里的宝宝们最好的故事吧。

多年后，当孩子问起 2020 年那个春节，在疫情最紧张的时候，爸爸做过什么？

这几位爸爸都会有令孩子骄傲的答案吧。

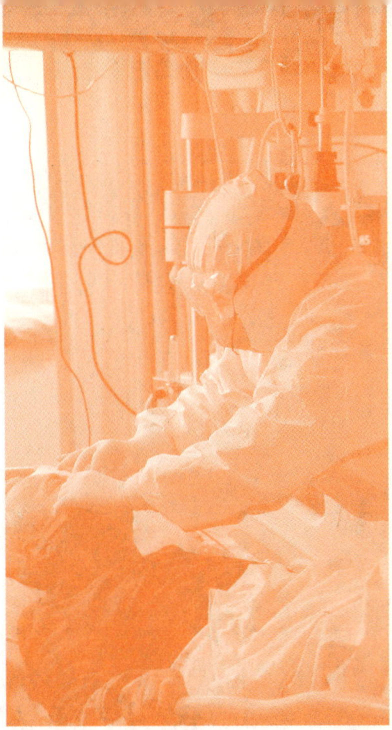

三·抱团集结

救死扶伤，医者担当；为国为民，军人本色。一条短信、一句感谢、一通电话、一个军礼……映照着人民对子弟兵的深情，彰显着人民对解放军的信任。

敢打硬仗的英雄军医

王通化　高立英　陈国全　孙兴维

动员令、请战书、决心书……自除夕夜紧急驰援疫情防控一线以来，

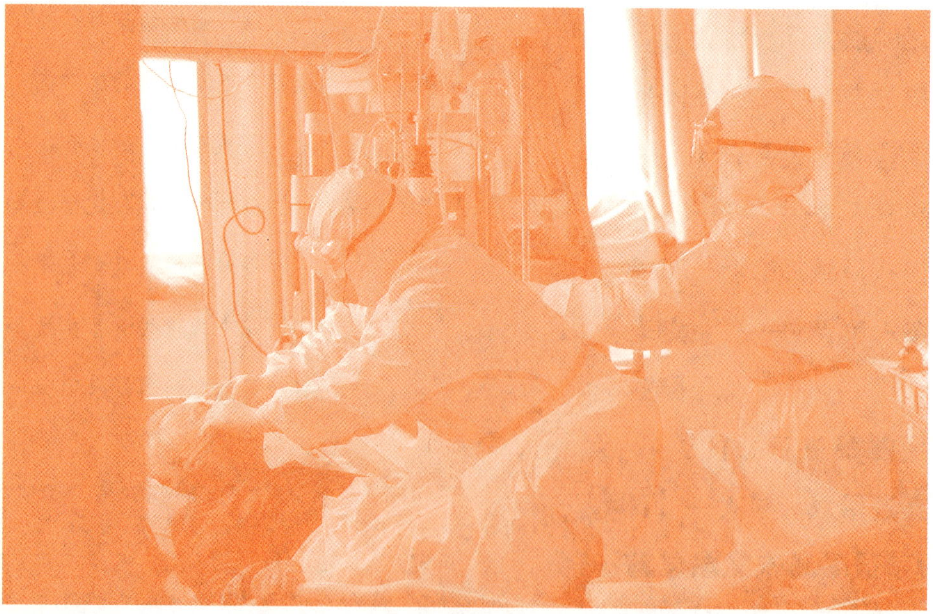

海军军医大学医疗队医护人员对新冠肺炎患者进行救治（范显海/摄）

军队支援湖北医疗队坚决落实习近平主席重要指示，勇挑重担，敢打硬仗，冲锋在前，彰显了人民子弟兵的英雄本色。

火线宣誓，火线入党，火线立功……连日来，军队支援湖北医疗队不怕牺牲，不怕疲劳，连续作战，和地方医护人员并肩战斗，全力以赴救治患者，在荆楚大地上演绎了一曲曲英雄壮歌。

荆楚大地，遍地英雄，只为一个目标：坚决打赢疫情防控阻击战，守护人民生命安全和身体健康。

赴汤蹈火而一往无前

13 名战疫勇士火线立功！

日前，一则军队支援湖北医疗队队员立功受奖的消息迅速刷屏。众多网友纷纷转发留言：“冲锋一线，当获殊荣；奖励及时，实至名归。”

此前，来自军队支援湖北医疗队 10 名队员火线入党的消息，也引来广泛关注。

细心的网友发现，火线立功的不少队员都有多次参加重大任务的经历，而火线入党的队员，大多都是第一次奔向“前线”。无论是“多次”还是“第一次”，他们的心中涌动的是同一种豪情——“见红旗就扛，见任务就上”。

在军队支援湖北医疗队的名单中，我们看到了队员刘蕊的名字。17 年前，她曾作为第一批军队医疗队队员，奔赴小汤山参加抗击“非典”疫情。刘蕊比任何人都明白疫情的风险。但 17 年后，奔赴武汉火神山医院的队伍中，又出现了她义无反顾的身影。

在军队支援湖北医疗队 1400 人的队伍中，不乏像刘蕊这样任务一来就往前冲的身影——

“老任，这一次你能不去吗？”得知丈夫又主动报名参加支援湖北医疗队，任小宝的妻子有些想不通。这些年，任小宝参加过汶川抗震救灾、援非抗埃、玉树抗震救灾等任务，哪一回都让她跟着担惊受怕。

“我是军人，有战斗必须上！”新冠肺炎疫情来袭，任小宝觉得，又到了自己该出发的时候了。除夕夜，他打起背囊和战友们一起奔赴武汉。

望着妻子姜雪背上出发的行囊消失在夜色里，同是军人的丈夫发了一条微信朋友圈给爱人壮行：“除夕，朝着生命的方向逆行！你的优秀，记载在汶川抗震救灾现场；你的优秀，书写在援非抗埃的利比里亚；你的优秀，奋战在武汉这场没有硝烟的战斗中……”在抗疫一线，读到这条微信朋友圈，姜雪的眼眶红了。她说：“作为一名军人，我一定不负这身戎装。为了人民生命和健康战斗，这是我一生的荣耀！”

来到武汉抗击疫情一线的第 10 天晚上，曹国强从立功奖励通报中，听到了自己的名字。10 天前，正在与家人包饺子的呼吸科专家曹国强，手上还粘着面，就接到了集结的命令。57 岁的他立即收拾行李打包装箱。

“爷爷，给你 3 个棒棒糖。”出征前，3 岁多的小孙女把糖递到曹国强手上，“一个在去的飞机上吃，一个下了飞机吃，一个留在回来的飞机上吃。”直到接受采访的时候，孙女送的棒棒糖，曹国强还一颗没舍得吃。

在老家和父母团聚的队员湛又菁，把两个儿子托付给父母。从西藏边防某部探亲回家的丈夫驱车疾行 3 个小时，在医疗队出发前半个小时，将妻子送到机场。

距离跨年钟声敲响只剩 16 分钟，医疗队抵达武汉。队员宋彩萍和战友们用最短的时间，将武汉金银潭医院普通病房改造成传染病房。为收治患者赢得了宝贵时间，也为医务人员安全筑牢了防线。到达武汉后的 4 天里，她总共睡了不到 7 小时。

医疗队对口支援的金银潭医院收治病人多、病情最严重，队员王斌和战友全副武装，接诊医疗队首例患者。在日记中，王斌这样写道：“前面是来势汹汹的病毒，后面是我们的祖国和人民。战斗已经打响，我们唯有冲锋！”

不负重托且不辱使命

连日来，无数人见证了人民军队的快速反应，无数人见证了人民子弟兵的“最美身影”“最美面孔”。武汉百姓感叹：“解放军来了人心定！人民信任解放军！”有一种温暖的色彩，叫迷彩；有一种希望，叫“解放军来了人心定”。

入伍 30 多年的曹国强，这一次也在火线立功的名单中。尽管他格外珍视军旅生涯荣立的第二个军功，但在曹国强心里，几天前一位患者发来的一条短信更值得珍藏——“很多时候，您不仅仅属于自己，还属于大家，许多人都需要……有您在，患者心里踏实，便会感到有生的希望，便会坚定快乐生活的信心。”

立过二等功，这次又荣立三等功，但在队员任小宝的心中，人民健康才是最大的军功章。他感到自豪的是，那些出院患者对他和队友们反复说的一句话：“谢谢你们救了我的命！”

在这位老军医的记忆中，总有一些画面和声音让他难以忘怀——

2008 年抗震救灾，任小宝和战友们挺进汶川县映秀镇草坡乡。一位骨折的 8 岁女孩哭着说：“叔叔，以后我还要写字呀，你救救我，我给你背唐诗。”任小宝含泪抱住孩子，一边给她包扎伤口一边说：“你的手会好的，灾难会过去的，一切都会好起来的。”

大灾大疫面前，人民子弟兵一直在一线，从来未缺席。人民子弟兵在人民最需要的时候，一次次不负重托、不辱使命。

在专门收治新冠肺炎重症患者的武汉金银潭医院，队员毛青和战友们争分夺秒，48 小时内完成实地了解诊疗环境、制定工作规范流程、明确医务人员分组，并整体接手金银潭医院综合病房楼的两个病区，接手当天收治确诊患者。根据在利比里亚抗击埃博拉病毒的经验，毛青和他的团队在病区设立了监控机制，通过摄像头实时观察医务人员洗手消毒、穿脱防护服等各个环节，一旦发现不规范操作会马上喊“停”，并提供专业的补救措施。与高危污染物、病毒打了 30 年交道，历经生死考验的毛青被战友和患者称为“可以生命相托的人”。

“可以生命相托的人”，是百姓眼中最可亲的人。那天，队员黄文拨通了患者刘大爷的电话。听到刘大爷说话中气足了很多，胃口也大开，能多吃一个鸡蛋和包子，黄文由衷地替他高兴。两天前，得知军队医疗队要转到火神山医院，倔脾气的刘大爷几番辗转，把电话打到带队领导那里，一遍遍说：“你们不能走啊，尤其是黄医生，必须要留下来，我离不开他。”“可以生命相托的人”，是百姓眼中最可敬的人。

一条短信、一句感谢、一通电话、一个军礼……映照着人民对子弟兵的深情，彰显着人民对解放军的信任。

敢打硬仗也能打胜仗

时间，一刻不停。数字，每天都在刷新。

每天的两组数据，时刻牵动着军队援助湖北医疗队队员们的心——一组是患者出院的“战报”，让他们欣慰不已；一组是确诊患者报告，让他们心急如焚。

这是一场与疫魔分秒必争的战斗，更是一场勇敢与恐惧的较量。“红区”，抗疫医院中重症隔离病房的别称，是人类与疫魔激烈交锋的战区。战“红区”，刻不容缓。在这里，医疗队队员个个是战士，是勇士。

厚厚的防护服，包裹着高大的身躯。病床旁边，队员宋立强上身微微前倾，屏住呼吸，仔细辨别听诊器中传来的声音，任凭汗水在防护服内恣意流淌。50 岁的宋立强，参加过抗击“非典”和汶川抗震救灾，不仅业务精湛，还是战友们心中公认的“拼命三郎”。抵达武汉的日日夜夜里，他每天从清晨 7 点工作到深夜 12 点。

在武昌医院收治的确诊患者中，有 14 名重症患者均呼吸衰竭。作为一名有着多年临床经验的呼吸内科医生，宋立强连夜编写了《关于呼吸机经鼻高流量湿化氧疗技术的操作规范》，并下发给医疗队员，规范治疗操作。在他和同事们的精心治疗下，大部分患者病情平稳。

出征至今，宋立强还没有跟女儿通过电话。“爸爸，加油！我以你为荣！”女儿发来的微信让他倍感温暖，给他无穷力量。他说：“作为一名中共党员，我义不容辞；作为一名白衣战士，我义无反顾。请祖国放心，请人民放心，我们有信心战胜病毒。”

打针输液、采集标本、监测生命体征，为病人进行心理护理，打扫病区清洁卫生……那几天，队员黄舒和战友们穿着厚重的 3 级防护装备，每天都要在“红区”工作 10 个小时以上。

防护服、护目镜完全不透气，全是水气，口罩磨红了脸颊，汗水浸透了衣背，他们在不分昼夜的忙碌中度过了人生中最难忘的春节。

病房里，一位小伙子过生日，黄舒好不容易弄来一碗热的长寿面。当她把面递给小伙子的时候，在场的每一个人眼角都泛起了泪花。这位在一线递交入党申请书的队员说：“这场战斗我们必须赢，也一定能赢。”

这里，是生与死角斗的火线。每天，都记录着悲怆，也孕育着希望。

在 2 月 2 日的日记中，队员王斌写道："我的 2 床和 3 床患者今天康复出院了。"隔离病房门口，王斌目送医疗队开诊后治愈的首例患者渐渐走远，"心里有点小小的激动"。

17 年前的"非典"疫情，曾在少年王斌心中埋下一颗救死扶伤的种子。如今，这颗种子终于生根、发芽，开出了花朵。

也是 2 月 2 日这一天，一等功臣、抗击"非典"英模黄文杰和战友们乘坐军机抵达武汉，加入军队援助湖北医疗队，向火神山医院进发。

17 年前，第一例"非典"患者，正是在黄文杰手中治愈的。听到新闻中不断攀升的确诊患者人数，58 岁的黄文杰心急如焚，主动请战。他说："穿着这身军装，我们不仅要敢打硬仗，更要能打胜仗！"

"敢打硬仗，能打胜仗"——此时此刻，这不仅是忠诚担当，更是使命召唤！

看着病房里被病毒折磨的危重患者，队员李双双下定决心：必须打赢这场战斗！

看着地方同行身着防护服、拄着拐杖坚守的背影，队员孔祥毓勉励自己：穿着这身军装，我们更应该打赢这场战斗！

一次又一次，他们用生命守护着生命——

一名重症患者情况危急，已经工作 4 个小时的队员王斌立刻赶来，紧急实施抢救。等病人脱离危险时，他已在病房忙碌近 8 小时。脱下防护服的他脸色苍白几近虚脱。

一次又一次，他们用真情呵护着生命——

在隔离病房，队员湛又菁耐心鼓励着患者多吃一个鸡蛋，再喝一口稀饭……然而，她和许多同事却因为超负荷工作、透支体力，而没有胃口好好吃上一顿饭。

火线立功的消息传到家里，湛又菁的母亲特意发了一条朋友圈，勉励女儿为党和人民“再立新功”。

17 年前，“非典”疫情来袭时，湛又菁还是军医大学护理专业的一名学生。目光送前辈们奔赴小汤山医院的场景至今令她无法忘怀。17 年后的今天，她终于跟随着他们的脚步，成为像他们一样的战士。湛又菁说：“我们站立的地方，就是战场，就是守护人民健康的最前线。”

他们主动请缨，申请参加援鄂医疗队，在万家团聚之时奔赴武汉。隔离病房，是医疗队员们与死神、与病毒搏斗的“战场”，期待每天都是胜利的一天。

逆行在万家团聚的除夕夜

伍晓丹　鲁媛媛

2020 年 1 月 24 日下午，按照广东省卫生健康委员会的统一部署，南方医科大学珠江医院一小时内迅速组织 15 名医护人员加入第一批广东医疗队援助湖北应对新冠肺炎疫情。除夕夜万家团聚，他们义无反顾选择与家人别离，勇敢逆行，踏上了驰援武汉抗击疫情的征程。26 日，医疗队员们陆续进入武汉收治新冠肺炎的定点医院——汉口医院，开始展开医疗工作。于是，一幕幕感人的瞬间、一个个暖心的故事也徐徐呈现。

“春节我回到武汉，却没有告诉妈妈”

故事的主人公李君是南方医科大学珠江医院支援湖北医疗队临时党支部书记、医院儿科中心 PICU 护士长。武汉是她的家乡，也是她从小长大的地方。来广州工作后她每年总会抽出时间回去一两趟，陪陪妈妈。然而，2020年的春节，她却没想到自己会回到武汉却没有告诉相距不远的妈妈。

2020年本没有回武汉过春节计划的李君，大年三十那天接到医院要组建支援湖北医疗队的通知，她毫不犹豫地报名了。她说："因为武汉是我的家乡，我义无反顾，责无旁贷。"因为怕妈妈担心，李君一直没敢告诉妈妈自己回到武汉了，也没让家里人说。其实，妈妈就住在武汉洪山区，距离她支援的汉口医院只有十几公里。但从大年初一凌晨下飞机到武汉后，开会、培训加上各种准备工作，忙得一点儿空也没有，完全顾不上抽空回家一趟去看妈妈。李君说："再说了，在这种特殊时期，为了保护家人、保护自己、更保护等着我们照顾的病人，也不能回家。"

大年初二晚上，李君正和另外几个医院医疗队的护理组长在讨论病区管理问题，突然接到了妈妈打来的电话。老太太开口就问："君君，你是不是来了武汉？"李君心里一惊，赶忙解释说，"因为忙，所以还没来得及告诉您。"没想到妈妈很干脆地对她说："君君好样的！你莫担心家里和我，好好工作，我不打扰你！"妈妈说完就挂了电话。

开完会，李君赶紧回电话问妈妈："谁告诉您我来武汉啦？"结果妈妈说："你以前每天或隔天就给我打一个电话，你这几天都没来电话，我就猜到啦。"李君笑着说："我妈真聪明！"妈妈语气自豪地说："我可不是一般的老太太，你放心好好工作，照顾好病人，照顾好和你一起工作的那些医生护士，我身体很好，你不用担心，你们都要注意休息啊！"

李君带着妈妈的牵挂和祝福，与医疗队战友们一起奋战在自己的岗位上，默默守护着家乡。

1月30日，李君上的是0点到4点的早班。前一天晚上11点，她和另外两名医疗队员于丽丽和郑爽欢就从酒店出发，深夜的武汉街头寂静无声，路上只有她们在互相打气为各自加油。

李君所在的病区有70多名病人，一上班李君和队员们就忙开了。尽管看不到对方的脸，但熟悉的声音已经让大家倍感亲切，那一刻感觉仿佛回到了珠江医院，身边都是熟悉的“战友”。技术精湛服务至上，全心全意为病人，援鄂医疗队员们正在践行这样的誓言。

李君接班后，仔细查看新收的急诊病人，高流量下氧气罐氧压慢慢下降，很快氧气罐中的氧气将用光。因为医生处理病人走不开，李君主动下楼将氧气罐搬到病人床边，为病人做充足准备。要知道，那可是几十公斤重的氧气罐，而且没有推车，她就这样靠自己从一楼旋转着将氧气罐运到了3楼。李君和其他队友从一楼搬了近10瓶氧气罐，为病房几位重病人存够了氧气。病房里有3个病人情况不稳定，她不停奔忙，

湖北某地医院医生采集完有关样本后进行消毒

看着病人血氧从六七十升到80多，李君的心里别提多开心了。

1月31日，李君负责早上8点到12点的班。一早进入病区，因为防护服等物资紧缺、穿脱不方便又耗时间，大家决定先一次性领完必需物品后再进病房。李君和队友从4楼搬了几箱手用消毒液、垃圾袋之类的物品下到2楼。来来回回，已是满身大汗。

穿好防护服，戴好护目镜，李君走进病房，世界又是一片朦胧。因为护目镜数量不够，都需要消毒后重复使用，因此使用时镜片容易起雾、视线会变得模糊。透过护目镜，只能看见工作人员忙碌而模糊的身影，大家分辨不出谁是谁。

病房里重症病人占了40%以上，任务很重。按照前一天晚上的分工，大家各自忙开了。配液体、打针、抽血、查医嘱、发药、给病人送药、配合医生抢救……配药台上，密密麻麻摆着几百袋液体；穿梭在各病房之间，大家都是一路小跑。

这时，李君突然听到队员们的求助。"君姐，60床我们打不进针。""12床、43床我们也打不到。"戴着几层手套本来就影响操作，护目镜起雾又导致视线模糊，加上有些病人血管条件差，平时对护士姑娘们来说堪称小菜一碟的打针，现在都变得没那么容易。而李君是儿科中心PICU护士长，素有儿科"神枪手"之称，有她出手，几个病人都是"一针见血"。

忙碌的时间总是很快过去，整整4个小时，屁股几乎没有挨过凳子。下班要脱下厚重的防护装也不是件容易的事。虽然已经轻车熟路，互相帮忙，但李君还是花了近半个小时。脱完防护服，里面的两层衣服早都湿透了，头发也是湿的。

其实，来武汉驰援的医疗队员们早就做好了吃苦的准备，不管是工作强度，还是生活物资、居住条件。然而在病房，当李君看到病人气喘吁吁，想调高他们氧浓度时，她居然发现无法调节——医院不是中心供氧，氧流量最高只能到 3 升，而且氧气面罩也不含储氧袋。

空气中氧浓度是 21%，每增加一升氧，氧浓度上升 4%，所以在李君所在的病区里，病人如果使用供氧袋里的氧气，最高氧浓度只有 33%，氧疗效果很不好。说真的，有些病人只需要稍微再上调点氧，就会舒服很多。但是条件不允许，医疗队员们也很无助和无奈。

在医疗资源紧缺的情况下，李君主动募集到了 500 套含储氧袋的面罩，一定程度缓解了最紧迫的供氧问题。含储氧袋的面罩又叫非再呼吸面罩，因为自带储氧袋，可以让氧浓度达 90% 以上。李君还募集到 10000 个正压接头和 10000 个留置针头、100 瓶美林等医用物资。正压接头是无针接头，可以减少护士针刺伤的发生；汉口医院之前没有退烧药，只能用退热栓纳肛，这会增加医护感染的风险，因此美林到得也很及时。

“当年他们保护我们，如今我保护更多人”

南方医科大学珠江医院 ICU 青年医生王凯是名 1989 年出生的年轻队员。王凯关注到疫情，就向科室主任主动请缨——如有需要，申请参加医疗队，奔赴武汉。大年三十，正在安徽阜阳老家陪伴父母的他看到组建援鄂医疗队的消息，就第一时间强烈要求报名参加。获批后，立即启程，从阜阳赶到广州，与医疗队汇合。

他说：“2003 年 SARS 肆虐时，我正上初中。看到新闻上说，一大批医务工作者奔赴一线，和疾病战斗，至今仍然记忆深刻。那时，是他们在保护着我们，如今我自己是一名医生，还是一名重症医学科医生，我责无旁贷地要去奋战，才能保护更多的人。”王凯说，父母都很理解他的职责和工作，立刻帮他收拾行李，叮嘱他注意安全。在机场候机时，他用手机匆匆写下了一份入党申请书。

1月29日晚上10点，急诊收入一名呼吸衰竭的患者，鼻导管吸氧状态下血氧饱和度还不到60。下病危、面罩吸氧、连接心电监护、高流量吸氧，护士有条不紊地执行医嘱。就在这时，传来护士的喊声："医生，中心供氧设备压力不够，血氧上不来。"根据医院现有条件，氧供应设备出现故障，氧压不够，病人血氧难以维持，怎么办？

王凯和队友们发现将高流量的接口连接氧气罐，就可以达到高流量所需氧压要求，进而进行高浓度氧疗，以改善病人缺氧状态。将高流量机器连接至氧气罐、调好参数、给病人戴好高流量鼻导管……很快，病人血氧就稳定到80%—90%，呼吸困难症状明显好转。

患者女儿看到父亲症状缓解，激动地拉着王凯不住地道谢："非常感谢你们不远万里来援助我们，让我们看到了希望，太谢谢你们了。"王凯安慰她说："我们是广东医疗队的，我们就是来帮助你们的，你们也一定要加油，我们陪你们一起共渡难关。"

下班后王凯在回酒店的路上，第一次看到凌晨3点30分的武汉。望着空无一人的城市，王凯突然想到了电视剧《士兵突击》里的一句经典台词——不抛弃，不放弃。医疗队员彼此之间是战友，医疗队员与患者和患者家属之间何尝不是战友。危难之中相互扶持，一定要一起战斗到最后。

王凯拖着疲惫的身体回到酒店，尽管累得完全不想动，但为了防止交叉感染、必须先严格按照珠江医院自制的防护贴士，给自己消毒。他脑子有点儿兴奋，睡不着。鼻梁终于没那么痛了。值班需要长时间佩戴N95口罩，但由于前线物资紧缺，并没有防压疮需要的水胶体。前几日，医疗队里很多人下班时鼻梁都被压出了或大或小的伤口，轻轻碰一下，钻心地疼。有一天傍晚去上班前，王凯担心值完班后压疮会加重，于是去找队友、重症医学科护士李萍求助。李萍立刻发挥聪明才智，就地取材，用卫生巾拼装了一个“水胶体”。虽然说出来有点不好意思，但王凯感觉效果真是杠杠的。再戴 N95 口罩，舒服多了，值六七个小时班下来，伤口一点都没加重。

2 月 3 日早上 7 点至下午 1 点的班，任务艰巨。王凯他们需要分组对近 80 名病人进行查房、处理医嘱、询问和记录病人每日发热、呼吸、饮食等情况，还要记录每个人治疗需要注意的问题。很快，记录本上就已经密密麻麻记满了当日诊疗的注意事项。

在查房时，一位患者突然对王凯说：“王医生，是你吧，我记得你，你那天帮我看了我的 CT 片子，说我在好转，还鼓励要我加油，我现在感觉好多了。”那位患者说，“全副武装”之下，她看不到、也辨别不出医护人员的脸，但听得出声音，这些声音给了她很大的信心。王凯那一刻

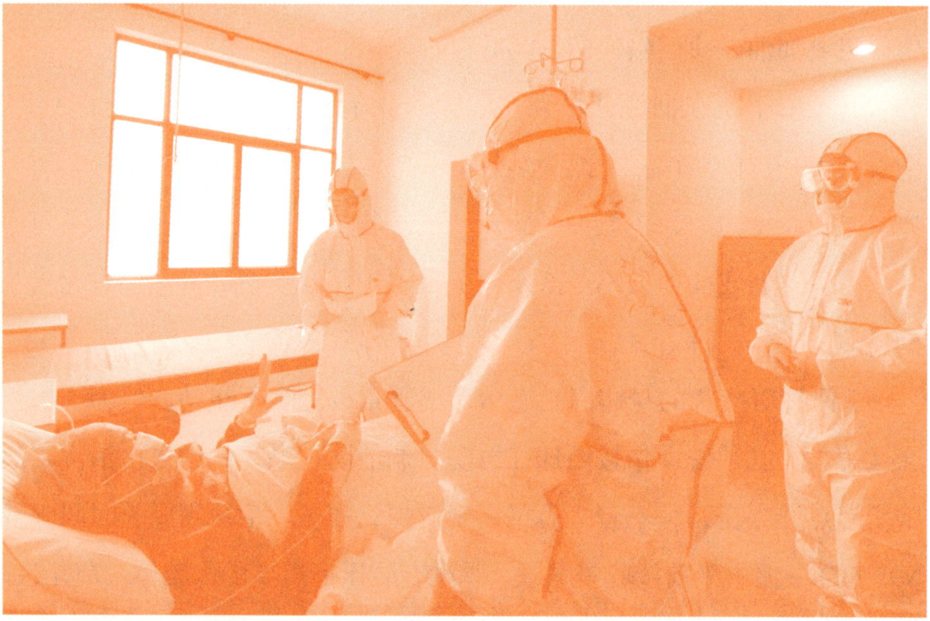

医护人员无微不至的精心护理，赢得了患者的称赞（王传顺 / 摄）

心里真的很感动，他在战“疫”日记中写道：“我志愿献身医学，热爱祖国，忠于人民，恪守医德……我决心竭尽全力除人类之病痛，助健康之完美……当年学医时的铮铮誓言，时常在耳旁回响，我也始终在用行动践行。”

“你若安好，便是晴天”

战斗在武汉一线，却牵动着广州的亲人，不管近在咫尺，还是远在天涯。每天都被医疗队员和她们的家人所感动。“你若安好，便是晴天”，我们的心里只有这句话！

珠江医院呼吸与危重症医学科主治医师吴锡平到了武汉后，只要有时间，就会尽量抽空给家人发发信息报报平安。一天晚上他发起了视频聊天，聊了一会儿孩子，聊聊武汉的工作生活。爱人的声音有些颤抖，视频镜头也一直对着天花板。吴锡平问妻子：“我怎么看不到你。”妻子哽咽着说：“武汉那边又确诊了这么多，我好担心你，我不想让你看到我担心的样子！”吴锡平忙回答说：“傻丫头，最近检测试剂多了，所以诊断效率也提高了。有省里的顶级专家在指挥，最齐全的防护物资在支持，还有医院大后方的保障，相信我们，一定会尽快平安回去的！”

1 月 28 日，珠江医院心血管内科主管护师张琼玲早上 6 点多下班，拖着疲惫的身体回到酒店房间，一觉睡到下午 3 点。醒来拿起手机，几十条来自亲朋好友的祝福突然涌过来，她这才想起，原来这一天是她的生日。看着满屏的生日祝福和对她来武汉援助的关心和问候，她默默许下了 2020 年的生日愿望——早日打败病魔，所有患者恢复健康，所有医护工作者平平安安，我们广东医疗队全体凯旋。彩虹总在风雨后，相信善良的人们，总会被世界温柔以待。

在战“疫”一线，“弱女子”变身“女汉子”，熟练搬起几十公斤氧气罐、抄起扳手换氧气罐接头……这些早已是家常便饭。珠江医院心血管内科护士长谭荣欢笑称，自己一个班换了 8 个氧气罐，不停地拎着扳手在走廊上一路小跑。谭荣欢的丈夫李先生，看到妻子在朋友圈发的视频，心疼之余，温暖喊话：“等你回来，以后家里粗活重活家务活，你放着，都我来……”

珠江医院呼吸与危重症医学科主治医师卢毅荣，是个好爸爸，没来武汉前，女儿一直是粘着爸爸哄睡觉的，现在好几天了，爸爸都不在身边，她每晚都要哭着闹着找爸爸。卢毅荣晚上抽空跟女儿视频聊天了，女儿一直哭着说，爸爸你去哪儿了？什么时候回来啊？卢毅荣告诉她，爸爸和很多叔叔阿姨在打怪兽，打完怪兽很快就会回来了，她这才放心地去睡觉！是啊，这里有无数的爸爸妈妈在打怪兽，而且，很快就胜利了，真的，很快！

每天看着电视里不断播放的战疫情相关报道，他最大的愿望就是疫情早日结束，妻子平安回来，一切恢复如初，大家的生活蒸蒸日上。

前线有你，后方有我

宋京

“老婆，你在武汉前线一定要做好防护，照顾好自己。加油！”

张鑫与妻子丁华盈正在视频聊天

“好的，你在单位也要记得戴口罩，等我平安回来。”

这是张鑫和妻子丁华盈最近一段时间以来每天在微信里联系的日常内容。夫妻俩一位是铁路货运值班员、一位是支援武汉前线的护士。自2020 年 2 月 2 日丁华盈前往武汉的华中科技大学同济医学院附属同济医院支援以来，张鑫每天都会通过手机微信、视频确认妻子健康平安，为她加油鼓劲。

主动报名，支援抗疫一线

张鑫是中国铁路郑州局集团有限公司焦作车务段留庄车站的一名货运值班员，妻子丁华盈是河南科技大学第二附属医院重症医学科的一名护士。1 月 31 日，两人先后接到了各自单位在微信群中动员干部职工投身抗疫一线的消息，作为共产党员，两人都在第一时间主动报了名。

“我参加疫情救援队的事情确定了，现在是河南省第二批支援人员，这两天就要前往疫区了。”2 月 1 日，正在岗位上值守的张鑫接到丁华盈的电话。

“是吗？好，加油，我支持你！你是咱家的英雄，全家都支持你。等你从‘前线’回来家务活我全包啦，你动嘴，我动手……”藏起担心，张鑫尽量把语气放轻松。

“好，这可是你说的，可要说话算数。”妻子轻轻笑着说道。

“我哪次说话不算数了，男子汉大丈夫说到做到！”虽然在和妻子开玩笑，但电话里张鑫还是听出了不一样。他知道妻子临走前想见他一面，她可能已经做了最坏的打算。

当天 18：00，在岗位上坚守了 10 天的张鑫跟车站领导请了假，回到家中帮妻子收拾行李。“老婆，你们去的可是同济医院，那里的疫情很严重，你一定要照顾好自己，做好防护，我和冬冬等你平安健康回来。”收拾行李的张鑫偷偷地转过身擦掉了快要夺眶而出的眼泪。他不想让妻子看到自己流泪，他怕妻子因为自己的眼泪放心不下这个家，他得让妻子全心全意地上前线。

这一夜格外漫长。张鑫几乎一夜没睡，想了很多说给妻子的话。

2 月 2 日，张鑫早早地把丁华盈送到了集结点。看着登车准备出征的妻子，张鑫喉咙干涩，想了一宿的话却一句也说不出来。最了解张鑫的丁华盈能感受到丈夫的牵挂，趁着开车前的等候时间，跑下车给了张鑫一个大大的拥抱，不断地叮嘱他要戴好口罩，注意身体……大巴车缓缓开动了，看着挥手告别的妻子，张鑫强忍着夺眶而出的眼泪一直对妻子竖着大拇指，大声喊着“老婆，加油”！

之后张鑫第一时间返回了工作岗位，妻子在前线抗击疫情，他必须要在后方保障铁路安全畅通，为抗疫一线的无数医护人员源源不断地运输抗疫物资。

回到车站后，有人问张鑫：“你不害怕妻子被感染吗？”

张鑫毫不犹豫地回答道：“怎么会不怕呢，但作为共产党员，我们不上谁上！”

180 吨救援物资，承载了对妻子的爱

自新冠肺炎疫情蔓延以来，口罩需求量不断增大，作为“红区”的武汉，持续急需口罩、防护服等防护装备，出于对妻子的牵挂，张鑫将这一信息深深地记在了心里。

张鑫所在的留庄车站是郑州局管辖范围内最大的危险品运输站，承担着中国石油化工股份有限公司洛阳分公司（简称“洛阳石化”）原油

到达和成品油、化工产品外运等工作。自疫情发生以来，作为货运值班员的张鑫与洛阳石化第一时间建立了信息协调沟通机制。

在得知洛阳石化 2 月 4 日将有一批口罩生产原料聚丙烯发往湖北武汉后，张鑫迅速行动起来，遵循救援物资一切手续从简，特事特办的原则，连夜制定装车方案、选定车辆、安排装卸人员，力求救援物资快装、快取、快送，使物资能以最短时间到达武汉。因为疫情控制需要，留庄车站周边道路封闭，货物装卸人员短时间内难以到位，极大地影响了救援物资的装运效率。为了压缩装车时间，保证救援物资能够连夜抢运，张鑫又紧急制定新的装车方案，利用现有的专用线和装卸人力资源，将车辆送至专用线内进行装车作业。为了保证装车效率和质量，他随即前往现场指导并亲自上手装车。

大家都被张鑫的拼劲所感染，180 吨的救援物资仅用 5 个小时就完成了装车和挂运。

“张鑫，你怎么这么拼呀？”装完车后，气喘吁吁的同事问道。

“这些货物能早一秒到达，口罩就能早一秒生产，前线医护人员的安全就能早一秒得到保障。”张鑫擦擦额头的汗水说道。

看着火车缓缓启动驶出车站，张鑫的牵挂也随着渐渐远去的火车奔向武汉。身为一名铁路货运值班员，张鑫和大多数铁路人一样，参加工作以来很少有机会在家过年。本来打算初二回家，但是看到目前疫情形势严峻，张鑫选择了坚守，以减少人员流动。车站每天的工作有很多，尤其是疫情期间，防范新冠肺炎疫情蔓延成了他的工作重点，巡视岗位、测量体温、宣传教育、场所消毒……一天工作下来马不停蹄。虽然有时候也很累，但是想想支援前线的妻子，想想在后方可以为前线运送物资，想想两人共同为打赢疫情阻击战贡献力量，张鑫便又充满了干劲和自豪。

“我在武汉很好，我们的防护措施很科学，你不用担心……”怕张鑫担心，丁华盈每天忙完就及时报平安。

“那就好，我在车站也很好，身体没问题，为了减少人员流动我们车站所有人员都主动待在车站，生活安排得也很好，食堂每天都变着花样给我们做饭，还提供口罩和消毒液……”张鑫也同样传递平安的信息。

“爸爸、妈妈，你们什么时候回来呀，冬冬在家里很乖，就是很想你们……”张鑫每天最期待的时刻，就是忙完一天的工作，一家 3 口有点时间视频联系。

此刻，窗外依旧火车汽笛声声，车站像往常一样灯火通明，忙而有序，但与以前相比，张鑫心里却多了一份特殊的责任。每天看着电视里不断播放的战疫情相关报道，张鑫最大的愿望就是疫情早日结束，妻子平安回来，一切恢复如初，大家的生活蒸蒸日上。

在郑州局集团公司，像张鑫一样奋战在抗疫一线的青年还有很多。他们岗位不同、职责不同，但面对疫情，都以高度的责任感冲在最需要的地方，坚守职责、坚定信念，保证物资运输、保障旅客平安、及时清洁消毒……为疫情期间交通大动脉的畅通贡献自己的力量，为铁路青年的青春镌刻上担当与奉献的别样风采。

“终于到我们发挥力量的时候了。”设计团队深知在与时间赛跑，希望能快点完成设计，让医院早点建成。“虽然年轻，但是我们有凝聚力，也有担当。”

“仇争艳们”15小时的“雷”霆行动

华南

2020年2月8日，农历正月十五元宵节，背负着亿万中国人民的牵挂，武汉雷神山医院正式交付使用，并开始收治第一批新冠肺炎患者。不断增加的定点医院床位数量跟不上疫情蔓延速度。新建火神山医院、雷神山医院集中收治患者，可以在很大程度上缓解其他医院的压力，减少交叉感染，也在这个非常时刻点亮了胜利的希望。

仇争艳生活照

因为网络直播建设现场，亿万中国人民满怀牵挂注视着雷神山医院的拔地而起。而在昼夜施工的建筑工人和穿梭不息的施工车辆背后，还有一个群体鲜为人知，这就是中南建筑设计院雷神山医院设计团队。正是他们通宵达旦赶出来的设计，为雷神山医院建设打下了基础。中南建筑设计院第一设计院第三建筑设计室主任仇争艳，正是项目规划设计负责人。

规划设计也是与生命赛跑

1 月 24 日，除夕。晚上 9 点，中南建筑设计院接到通知，将公司原 EPC 项目武汉军运会万人餐厅改造为武汉第二所专门用于收治新冠肺炎患者的医院——雷神山医院，选址是武汉市江夏区军运村。

当晚，正在家里一边关注网上关于新冠肺炎疫情报道，一边陪家人看春节联欢晚会的仇争艳接到设计院通知：总体规划设计雷神山医院。“当时下意识的第一反应是，嗯，终于到我们发挥力量的时候了。”

仇争艳连夜出门赶到单位开协调会，因为当时武汉已经“封城”，公共交通停运，私家车也不能上路，她是骑共享单车去的，“幸好家离单位近，不到一公里”。此后很多个深夜，她都是寒星相伴，骑共享单车回家。

“80 后”仇争艳在雷神山医院规划设计中主要负责项目总体规划、用地分析、建设规模测算等。“时逢春节，团队很多同事是在老家过年，留在武汉的七八个人全都赶到公司，组成了建筑设计团队。”

但并没有太多慌张，拥有十几年医院建筑设计经验的仇争艳，“早在武汉‘封城’之时，就感觉到了疫情的严重性，已经跟同事开始着手搜集‘非典’时期的相关资料。基本上是领导一通知，相关部门的骨干就立刻赶到公司会议室启动设计工作了”。

此时，设计院已经由医疗健康事业部牵头，在武汉精锐专家、设计师共计 40 余人组成的项目团队，涵盖建筑、结构、给排水、电气、暖通、造价等全专业，是一支技术力量雄厚、设计经验丰富、敢打硬仗能打胜仗的骨干队伍。“我们的团队深知我们的工作是在与时间赛跑、与生命赛跑，大家珍惜每分每秒的时间，希望能快点完成设计让医院早点建成，所以每个人都在争分夺秒不敢松懈。”

1 月 25 日中午，仇争艳代表设计团队向武汉市政府进行了雷神山医院设计方案汇报。此时，距离她和团队接到设计通知还不到 15 个小时。

全力以赴，不休不眠

起初，有关部门计划把一座原有的建筑改造为隔离医院，技术团队实地考察并讨论后，提出将临近地块的一个停车场用于新建 1500 床的隔离医院，既能够相对独立便于管理，又可以将改造建筑提供给医护人员作为生活区，作为半限制区域，以服务隔离医疗区。“一个是原改造方案难以满足 1500 床的建设需求，调整后其实是大大增加了设计工作量。但是出于隔离医院的安全合理性以及管理运维考虑，我们还是坚持改进方案。”纵然时间紧张，严谨细致、实事求是依然是仇争艳的原则。

众所周知，医院是公共建筑里设计难度最大的，设计分项多、系统复杂，特别是传染病医院，复杂程度更高。“具体到雷神山医院项目，建设周期很紧，设计人员需要在很短的时间内做到考虑周全设计严谨，并协调分项设计单位及设备厂家对图纸的深化作出相应配合。”仇争艳补充道，在这样的特殊要求下，这个项目与常规项目最大的区别就在于如何在这么短的时间内设计与施工同时进行，做好各种资源的调配、各种工序的衔接。因此，雷神山医院项目是对工程组织管理能力的极大考验。

有的困难是摆在面前的，比如频繁的改动。仇争艳介绍，医院建筑设计的修改往往是很多的。这次也不例外，经常一张总图一天之内就有五六次大变动，这个时期大家都在赶进度，一处变化就往往会导致前一段时间工作的反复，“但没有人抱怨，每次提资都能够快速响应”。“因为设计团队大部分时间在办公室里做案头工作，所以由现场的项目管理团队反馈现场问题给我们，我们再联合其他配合专业快速解决。”

初期的设计工作节奏紧凑，大家一门心思赶项目，比较专注；但是到了后期修改调整阶段，还是压力很大的。毕竟时间这么短，总会担心有没有漏掉什么环节。仇争艳记得，最紧张的几天，每天手机电话多达 200 个，图纸工作也不能停，“基本是一边画图一边开着外放接电话”。压力难以言说，那段时间“晚上睡觉也不敢睡太熟，怕漏接了重

仇争艳在雷神山医院施工现场

要电话”。

不过，“最大的困难可能是在不同空间办公，导致的沟通不直接”，也有人因为家里的情况不能继续参与，但立马就有同事站出来接替工作。还有些同事原本在家休息，临时被抽调进入项目组帮忙，无论工作大小，大家都有一份荣誉感，积极配合完成好。

此次作为雷神山医院项目临时党支部青年委员，也作为项目的主要负责人之一，仇争艳除了完成自己的任务外，也负责组织好项目梯队，让大家更高效地工作。“我们医疗健康事业部是一个年轻的团队，团队的青年都很积极，有些虽然在外地，也积极要求出一份力，几位‘90后’党员、团员也出色地完成了分配的任务。虽然年轻，但是我们有凝聚力，也有担当。”

有一分热，发一分光

作为设计者，仇争艳也曾在建设期间关注“云直播”，一方面是感到新奇，一方面是随时了解施工现场的进度和状态。不过，让她感受最强烈的，还是站在如火如荼的建设现场，看到全国各地的物资源源不断集中到这里，只为医院能快速建成，“有种特别的激动加感动”，这种各个环节都高度一致的齐心协力，是仇争艳“在十余年的设计职业生涯中难以忘却的”。

仇争艳说：“我一直认为建筑师是承担社会责任的职业。这次参与雷神山医院项目设计更是让我体会深刻到，我们作为医疗建筑设计师虽然没有像医务工作者那样奋斗在一线，但是追求更好更完善的建筑设计可以为病人、医护人员，为每一个忙碌其中的人，带来一份安全与庇护，这也是特别重要的。”

2 月 6 日，继武汉火神山医院之后，武汉雷神山医院也开展验收并逐步移交，短时间建成的两家应急医院相继投入使用。

2 月 8 日，首批患者进入雷神山医院。这座建筑面积 7.99 万平方米的临时传染病医院，拥有约 1600 张床位，共开设 32 个病区，分别为 2 个重症医学科病区、3 个亚重症病区及 27 个普通病区。除重症病区外，病房均为两人间，全力救治已确诊的新冠肺炎患者。这个规模相当于当年“非典”时期北京小汤山医院的近一倍多。

仇争艳倍感欣慰。“雷神山医院是分布分区交付的，我们还在参与配合施工现场的工作，同时很多同事已在着手方舱医院改造建设工作。”与此同时，她又接到新的任务，投身湖北省《呼吸类临时传染病医院设计导则（试行）》的编写中。“导则的编制主要是为落实防控疫情，对我们的实践经验加以总结，用来加强对湖北全省呼吸类临时传染病医疗机构的工作指导。”仇争艳负责规划相关部分。编制过程依然争分夺秒。“大约 3 天完成初稿，两天完成修编。”

这段时间的战疫工作艰苦而记忆深刻，仇争艳转引一句话表达自己的内心：“这世上可能确实没有超级英雄，不过是有一分热，发一分光，萤火汇聚成星河。”

天佑中华！赤壁，加油！武汉，加油！中国，加油！疫情面前，人人都是战士，鄂南三姐弟与他们的同行们没日没夜与时间赛跑，与生命赛跑，用行动书写一曲逆行的人生赞歌。

赤壁姐弟仨战疫彰大爱

周鹏　陈影　田亚军

新型冠状病毒肆虐，武汉告急！湖北告急！中国告急！2020年2月4日，正月十一的清晨，鄂南赤壁城街道行人寥寥。早上8时，忙碌了一整夜有些疲惫的赤壁市人民医院护士张敏，走出了医院隔离病区10区，虽然穿着防护服，但由于防护装备紧张，她只能用塑料袋紧紧裹住双脚。

与此同时，同样穿着防护服，赤壁市人民医院检验医生陈贤一大早来到隔离区，为疑似患者采集咽拭子样本。面对这项非常危险的工作，主任黄华泥一再叮嘱她："一定要做好防护准备！""好的。"陈贤一脸淡定地回答。

与此同时，同样穿着防护服，赤壁市疾控中心的工作人员张蒲涛和同事们开始一天的消毒工作。"每个角落都不能遗漏！"背上40斤重的清毒液，张蒲涛如是说。

张敏、陈贤、张蒲涛是三姐弟。张敏是大姐，陈贤（随父姓）是二姐，张蒲涛则是弟弟。3 人均主动请缨，战斗在抗击新冠肺炎疫情的第一线。

姐姐战斗在深夜的隔离病房

“我是妇产科的一名医务工作者，也是一名共产党员，深受医院和党组织多年的关心和培养。古话说：养兵千日，用兵一时……目前病疫形势严峻，此次新冠肺炎疫情蔓延……党中央、中央军委、国家卫健委、省市县各级相关部门高度重视，湖北武汉得到了来自海内外及全国各个省市各级部门的大力支持！……每每看到电视上的疫情报道、看到奋战在一线的医务工作人员，我泪流满面的同时，心存感激……我作为一名医务工作者，申请加入这场消灭病疫没有硝烟的战役之中，随时候命，与全国医务工作者一起努力，共同抗击，我定竭尽全力，不辱使命，贡献自己的一份力量！”正月初一早晨，张敏向医院提交请战书，申请到隔离区一线工作。

张敏 31 岁，是赤壁市人民医院妇产科副护士长，有一个 7 岁的女儿。早在年前，她便主动请缨，医院没有同意。“现在正是需要医护人员的时候，不能等分配通知了！”大年三十，她听说了一线人手紧缺，主动在医院办公室写下了请战书。

“我是一名护士，与普通人比起来，我有专业的护理知识，我不怕病毒！”张敏说。每天在一线和患者接触，虽然做了防护准备，万一把病菌带回家怎么办？ 7 岁的女儿怎么办？于是，大年三十晚上，她让丈夫和孩子回她娘家。“娘家有人照料他们饮食起居，我也好安心工作。”她说。现在赤壁市区交通管制，她每天走路上下班。她说，等到这场抗疫之战结束后，再把孩子和丈夫接回来。

她每天下班后感到身心疲惫，下班后跟母亲和孩子视频，看到孩子嘻嘻哈哈的，心情好了很多。是他们的欢笑支撑着她继续战斗，是千万家庭的父母和孩子的欢笑支撑着她继续战斗。

从 1 月 30 日起，赤壁市人民医院作为赤壁市唯一新冠肺炎救治定点医院，按战时传染病医院定位管理，统一接诊发热病人，收治疑似病例和确诊病例，其他医疗机构不再接诊发热病人。医院为了集中力量开展医疗救治工作，在防控救治期间打破原有临床科室设置，统一组建隔离病区，预计设置 15 个隔离病区，先组建 10 个病区，并设置相关服务团队，实行主任、护士长负责制。第 10 病区由儿科主任龚红梅、护士长周慧敏负责，张敏协助他们组建第 10 病区。

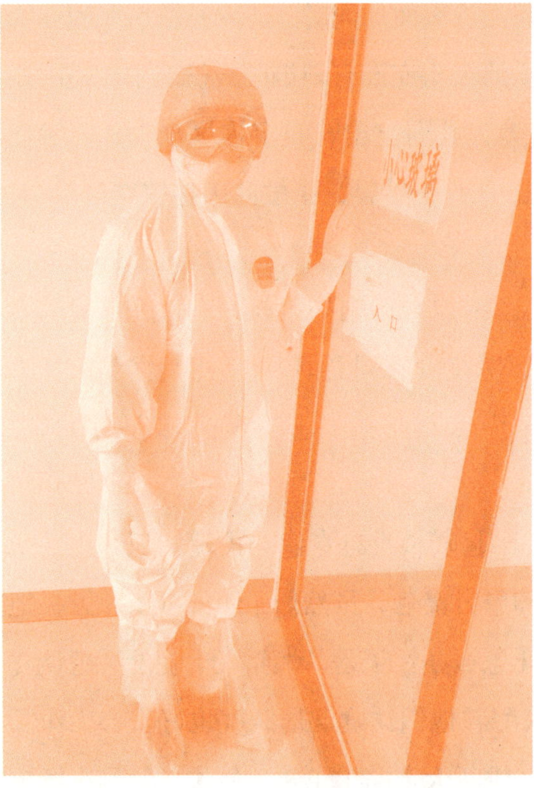

张敏防疫期间在赤壁市人民医院隔离 10 区进行护理工作

这是一场艰难的战役，从原有的感染科 1 个隔离病区扩展到 10 个、15 个。时间短、任务重，每一个医务人员都投入了全部精力。赤壁市人民医院外科楼 9 层楼、内科楼 7 层均要进行改造，共 16 层，改造面积 27000 平方米，预计增加床位 434 张床。赤壁市疫情防控指挥部和医院投入大量的人力物力、机械设备，包括道路整治，专用通道隔离，下水道施工、强弱电、外环境改造。

至 2 月 4 日晚 12 时，终于完成外科大楼 9 层、内科楼 2 层改造，164 间病房、284 张病床投入使用。

疫情进入扩散期，时间就是生命！张敏和同事们没日没夜、争分夺秒地做好隔离病区的各项筹建准备工作。

2 月 4 日晚 10 时，第 10 病区提前完成了全部准备工作，忙碌了一天的同事有部分回去休息了，但疫情不等人，第 10 病区即刻开始收治病人，11 个病人将陆续入院。怎么办？护士长周慧敏心急如焚。虽然也很劳累，但是她主动对护士长说："我是共产党员，我带头上夜班吧！"深夜 10 点，张敏穿上隔离衣，走进了隔离病房。

妹妹穿着隔离服过生日

看到姐姐出发了，妹妹陈贤也坐不住了。"姐姐将赴一线，科室如亲人般的同事纷纷自愿请战！"陈贤递交了自己的请战书。

陈贤是赤壁市人民医院检验科医生，28 岁。除了姐姐的带动，她所在科室主任黄华泥敢于奉献、无私无畏的工作作风，也深深地震撼了她。1 月 23 日下午，上级要求需采集赤壁市首例疑似患者呼吸道标本送检。采集咽拭子标本最易导致医护人员感染，危险时刻，身为共产党员、身为科室主任的黄华泥挺身而出："我采集！"他不顾个人安危，冒着随时可能被感染的危险，第一时间走进隔离病房，在当时防护措施非常简陋的情况下，克服采集中出现的突发状况，圆满完成符合送检要求的标本采样工作。从隔离区出来，黄华泥笑着对检验科同事说："其实，医务人员也很担心被传染，我带头接触疑似患者，也解除了部分医务人员的疑虑，增强了大家战胜疾病的信心！"为了不让 4 个月大的外孙和家人受到影响，黄华泥还让妻子回娘家，女儿回婆家，独自在空无一人的家中度过春节。听闻此事的医务人员和群众纷纷为黄华泥主任这种敢于担当、勇于奉献的精神点赞！

陈贤就是其一。腊月二十九，她看到黄主任累得瘫坐在椅子上，晚上没回家，就在医院吃泡面。她非常担心，希望自己也能出一把力。她说："强将手下无弱兵，我也要像黄主任一样，战斗在最前线。"后来，她多次协助黄华泥主任进入隔离病区采集咽拭子标本。再后来，她独自进入隔离病区采集咽拭子标本，在最危险的地方勇敢地战斗！

为了避免不慎感染小外甥女和家人，陈贤正月初一收拾好行李，搬到了姐姐家，和姐姐一起"自我隔离"。

陈贤工作时，必须穿防护服，里外套3层，十分不便。每到下班，打开手机，点开微信，提示音像机关枪一样直响，排在第一个的是母亲和外甥女的十几条语音，急切地问候她和姐姐怎么样。"要吃好喝好，千万要保护好自个儿……""小姨，我想你了，你和妈妈早点回来哦！"……听罢，她哽咽了。

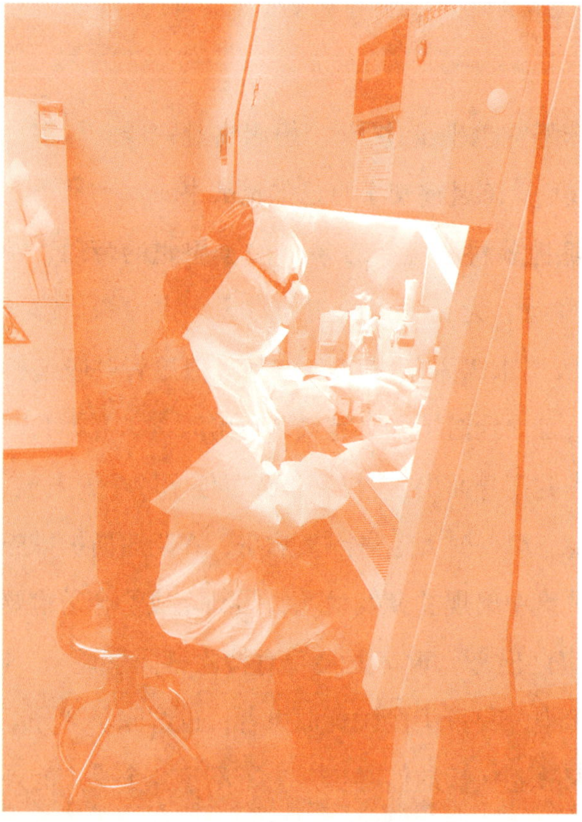

陈贤防疫期间在赤壁市人民医院检验进行采样工作

2月3日是她的生日，一大早，姐姐张敏就给她发来祝福短信。在这个特殊时期，生日，就是好好战斗！这些天，她被太多的事感动着。感染科主任张芳清，自1月21日起，带领感染科全员坚守隔离病区已十多天了，切实做到了守土有责、守土担责、守土尽责。

感染科医生魏君2月1日清晨，从广州匆匆赶回赤壁。他本来是由医院推荐至广州中山大学附属三医院进修，自赤壁市打响新冠肺炎防疫阻击战后，得知从事助产工作的妻子和昔日同事均向医院递交了一线战斗请战书，身处广州的他心急如焚，他也想护卫家园，想与他们并肩作战。他向领导提出申请，获批后辗转买到回程车票，千里奔袭，回家参战，实现了自己的心愿。

63岁的退休党员谢逢春，老骥伏枥，战鼓重擂，再上前线，再次出征！他是“非典”时期赤壁市第一个冲上前线的医务人员，这次医院组建发热门诊临时党支部，他是年龄最大的一个，面对危险的发热门诊阵地，他笑道：“苟利国家生死以，岂因祸福避趋之！”从战役打响，他和发热门诊的同事就坚守发热门诊一线，已经十余天了，他们宣誓：决不退缩，恪尽职守！决不放弃，战斗到底！

感染科医生项倩，自1月22日开始，就身着厚重的防护服，在隔离病区抗击新冠肺炎疫情，而同在医院工作的男朋友袁鹏也战斗在抗疫前线，他俩原本准备开年结婚，谁知这场突如其来的疫情打乱了他们的甜蜜计划，两人双双投入战斗。1月31日，忙碌了十几天的项倩，蜷缩在躺椅上，一句“我太累了！”还没说完，她就进入了梦乡。

看到这些，以及同事拍下的这一张张图片，陈贤的眼圈都红了。这么多亲爱的战友，都在为这场没有硝烟的战斗奋斗着、努力着。她想：待到春暖花开时，再好好地过个生日，再好好地陪陪家人。现在，她要和大家并肩战斗。

弟弟每天背 40 斤消毒液爬楼

“呼哧呼哧……”穿上防护服，背上 40 斤重的消毒喷器，张蒲涛试了试喷雾器。

张蒲涛 25 岁，三姐弟中最小的一个。自战役开始，张蒲涛所在的赤壁市疾控中心承担全市不明原因发热病人的流行病学调查、情况跟踪等，负责环境消杀工作，负责所有疑似病例样本的送检，负责全市疫情监测、研判和所有资料收集、上报……抗击疫情战斗打响以来，他们不分黑夜白昼，应急培训、密接流调、工作协调、实时报送，一直坚守在岗位上。

每个深夜，完成现场流调后，流调队员还要撰写详细的报告，23 时流调组的工作人员还要去一线最危险的地方，与疑似患者面对面地交流，收集相关信息。

张蒲涛主要负责卫生检疫。年前，该中心集中组织对市场等公共场所进行了消毒。年后，不断有确诊病例，消毒防疫工作更重。出发前，张浦涛先要穿上普通的防疫服，套上雨衣，外面再穿防护服，戴防护镜，“视听效果都不好，感觉自己与外界隔离了”。他们防疫消毒人员分成若干小组，每个小组每天负责一个片区。如果确诊患者，或疑似病例患者，其家中、楼道及小区，各个角落就都要消毒。

1 月 27 日，他们跑了几个老小区，有的疑似患者的家在顶楼，没有电梯，他们只好爬上楼，从家中到楼道，一层一层喷洒消毒液。消毒液喷洒完后，跑下楼来请同事帮忙添加消毒液后，又背着上楼。

“每次消毒一次，感觉衣服像被热水泼了一样！”他说，每天消毒任务很重，经常晚上九十点钟才回到单位安排的宿舍。脱掉防护服，里

张蒲涛防疫期间在赤壁市隔离区等区域进行消杀工作

面的衣服可以拧出水来。他们立即洗澡，参加当日总结会议，领到次日任务后，已没有精力看手机了，一般倒在床上分秒入眠。

1 月 29 日，张蒲涛的同事、中心流调队员李毅的外婆去世了，奋战在一线的李毅，无暇顾及，只有把深深的哀思埋在心底。张蒲涛提醒他回去看外婆最后一眼，李毅说 :“这种时候不能走，外婆一定能理解和支持的！”说完这话，他又投入到紧张的防控工作中去了。

有一天，张蒲涛和一位同事到一个小区进行消杀工作，同事指着一个窗口说 :“那是我家！”张蒲涛和同事们都已有十余天没回家了，由于担心自己可能已被感染，怕传染家人，不敢上楼回家，只让家人拍了一些孩子的短视频发到手机上！

大年三十中午，同事们互相站得远远的，在疾控中心的操场吃方便面充饥！他们说："这是一生中最难忘的一次年饭，也希望仅此一次！"

"沉舟侧畔千帆过，病树前头万木春。"岁末虽然疫情肆虐，但是全国人民众志成城、一心抗疫，一定会斩魔降妖。是啊，历尽冰寒，红梅报春，我们的祖国一定会春暖花开，万紫千红！

在和时间赛跑、和死神赛跑的战“疫”中，各地团组织、青联组织都迅速行动起来，动员组织团员青年、青联委员，积极当好“战斗员”“宣传员”“保障员”，在疫情防控阻击战中奉献青春力量。

阻击战中的青春在线

梁伟

面对新冠肺炎疫情的不断蔓延，全国青联坚决贯彻习近平总书记重要指示精神和党中央决策部署，把疫情防控作为青联重大政治任务、当前头等大事来抓。

1月26日，湖北省青基会被列入湖北省指定接受捐赠主体之一，开启面向海内外受捐赠的通道。共青团中央、全国青联连续发布《关注！湖北多地急需防疫物资捐助》等多篇信息。在和时间赛跑、和死神赛跑的战疫中，各地团组织、青联组织都迅速行动起来，动员组织团员青年、青联委员，积极当好“战斗员”“宣传员”“保障员”，在疫情防控阻击战中奉献青春力量。

联合国秘书长青年特使贾亚特玛·维克拉玛纳亚克，1月31日专门致信共青团中央、全国青联，对中国青年在抗击新冠肺炎疫情中表现出来的责任感和行动力给予高度赞赏，号召世界青年与中国青年一起行动起来，共同战胜疫情。

各级青联委员踊跃投身疫情防控阻击战，最前线闪现着他们的身影！

疫情当前，我始终“在线”

这一年的春节，北京市青联委员、丰台区马家堡街道时代风帆楼宇党委书记韩青过得有些格外不同。新年钟声刚刚敲响，她的电话就响了，这不是拜年电话，而是上级主管部门的电话：受疫情发展影响，要求做好楼宇内人员筛查以及离京人员统计工作，并在当天早上予以汇报。

马家堡街道位于丰台区东南部，它北依北京南站，南邻新发地农产品批发市场，东靠大红门服装批发市场，是一个集居住、商贸、餐饮、医疗、文化和教育于一体的现代化城市新区。由于北京市城市功能的转化，这里成了小微企业“扎堆”的地方。这里有 15 座商务楼宇、1600 多家小微企业。而由韩青带领的时代风帆商务楼宇党委和一个时代风帆楼宇工作站就活跃在这片楼宇里。

韩青和街道的工作人员在鼠年的第一刻就投入工作。“我们和企业取得联系，在拜年的同时要求他们统计了解企业员工离京的情况，都到哪儿了，湖北籍的员工有多少，回各个省的人数有多少……所有人一直沟通了 4 个多小时，然后就开始汇总楼宇信息汇报给街道。在早上 7 点钟，我们向区委区政府报告了楼宇里各企业员工的相关信息。”韩青说。

2020 年是韩青在这里工作的第 11 个年头，这些年她从未和父母一起看过完整的春节联欢晚会。因为是商务楼宇，他们需要在社区巡逻。当新年钟声敲响的时候，他们还要巡查燃放烟花爆竹情况，待到和物业确认完周边安全之后，他们的假日才能开始。

而2020年，因为疫情，韩青更是早早地就和春节假期告别了。1月22日，北京市政府召开常务会议，研究新冠肺炎疫情防控工作等事项。会议要求各单位一把手要坚持在岗值守，强化统筹协调，完善工作机制，密切跟踪监测，加强研究应对，特别是要把握好当前防控关键时期，精心组织做好防治工作，抓早抓实抓细各项防控措施……

在这个会议的当天晚上，韩青就接到了防控部署的任务。敏感性很强的她在次日一早就开始采买疫情防护物资，不到24小时，防护物资已经到位。

整个春节，韩青和12位小伙伴一直在工作状态中。楼宇里企业太多，员工太多，所以每个人都要负责150家左右的企业，了解2000名左右员工的动向。韩青说从早上6点钟睁开眼睛就开始处理工作，一直要忙到晚上10点钟，充电线一直插在手机上。

他们要做的工作实在太多，要在返京潮前通过电话和微信平台与辖区内企业取得联系，在微信公众号平台制作“返京人员登记”专栏，通过微信扫码第一时间收集返京人员信息；每栋楼宇的出入口处设置体温检测点与返京人员登记站，工作人员全天24小时为每一名入楼的返京人员进行登记，对每一名入楼人员进行体温检测和详细的个人信息、企业信息登记，确保楼内公共卫生安全。对于多出入口的楼宇，党委与物业协商后决定封禁部分出入口；做好信息共享，与重点楼物业沟通，把握好重点楼、重点企业、重点人详细情况，与重点企业与重点人取得联系，对其进行详细的卫生安全警示教育，并提前做好防控消毒等各项工作；协助辖区内各企业、单位购买防护用具，联系多家医疗器械厂家订购4000套口罩，联系辖区内大型商场超市准备消毒剂等物资，缓解了辖区内疫情防控物资短缺问题……

此外，还有电梯按钮问题、中央空调通风孔问题、楼宇消毒问

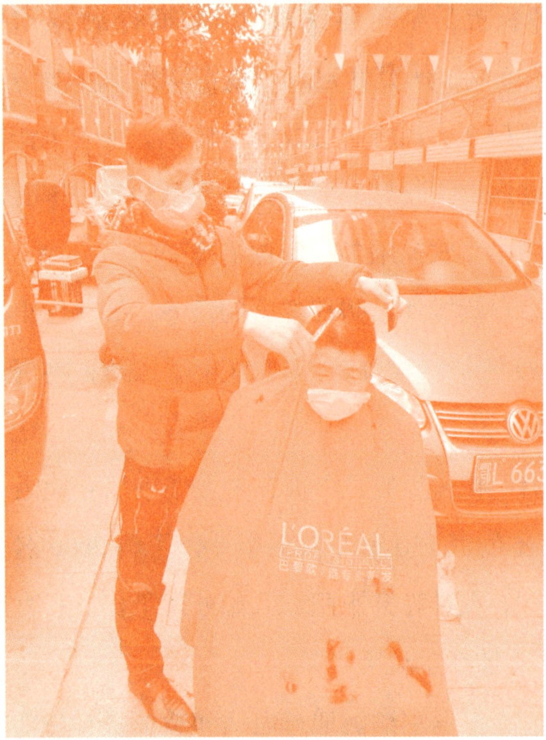

新冠肺炎疫情期间，社区志愿服务在行动（俊康/摄）

题，楼宇员工上班就餐问题……等到员工上班时，他们还做了3万余张出入证，证上只有序号和名字，但对应的资料上记录了公司名称、电话号码等个人资料。很难想象，韩青团队以及相关工作人员做了多少大大小小的工作，而这中间还有太多的委屈，太多的不理解。有的人因为不愿意佩戴口罩为难他们，有的人因为关闭某个停车口而对他们加以指责，有的人因为排查登记极不耐烦……

韩青却没有任何怨言，她的目标只有一个，那就是继续奋战在防控疫情前线，做好上级部署的各项工作，力争把疫情影响降到最低，为辖区内企业、员工、群众创造一个安全卫生的工作和生活环境。

投身没有硝烟的战争

全国青联常委、北京南站客运车间业务指导张润秋，面对春运加疫情的“大考”，心里不敢有一丝放松。

北京南站是北京第二大火车站，也是北京面积最大、接发车次最多的火车站，流动人员范围广，2019 年春节后进京客流量日均 12 万多人次，出京客流量日均 11 万多人次。2020 年，因为疫情原因，每天进京客流是往年的三分之一，每天出京客流不到往年的十分之一，春节“返京潮”没有出现。尽管如此，北京的新冠肺炎疫情防控形势依然严峻。北京南站采取了多种措施，如“多重测温”、填写旅客信息表、个性化滚动宣传等来全面防控疫情，尤其是进、出站口启用红外线测温仪，全面监测进出站乘客体温状况。红外线测温仪遇温度异常的乘客会自动报警，测温员将采取隔离复测的措施进一步确定。并且，通过一系列措施引导旅客有序通行，避免在测温区发生拥堵、排长队的现象。

张润秋带领同事们实行了 24 小时防疫值班制度，通过“润秋服务台”“润秋服务组”和“润秋服务热线”等服务平台为旅客提供服务。她们详细登记每一位旅客的信息、认真检测每一位进出站旅客的体温，安抚因担心家人而情绪激动的老人，把好旅客进京后的第一道疫情防控关。

张润秋说：“虽然目前客流量不多，体力上没有往年春运那么累，但是心理上的压力还是很大的。我们要坚守岗位，把工作做细。回到家里也要做好消毒，把家人的健康保护好。”

全国青联委员、北京同仁医院眼科主任医师韩崧在第一时间就报名参加支援湖北医疗队，希望冲上驰援疫区的第一线。虽然单位一直没有派遣他去武汉，但是他抗疫的决心却从未改变。2 月 14 日，韩崧做客北京电视台某节目，主题是“新型冠状病毒防控指引 18 讲”，介绍新型冠状病毒的防控指引。针对观众关心的问题，他也作出了详细的解答。而在同一天，韩崧收到医院的紧急通知，由于同仁医院南区隔离病房人员紧张，病房压力大，抽调他去援助，处理疑似病例的治疗、鉴别，以及确诊新冠肺炎后的早期治疗和转运。

虽然他的亲戚都有些担忧，但是韩崧知道这就是医生必须承担的责任。而且妻子对他的工作特别支持，这让他颇为感动。就这样，2 月 16 日，韩崧成为同仁医院第一个在隔离病房工作的眼科医生。让韩崧高兴的是接班后第一个病人被排除新冠病毒感染。

韩崧说："这次疫情一定会在医疗人员、科技人员以及公众的共同努力下被控制。这点我是非常有信心的。但需要我们每个人去努力，注意防护，避免感染。同时，我们还要总结如何增加公众意识和健全体制，防止未来再有任何疾病出现大规模暴发和传染，让人民的生命安全得到最有效的保证。"

如果他还健在，那么这位可敬的老人一定会冲锋在前，率先垂范，或集中党员骨干组成突击队，或组建疫情联防联控宣传队，或建立疫情防控微信工作群，或参与织密防控网而严守“最后一公里”的社区……一定是疫情防控的排头兵、先锋模范。

英雄的武汉！雷锋来了！

余玮

2017年10月15日，是“万里长江第一桥”武汉长江大桥建成正式通车60周年的日子。纪念图片展上，在众多与武汉长江大桥合影的老照片中，一张雷锋与桥头堡的合影格外引人注目。

1958年，雷锋离开家乡北上途经武汉时在长江大桥附近留影

2020年1月，不约而至的新冠肺炎疫情蔓延。战“疫”中，中华儿女逆行的铮铮身影、用大爱书写无私和奉献的壮举，化作这个寒冷的岁月里最美的一股股暖流，成为长江

大桥上流动的美景，同样令人瞩目。

伟大的时代孕育伟大的精神，伟大的精神推动时代的巨大进步。在雷锋精神的激励下，扶危济困、助人为乐成为战“疫”的共同行动，向善、从善、乐善，成为全社会的共同价值取向。雷锋精神从传承弘扬到抗击疫情中的集体实践，构成了全民族众志成城的宏大社会场景，既激励着中国，也感动着世界。

站在桥头堡下留影的“潮人”

1958 年 11 月 12 日傍晚，一列北上的列车刚刚停靠在湖南省长沙火车站，检票口就涌进了一群男女青年，他们是辽宁省鞍山钢铁厂在湖南招收的一批新工人。这群新工人在临时编组时，从望城县团山湖农场来的雷锋担任了易秀珍、杨必华、张月棋等临时组成的第三小组的组长。

在旅途中，雷锋的热情开朗、助人为乐，给易秀珍留下很好的印象。上车不久，在互相介绍中，易秀珍得知：雷锋原名叫雷正兴，鞍山钢铁厂到望城县招收工人，他征得组织的同意后才报的名，考试录取后就请县委副书记赵阳城把自己的名字改了，意思是“要到鞍钢去打冲锋”。

多年后接受采访时，易秀珍讲道，当时鞍山钢铁厂在湖南招了六七百人。“仅我们公社就来了十二三个，就我一个女孩。真巧，在长沙火车站，我就和雷锋被编排在一个临时小组。”这是雷锋人生中最长的一次旅行。那个年代，钢铁工人是年轻人最向往、最崇拜的职业。

次日早上 8 点多，列车到了湖北武昌站。大家一片欢声笑语，因为换车，将逗留几个小时，招工负责人同意大家逛逛街。

张月棋被她表哥邀去逛街了。易秀珍和杨必华就跟着雷锋去看看武汉长江大桥。武汉长江大桥是中华人民共和国成立后在长江“天堑”上修建的第一座公路铁路两用桥梁。大桥下层铁路为双向车道，上层为 4 车道公路，桥身为三联连续桥梁，每联 3 孔，共 8 墩 9 孔，每孔跨度为 128 米。巍然屹立在大江之上的大桥让雷锋十分兴奋 :“下层铁路桥是钢铁造的，上层公路桥也是钢铁造的，这需要多少钢铁呀！”这一天，距武汉长江大桥通车一周年零一个月。

浩荡的长江、雄伟的大桥，让他们目眩神迷，赞叹不已。雷锋站在江边望着桥面，眼里闪着激动的光亮。看到不少人在桥下留影，微笑着的雷锋右臂搭一件编织毛衣，左手拎一个印有鲜花图案的苇编提篮也在这里照了张相。照片上，苇编提篮的鲜花曾在 20 世纪 60 年代被人用技术抹掉——鲜花在当时意味着“小资情调”。直到 20 年后，原图才被展出。

这张在武汉长江大桥下的留影也是雷锋一生的珍藏。雷锋战友乔安山回忆说，1960 年 1 月雷锋应征入伍，他很喜欢照相，经常会拿出照片给战友们看。众多的照片中，雷锋最爱 3 张，其中 2 张是在天安门前拍的，还有一张就是在武汉长江大桥前的留影。乔安山说 :“雷锋当时告诉我，这就是咱们建国以后修的大桥，底下跑火车，上头跑汽车，多漂亮。自豪之情溢于言表。”

留完影，雷锋等人走上宽敞的桥面，在人行道上走走停停、说说笑笑，随后到商店闲逛……后来，雷锋经北京到达辽宁省鞍山市。

季增 1957 年入伍后，在部队当过电影放映员、电台播音员和摄影员。1960 年雷锋入伍，正好来到他所在部队。作为摄影员，他与雷锋相处 2 年零 8 个月，为雷锋拍摄了大量照片。季增晚年接受采访时说 :“雷锋爱美，很阳光，热爱生活，每到一个地方爱照相。”他说，雷锋牺牲后，他搜集到雷锋在照相馆拍的 54 张照片。

雷锋生前他一直梦想见到毛主席，他牺牲一年后毛泽东号召全国“向雷锋同志学习”。武汉长江大桥是毛泽东十分重视的一个工程。史料记载，从大桥桥址选线到建成期间，毛泽东多次亲临工地现场视察。1956年6月1日到4日，毛泽东先后3次畅游长江，之后写下了气势磅礴的“一桥飞架南北，天堑变通途”。

挺身在危难之前的丰碑

雷锋，是一个名字，更是一种精神。人民至上，是雷锋精神的价值取向，也是雷锋精神的核心内涵。每每国家或社会或他人出现危难或困难之时，雷锋总是尽自己的能力默默奉献自己的爱，践行自己作为人民之子的责任。

早年，湖南省望城县团山湖地区多洪水。该地的洪水来源于两条河，一条是环绕湖垸外的沩水河，一条是横贯湖内部的八曲河。

中华人民共和国成立后，治理沩水、兴修水利被政府提上议事日程。1957年10月25日，望城县委、望城县人民委员会作出了彻底整治沩水尾闾洪道及围垦团山湖的决定。当时，正在给望城县委书记张兴玉做通讯员的雷锋，一连几次递交了申请书，要去参加这场特别的战斗。领导们担心他个子小、年纪小、吃不消，他却坚持认为共青团员就是要吃苦在前，最终来到了团山湖。于是，在治理沩水、开垦团山湖的战役中，有一个并不高大的身影永远定格在人们的记忆中。

有一年初夏的一天，望城县忽然下了一场暴雨，八曲河河水猛涨，团山湖农场内洪水横流，淹没了大部分土地和庄稼。这天傍晚，雷锋正在冒着狂风暴雨和同志们一道抢险排洪时，突然听到有人喊：停放拖拉机的场地进水了！雷锋一听，二话没说，径直朝停放拖拉机的地方奔去，只见洪水已经漫到车轮边了。他毫不迟疑，跳上驾驶台，把拖拉机发动起来，开向一块高地……

那时，团山湖地区不仅有洪涝灾害，还有曾不知吞噬过多少人的“瘟神”——血吸虫。团山湖钉螺遍地，依附在螺壳上的血吸虫，爬到人的身上，从毛孔钻到身体里，然后突破血管。团山湖曾流传着这样的说法：“团山湖，地方穷，财神不来来瘟神，十户人家搬进去，九户人家无子孙。”这一切并没有吓到雷锋，而是坚守这里奉献青春。

1959 年 11 月的一天深夜，雷锋所在的辽阳弓长岭工区突降暴雨，而建筑焦炉工地上散放着 7200 袋水泥。雷锋得知后，急速跑到宿舍又喊来 20 多个小伙子，组织起一支抢救水泥的突击队展开突击行动。有的人忙着找雨布，有的人找芦席盖的盖、抬的抬。雷锋还把自己的衣服、被子都抱到现场，盖在水泥上。经过一场紧张的战斗，水泥免遭重大损失。在日记中，他写道：“回忆自己为国家、为党做的一点点工作而高兴。”

1960 年 8 月，抚顺地区的天气骤变，接连几天暴雨倾盆，酿成了洪水灾害，人民生命和财产受到了严重威胁。当时雷锋正在生病，考虑到雷锋的身体情况，连长决定把他留下值班。“我不要照顾！”雷锋坚决请求跟部队一起走，到上寺水库抢险救灾。经过 7 天 7 夜连续奋战，咆哮一时的洪水终于被英雄的人民、英雄的战士驯服了。这一次，雷锋被记二等功。

一天，抚顺市望花区召开大生产动员大会。雷锋上街办事正好看到这个场面，他立即取出存折里在工厂和部队攒的 200 元钱（存折上共 203 元），跑到望花区党委办公室要捐献出来，为建设祖国作点贡献。接待他的同志实在无法拒绝他的这份情谊，只好收下一半。剩下的 100 元在辽阳遭受百年不遇洪水的时候雷锋把它捐献给了辽阳。

雷锋将“人民”两字看得比生命还重，忠实地践行全心全意为人民服务的宗旨，在平凡的岗位上留下了不平凡的足迹。雷锋 22 年的短暂人生，演绎的是对人民的大爱真爱，体现的是服务人民的俗称“傻子”的奉献精神。正如他在日记中记载的：我要做一个有利于人民、有利于国家的人，如果说这是“傻子”，那么我甘愿做这样的“傻子”。正因为此，他在困难或危险出现时，在国家或社会需要时，从不退缩，总是以行动与爱心、奉献、牺牲说话，生为人民生，死为人民死。于是，他的名字渐渐成为一种精神，而雷锋精神最为本质的正是“爱”，是发自内心的对党、对国家和对人民的无比忠诚和无比热爱，在行动上表现为挺身而出、忘我无私。

逆行在“疫”路上的战士

2020 年春节前，突如其来的新冠肺炎疫情阻断了许多人阖家团圆的脚步，打乱了无数人的日常生活。

新冠肺炎疫情发生以来，习近平总书记高度重视，多次主持召开会议，作出一系列重要指示，对疫情防控工作进行研究部署，亲自指挥，提出明确要求，并于 2 月 10 日强调指出：“要以更坚定的信心、更顽强的意志、更果断的措施，坚决打赢疫情防控的人民战争、总体战、阻击战。”如果雷锋今天还在世，那么他已步入 80 岁的门槛，他一定听党的话，请战逆行。他曾多次在日记中写道：“听党的话，就会开放出事业的花朵！”“我决心听党的话……永远忠于党……顽强地工作，为党和人民的事业贡献自己的一切……”他有句名言：“人的生命是有限的，可是，为人民服务是无限的，我要把有限的生命，投入到无限的为人民服务之中去。”如果他还健在，他在疫情中会用实际行动践行他永远甘为人民当“傻子”的誓言。如果他还健在，那么这位可敬的老人一定会冲锋在前，率先垂范，或集中党员骨干组成突击队，或组建疫情联防联控宣传队，或建立疫情防控微信工作群，或参与织密防控网而严守“最后一公里”的社区……一定是疫情防控的排头兵、先锋模范，在坚持中无私奉献。

不信，请看雷锋的战友们——雷锋生前第一任连长和入党介绍人李超群住院卧床两年，得知新冠肺炎疫情暴发，这位“老雷锋”发扬雷锋精神，将生活费拿出 200 元捐赠抗击新冠肺炎疫情，在病床上坚持用手写下了：“国家有难，义不容辞，捐献 200 元，抗击新冠。”许多从雷锋团走出来的退役军人，退役不褪色，“接过雷锋的枪”，无私无畏地奋战在疫情防控一线，以实际行动做永远在岗的雷锋。辽宁省抚顺市望花区和平街道雷锋社区，是雷锋生前所在连队的驻地，疫情防控工作中居民充分发扬雷锋精神，让雷锋精神在防疫战场上闪耀光芒……在疫情面前，无数雷锋传人纷纷解囊，无偿向奋战在疫情防控一线的工作人员捐赠物品，用实际行动诠释、弘扬和传承着雷锋精神，使雷锋精神这面永不褪色的旗帜与新时代同行。

在党中央的领导下，全国迅速进入了抗疫战争。在这期间发生了许多可歌可泣的事迹，让人感动，令人敬佩。其中一些闪烁着雷锋精神的行动亦令人感动。

除夕闻令而动、逆行奔向武汉的一个个身影，成为春节前夜流动的美景，用担当彰显初心和使命，闪耀着雷锋忠诚于党、勇于使命担当的精神之光。那身着厚厚防护服、忘我战斗在“红区”病房的一位位医务人员，冲锋陷阵，彰显着雷锋全心全意为人民服务精神的高贵品质。那布满血印、水泡、勒痕的一张张脸庞，写就雷锋忠于职守、爱岗敬业精神新的时代诗意。那昼夜争分夺秒、挥汗鏖战火神山医院的一个个热血建造者，与时间赛跑，用生命搭建了绿色通道，迸发出雷锋敢于斗争、敢于胜利精神的强大力量。那蕴藏滚烫爱心、寄往疫区的一笔笔捐款、物资，展现着雷锋关爱他人、助人为乐精神的光辉风采。那在天南海北、长城内外坚守岗位、认真履职投入疫情战争的无数人员和志愿者，筑起一道道牢不可破的铜墙铁壁，展现着雷锋勇于牺牲、甘于奉献精神的伟大力量……许多人眼前浮现起雷锋当年深夜抢救水泥、心系灾区捐款捐物的场景，也纷纷以自己的方式在疫情中奉献自己的爱和温暖，同呼吸，共命运，为这个特殊的春季增添了一份温情。

有的说，愿意做一颗螺丝钉，尽管微不足道，但只要党和国家需要，就会将弱小的力量汇聚起来，一往无前加入防控疫情的斗争中！有的人说，愿做一块砖，不敢抱怨与退缩，想用爱心和真诚构筑一道牢固的防线。有的人说，愿做一团火，带头无私奉献，带头攻坚克难，在寒冷的季节里给身边人带去光亮与温暖。有的人说，愿做一滴水，在疫情面前众志成城、守望相助，尽可能解决一些群众在封闭式管理期间的后顾之忧，为疫情防控作出了自己小小的努力。有的人说，愿做一片叶，想在力所能及的范围内帮助社区共抗疫情，为美好时光的早日到来尽一份心力。

《中华雷锋报》出版关于疫情的号外（余玮/摄）

雷锋精神产生于特定时代，但也超越了特定时代而成为每个时代人们汲取养分的精神高地。习近平总书记曾指出：“雷锋精神，人人可学；奉献爱心，处处可为。积小善为大善，善莫大焉。”雷锋并不是已经过时的偶像，而是一代又一代无私奉献者的姓名。雷锋精神从没有消失过，随着岁月的转换、社会的进步，它在一代代人身上散发着光芒。

在抗击新冠肺炎疫情的战场上生动上演的一幕幕感动，展示了中华儿女团结一心、同舟共济的精神风貌，凝聚着强信心、暖人心、聚民心的强大力量。如果雷锋还在世，那么爱照相的他一定还会在武汉长江大桥桥头堡下再次留影，见证疫情中英雄的武汉，见证不屈的湖北人，见证灾难中创造新奇迹的中国！

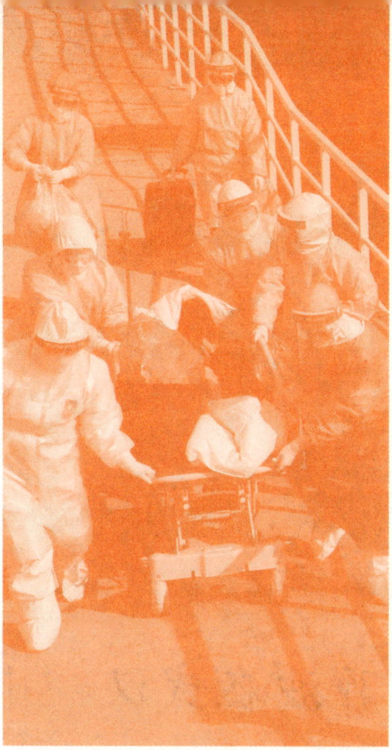

四·后方给力

奔波在武汉“小汤山”的焊接大师

“基建狂魔”里的一份力

学着先辈的样子勇往直前

团旗飘扬在抗疫最前线

请战红手印温情摁在车轮上

如今的他，已成为中国一冶集团公司的一面旗帜。“这次疫情考验了我，也考验了我的团队。将来，只要国家需要，我随时可以冲在第一线，献出我的光和热。”

奔波在武汉“小汤山”的焊接大师

冯梅

静默的时光中，有的人在娱乐，有的人在奔跑。在武汉这座新型冠状病毒弥漫的核心城市，有这样一位汉子，他身形瘦削，行动起来却雷霆万钧。自 2020 年 1 月 25 日以来，他和他的焊接团队在武汉雷神山医院的建设中，以专业、敬业和舍生忘死的大爱精神，创造出了令人惊叹的奇迹！

他，就是地地道道的中国一冶汉子、国家级焊接技能大师吴勇刚。

缘起

初识吴勇刚，是在 2019 年 7 月。那时候我跟随武汉市城建局“不忘初心、牢记使命”主题教育宣讲团穿行在武汉三镇。第一次巡回演讲中，我就被他的事迹所深深折服，我默默记住了这个皮肤黝黑、瘦削的身影，记下了他的名字——吴勇刚。

吴勇刚（左）在工作中

4场巡回演讲结束后，我专门跟他打招呼，并互加了微信，希望有机会做他的采访。无奈我一直因事务繁忙无法抽身，一直到这个不同寻常的春节。

2020年1月27日，我在微信上得知他已经开始连续地忙碌。他和他的兄弟们临危受命，在通宵达旦抢制建设雷神山医院所需的4800件钢结构加工件。这一瞬间，我才感觉，我和他如此之近，虽然半年未见，但我们的心从未走远！

1月29日午间，我在微信上得知中建三局正在紧急招募焊接工人。为此，我第一时间向他求助。这位热心的汉子马上四处联系，最后通过相关负责人反馈：人员已经招满。虽然此忙未能帮上，但是我们半年来在彼此心里的那份惦念和情谊喷薄而出。原来，相知相惜亦如此！

通过多方了解，我得知，1 月 26 日当晚，吴勇刚所在的中国一冶集团突然接到雷神山建设方紧急求助，希望能在 24 小时内突击制作 4800 件钢结构加工件。疫情就是命令，时间就是生命！接到任务后，中国一冶钢构公司迅速制定加工计划，落实急需材料设备及卫生防护用品，并向员工发出集结号。为确保安全，中国一冶就近安排了 46 名突击队员投入紧张的加工制作任务之中。

放料、下料、制作、打磨，截至 1 月 27 日下午 6 时，所有构件的加工制作已经完成，正在进行涂装工作，确保 27 日晚 12 点前，全部构件运抵雷神山医院建设现场。因疫情原因，所有一线团队均是就近募集。这批队伍里面有许多称吴勇刚为“师傅”的焊接精英。1 月 26 日以来，吴永刚用电话、微信不断指导雷神山医院现场解决难度系数较大的不锈钢管和铜管异种钢的焊接难题，为同行兄弟们提供专业的焊接技术指导。

在接到湖北省焊接协会马才旺理事长需要紧急联系焊工参与一线建设的邀请后，他多方联系，确保人员到位。许多多年相知的同行纷纷跟他取得联系，请求上一线 :“你找的焊工够不够？不够算我一个啊！不计报酬那种，在家也是干着急啊！”

可是又有谁知道，在疫情暴发之前，吴勇刚的父亲早已因为身患癌症卧病在床一年多。看到老人病魔缠身，作为唯一的儿子，他不得不在结束繁忙的工作之后火速赶到父亲床前尽孝。十多个日夜里，他守护在父亲的病房里不断处理各种工作。此时，他自己的小家中，已经接近临产期的妻子身处同一个小区却无法和丈夫相见，照顾年幼女儿的重担还压在了妻子一个人的身上。面对疫情，三尺男儿的他有泪心中流，只能默默祈祷妻子和家人平安。

从 1 月 25 日晚连夜火速开工到 2 月 5 日建成交付，武汉雷神山医院的建设充分展现了中国速度，展现了武汉人齐心拼搏的奉献精神。在与疫情拼命赛跑的过程中，吴勇刚和他的焊接团队随时在线，他们穿梭忙碌，四处协调，迎接挑战。不仅是雷神山医院，还有其他各地在建的“小汤山医院”需要焊工，他总是义不容辞地帮助协调。“钱不是问题，大是大非面前，我只想做点事！”正是千百万如吴勇刚这样的勇士，才让我们的城市、我们的家园变得更为美好。

在挑战中成就自己

2019 年，吴勇刚曾数次作为先进人物代表走入武汉全市各工地、各企业、行业协会、机关单位进行巡回演讲。每一次，他在做自我介绍的时候总会说：我是来自中国一冶集团有限公司钢结构公司的一名普通电焊工。

听完他的演讲，每一位听众都会在内心肃然起敬：这位电焊工并不普通！从 1994 年入职到现在已 26 年，吴勇刚凭借一把 3 斤多重的焊枪和炉火纯青的焊接手艺，忍受 200 度高温管材和 700 多度高温焊渣的烙伤，将辛劳的汗水无私地洒在了他哺育他成长的楚山汉水。他先后获得“武汉市劳动模范”“黄鹤英才”“全国冶金建设行业高级技能专家”“湖北省首席技师”“全国技术操作能手”等荣誉。

作为一冶的子弟，吴勇刚坦言：“父亲身上那种军人刚强、勤劳、实干的精神一直影响着我的人生。”可是谁能想到，他的职业生涯起步却是充满了血和泪。在同为电焊工的哥哥在工作中因安全事故去世之后，刚强的吴勇刚非但没有对焊工这个职业望而却步，相反却激发起了他对这个职业浓厚的兴趣。在得到父亲坚定的支持后，吴勇刚正式开始了自己光荣而神圣的职业生涯。

任何一门技术，要想练成炉火纯青，绝非易事。如今，祖国各地城市建设如火如荼，多处高楼大厦拔地而起，这些都少不了焊接工人的“绝活儿”。1994 年，20 出头的吴勇刚从技校毕业后，被分配到中国一冶的钢结构车间当了一名普通的电焊工。

吴勇刚是一位勤奋好学、肯吃苦的电焊工。看着其他焊工师傅的成品，他就开始琢磨怎样才能把焊缝焊得既牢固又美观。工作之余，他缠着师傅教他，边学还边找废旧钢板余料练习。为了练好手艺，上白班时，他就晚上下班练；上夜班时，他就白天练。练习的时候，双手被磨出了血泡也不肯停下。有几次仰焊时，由于太专注，铁水滴下来把衣服点着了，他竟浑然不觉。就这样，在边琢磨边学习的过程中，他全然忘记了焊接的辛苦。

在苦练基本功时，他每天扎着马步，双手拿着焊枪，手腕吊着钢管。这个练习方式一练就是两年多。这之后，他能手持 3 斤多重的焊枪纹丝不动，也练就了日后能持续蹲着焊接九、十个小时的工夫。

焊接工的工作强度大，安全风险高，吴勇刚从不叫苦叫累。最具挑战性的是，在焊接立焊、仰焊时，高达 700 多度的焊渣飞溅到身上，他也只能咬紧牙关忍着。为了尽量减少焊接接头产生的夹渣和气孔，握着焊枪的双手还要继续纹丝不动地施焊，工作中经常是旧伤未愈，又添新伤。

技术工种从来都是“以实力论英雄”。2015 年，技能大师工作室，先后被命名为“吴勇刚武汉市技能大师工作室”“吴勇刚湖北省劳模创新工作室”“吴勇刚湖北省技能大师工作室”，2018 年 7 月被正式认定为“国家级技能大师工作室”，先后为公司和兄弟单位培养出合格焊工上千人。

作为一名能工巧匠，吴勇刚总是念念不忘“是组织给了我发挥产业技能工人力量的平台与机会”。今后，他将继续承担起攻关、创新、研发、交流的重担，加快高技能人才聚集，形成技术创新团队，让焊接绝活传下去。“这次疫情考验了我，也考验了我的团队。今后我将在新时期继续努力前行，提升自身技术，做好教学工作，承担起技术工人应有的责任与使命！将来，只要国家需要，我随时可以冲在第一线，献出我的光和热！”

这速度的背后，是中国建造技术的创新，是更丰富的抗疫经验，是同舟共济、坚不可摧的中国力量。疫情如战场，我们国家的建设者飞速从春节假期模式，切换成了“基建狂魔”的工作状态。

“基建狂魔”里的一份力

王海珍

经过短短10天奋战，火神山医院在日夜轰鸣的机械声中拔地而起。建筑面积34000平方米，可容纳1000张床位的火神山医院，终于建成。2020年1月23日开始建设，24日已有上百台挖掘机抵达现场；25日正式开工，26日第一间样板房建成；27日，场地整平、碎石黄沙回填全部完成，首批箱式集装箱板房吊装搭建；28日，双层病房区钢结构初具规模……2020年2月1日，全面展开医疗配套设备安装，2日交付完工。

10天虽短，但火神山医院五脏俱全：接诊区、负压病房楼、ICU、医技楼、网络机房、中心供应库房、垃圾处理暂存间、救护车洗消间都有，ICU（极重症加强护理病房）设置2个病区；另外，还有2个重症护理病区。

10天10夜争分夺秒，这速度的背后，是中国建造技术的创新，是更丰富的抗疫经验，是同舟共济、坚不可摧的中国力量。疫情如战场，我们国家的建设者飞速从春节假期模式，切换成了“基建狂魔”的工作状态。姚子龙就是这场战役中的一员。

“90后”年轻人的忙碌

结束了武汉火神山医院项目的建设任务后，姚子龙回到家中，终于可以坐在沙发上用热水泡一泡脚了。在火神山建筑工地连续奔波多天，他平均每天的步数都在25000步以上，“脚指甲都外翻了，”这个朴实的小伙子在电话那头嘿嘿笑着说，“每天在工地上来来回回地走，脚底下的路也不平，磨翻很正常。这在工地上很正常”。

如果没有这场疫情，姚子龙这个春节应该在湛江岳父家拜会亲戚长辈。临近春节，他和妻子王诗媛刚刚领完结婚证。他们本来计划正月初二回娘家的，一通电话却让他匆匆告别妻子和家人，火速赶赴火神山医院建设工地。

姚子龙是中建三局总承包公司的一名员工，他负责火神山医院项目现场安全管理和文明施工，“现场安全管理人员也分区域的，主体楼没有建成之前，负责其中一个片区，主体楼建成后，我主要负责4号楼”。姚子龙说，“现场安全管理不但要保障工人施工安全，还要保护工人免于感染。”

1994年出生的他主动承担起安全员、搬运工、医护员等多种角色，奔走于现场工人之间，确保工人安全帽、荧光背心、口罩佩戴到位，每4个小时为他们更换口罩，早中晚测量体温，每日步数不下25000步，双脚红肿，脚趾外翻，“后来就麻木了，也不知道疼了。”姚子龙说。

给建筑工人测量体温，分发口罩，是最基本的工作。在姚子龙看来，这些工作难度不大，让他操心的是建筑工地的安全隐患。因为赶工期，前期的很多建筑设备外包装随意散落在工地上，有的距离电线很近，有的是易燃物，万一有明火，怎么办？姚子龙的心一直在悬着，看到有堆砌在一起的易燃物料就赶紧收拾到安全的地方，尽可能减少安全隐患。“工期太紧了，建筑工人都有任务在身，不可能面面俱到，建筑工地又一天一个样，所以得随时观察着周边的情况。”姚子龙说，“所幸，在这几天飞速赶工期的时间内，没有发生什么安全问题，进展顺利，现在想想挺后怕的。”

在工地上，姚子龙没有休息时间。他要在负责的区域内走来走去，负责分发口罩，一个口罩 4 个小时的使用期，他要提醒快到时间的建筑工人换口罩，如果谁的口罩湿了或者弄脏了，可以随时找他更换。他手里拿着大喇叭，不停地来回奔波，为了最大限度地节约建筑工人的时间，他会把口罩送到工人手中。“测量体温，分发口罩，是基本的工作，如果遇到谁发烧了，或者谁的身体出现状况，我们就要以最快的速度送到医院。”姚子龙说，“遇到发烧的人，我要给他测体温。说实话，手里拿着测温枪的时候心里也害怕，我也能感受到对方也害怕，都怕发烧。但我们还是要测精确，如果温度高了，就要送医院。在送医院的路上也担心，万一他感染了呢？万一我也被感染了呢？”几天工地值班，他护送了好几个发烧的建筑工人去医院。所幸，这几个工人都是普通发烧。姚子龙在电话里说，回想起在工地上的日日夜夜，几乎无时无刻不在担心，担心施工现场的安全隐患，担心建筑工人发烧，也担心建筑工人遇到安全问题，如果有谁不慎受伤，他还要负责包扎护理。身兼数职的他，日夜穿梭在工人身边，工人们看着他，也似乎感受到了安全。

一位师傅在切割钢筋时不慎被钢屑扎到眼皮，姚子龙第一时间安抚师傅别担心，小心翼翼用棉签清理碎屑，并用碘酒做消毒处理，“没想到这个小伙子看着高高大大，心却这么细，手这么巧”，工人师傅称赞他说。好在姚子龙处理及时，这位工人师傅并无大碍。

建筑工地上的感动与难忘

在火神山医院建设工地上，姚子龙掉过两次眼泪，眼眶不知道湿润过多少回。“在建筑工地上，每个人都像是打了鸡血似的，全力以赴去共同完成一件事的场景，很让人感动。”姚子龙说，“工人们太累了，施工现场没有休息的地方，他们干累了，就靠在水泥袋子上或者随便拉个什么东西垫着休息一会，稍稍缓一会后，又迅速爬起来干活去了，这样的场景太常见了。”他第一次哭，是看到两个施工现场的工人，“他们的活儿工期紧，两天两夜，他们就一直在那里工作，一刻也不停歇，我每次去给他们换口罩，都很想劝他们休息一会，但是我知道劝也是白劝。到了第三天，两个人实在是太累了，干着干着俩人就坐在那里睡着了，手还保持着干活的样子，天气那么冷，零下好几度，他们就坐在露天的施工现场上睡着了，太不容易了。我走过去，他们保持着干活的姿势睡得正香，好像一点也感受不到零下温度的寒冷。有一个人的口罩戴歪了，我轻轻地帮他扶正，尽量不打扰他睡觉。帮戴口罩的时候，我实在忍不住，眼泪唰地流了下来。”他积蓄了好几天的感动在这一刻决堤了。

还有一次流泪呢？“嘿嘿，是在值夜班的时候，夜晚的武汉真的很冷啊，我一直不停地走啊走，不断跺脚，穿了两层厚衣服，还有羽绒服，冻得全身发麻，两只脚完全失去了知觉。冻得实在受不了，眼泪就出来了，这是被生生冻哭了。”姚子龙说，“我真的太佩服那些在夜晚施工的建筑工人们，他们穿得那么少，却一夜一夜地这样挨过来，火神山建筑神速的背后，是数千个建筑工人忘我的投入工作”。

火神山医院建设现场

姚子龙还有两件难忘的事情，“一个是我们整个公司的领导都到现场了，他们全程参与。看到他们在施工现场奔波的背影，我们也觉得挺提气的。还有就是最初建筑工人都比较抗拒量体温，觉得浪费他们的时间，但是随着施工进行，他们会主动来找我量体温，我的工作也好做多了，这让我也挺感动的。”

姚子龙的妻子王诗媛和他是一个公司的，也是个“90 后”，负责进场计划和收料统计，什么时候提报的材料，谁提报的，提报多少，来了什么材料，什么时候来的，她必须把账做得明明白白。“她也参与了火神山医院的建设，她分管物资分配，在房间登记各种物资，两个笔记本写得密密麻麻，我不能给她拖后腿啊”。夫妻两人彼此打气，这不是他们第一次并肩作战，但却因一场疫情意义非凡。新婚的小两口，一个在现场，一个在后方，一起共赴一场抗疫战场。

“现在回过头来想想，我很自豪能参与这场疫情大战，贡献了自己的一份力。”姚子龙说，“我们也不能白吃国家的大米，也得为国家尽一点力。等以后有孩子了，如果孩子问起我们这个冬天做了什么，我们可以给孩子说，我们参与了火神山的建设。”

70万铁路青年挺身而出、奋勇先行、忠于职守、守望相助，保障旅客健康出行、守护铁路运输安全、确保防疫物资及时调运，他们学着先辈的样子勇往直前，坚守疫情阻击战最前线。

学着先辈的样子勇往直前

华南

2020 年的春运，因为新冠肺炎疫情变得特殊而复杂。“疫情就是命令，防控就是责任。”不论形势怎样严峻，铁路大动脉不能中断。全国铁道团委学习贯彻习近平总书记重要指示精神，坚决落实国铁集团党组工作部署和团中央相关要求，迅速动员各级团组织、团员青年投身疫情防控阻击战。

2020 年 1 月 26 日，全国铁道团委下发《关于广泛动员铁路青年投身疫情防控阻击战的通知》，从加强宣传动员、带领青年岗位建功、开展突击奉献、做好青年关怀 4 个方面作出安排。同日，铁路共青团实施三级团委日报制度、重要信息报告制度、24 小时值班制度。全国铁路 1200 名团委书记全部返回工作岗位，按照所在单位党组织部署投入疫情防控阻击战。

次日，全国铁道团委面向全国铁路青年发布倡议书《让我们学着先辈的样子，勇往直前！》，号召铁路青年在人民需要的时候挺身而出；

在国家需要的时候奋勇先行，在铁路需要的时候忠于职守，在亲友需要的时候守望互助。

高扬红色旗帜，积极响应倡议，70 万铁路青年挺身而出、奋勇先行、忠于职守、守望相助，保障旅客健康出行、守护铁路运输安全、确保防疫物资及时调运，他们学着先辈的样子勇往直前，坚守疫情阻击战最前线。年轻的面庞、铿锵的脚步、坚定的信念，绽放出耀眼的光芒。

写下请战书，哪里需要就去哪里

“最危险的地方我们去，最困难的时刻我们到，最要紧的关头我们上。”这是乌鲁木齐客运段和特一组的团员们在请战书上发出的铮铮誓言。和特一组是由 23 名团员组成的预备列车长班组，平均年龄 23 岁。2 月 2 日，在仅休息两天的情况下，和特一组的团员们主动请战再出征，请求完成增开南疆临客的任务。合肥电务段 24 名“共青团号”成员在请战书上郑重按下了自己鲜红的指印，他们说：“17 年前的‘非典’，我们少不更事，世界保护了我们；17 年后的今天，面对新冠肺炎疫情的肆虐，作为共青团员，我们责无旁贷，当在危难时刻挺身而出！”“我们共青团号全体成员将义无反顾奔赴一线，保障人民在旅途中的平安，阻止疫情继续扩散，用青春热血镌刻光荣！”

武汉调度所 427 名一线调度员中的绝大多数是“90 后”，在 1 月 24 日武汉已“封城”情况下，接到返岗命令后全部于当天 20：30 前从祖国四面八方返回岗位接受集中管理，无一人请假，无一人迟到。在这个特殊的春节，重庆客运段大部分团员都向所在团总支递交了请战书，这近百封请战书表达的是同一个心声：“哪里需要，我们就去哪里；哪里危险，我们就去哪里。”

铁路团组织坚持“顾全大局、服从指挥、敢打硬仗”的工作原则，组建团员先锋队和青年突击队，在业务部门统一指挥下积极行动。

2 月 1 日晚，武汉局集团公司团委接到了一项紧急任务通知：19 时 47 分和 19 时 54 分，北大第一医院援汉工作队的 8 箱专用物资和 9 箱来自上海的药品，将分别通过 G503 次、G1776 次高铁抵达武汉站后转乘汽车，送到该市的两家收治新冠肺炎患者的定点医院。在单身公寓休息的 20 名青年突击队员第一时间赶赴武汉站参与突击抢卸作业，仅用了 12 分钟就将北京运抵武汉的医疗物资从车上卸下，并装上了来车站接货的指定汽车。刚刚才回到单身公寓，22 点 10 分又接到了新的任务，他们没有丝毫犹豫立即再出发，从 22 点 35 分一直奋战到 23 点 40 分，将 10 吨生活物资和 2000 件防疫用品搬运完毕。

截至 2 月 15 日，铁路各级团组织动员休班铁路团员青年 32826 人成立团员先锋队和青年突击队 2829 支，他们亮出团旗、佩戴团徽上岗，主要承担旅客测量体温、列车支援、客运服务旅客、防疫物资装卸、运输设备消毒、防疫宣传等任务。

“共青团号”是由铁路共青团组织动员青年自愿报名、严格培训后承担客运乘务任务的旅客列车。在疫情防控阻击战中，每列“共青团号”和每个青年文明号班组都是一个战斗集体，年轻人以最快速度投入战斗，坚决完成组织交给的任务。疫情带来的影响不可避免，确保打好疫情防控阻击战过程中保安全标准不降低、服务标准不降低、精神面貌始终良好，成员们要承受的是平时不可想象的付出。

1 月 29 日凌晨 3 点，中国铁路成都局集团有限公司贵阳疾控所 28 岁的付涵第一时间报告了作业情况，为即将陆陆续续上线运行的旅客列车做完最后的预防性消毒。此时，他已经在列车内持续工作了整整 18 个小时。

值乘 Z1/2 次“共青团号”列车的长沙客运段青年庄严签下承诺书：“疫情面前不畏惧、不退缩，把旅客生命安全和身体健康放在第一位……坚定信念，共渡难关！”他们的车由长沙开往北京西，一个来回需要 3 天。

值乘“共青团号”列车的深圳供电段的青年们，平均年龄为 23.5 岁。64 个人里年纪最小的青年名叫袁鑫靓，老家在湘潭，21 岁的她是第一次参与列车支援任务，她却说：“不要怕，我们能赢！”

春运以来，百余趟（次）“共青团号”列车奔跑在祖国的山河之间，风雨无阻，从无退缩。

面对 1 月 26 日 D3334 次列车上的发热旅客，漳州站青年李楠让大家退到安全区域外，穿上站里唯一一套防护服冲在前；为了帮助居家留观职工解决好食品、生活用品供应等方面问题，南昌机务段团委迅速行动，组建青年突击队。1 月 30 日，南昌机务段运用二车间第二团支部书记朱龙优接下了当天中午的送餐任务。

铁路青年有责任担当，更不缺人间大爱。在这个特殊的时期，有人因冲锋在疫情防控最前沿无法照看年幼的孩子，有人需要奋战在运输生产一线不能照顾年迈的父母，铁路共青团尽心爱护好团员青年，守望相助。保旅客安全、为同事帮班……他们随时在线。

1 月 23 日，全国铁道团委下拨特殊团费 36 万，基层团组织配比团费 146.7 万元，为参战团员青年配发口罩、开展慰问。1 月 29 日铁道团委购置口罩 11650 个、免洗洗手液若干并下发到一线，解决基层团组织防护用品紧缺困难。特殊时期为了保证运输畅通，铁路青年自觉接受集中管理，毫无怨言，各级团组织为集中管理青年及时送上团情团意，补充单身公寓图书等文化用品，送上节日慰问品，覆盖团员青年 3.1 万人次。

“不是铁路人不怕死，只是责任让我们无法回避；不是铁路人不害怕，只是使命让我们必须向前；不是铁路人没有家，只是担当让我们舍小顾大。对待工作，不做逃兵、义无反顾、尽职尽责。铁路团员青年，一直在！铁路共青团，一直在！”一篇微信公众号文章中的这段话感动了很多人，也激励了很多人。

对于70万铁路团员青年而言，或许这场战疫中的勇往直前，不仅意味着付出、勇敢和坚守，更代表着成长、担当与责任。在一次次的逆行中，新时代铁路青年的职业信仰、家国使命镌刻于心。正如全国铁道团委面向全国铁路70万青年发出的倡议所言：“百年铁路共青团历经沧桑、砥砺奋进，无数铁路先辈为了民族崛起奉献出了青春甚至生命。新时代的铁路共青团也必将带领全路70万青年上下一心、奋力作为，在打赢这场疫情防控阻击战中贡献磅礴力量！”

抢装抢卸绝不退场

作为九省通衢之地，武汉历来是铁路枢纽，南来北往的铁轨在此相交汇，又四散铺展通向远方。当下，作为抗击新冠肺炎疫情阻击战的最前线，铁路更成为运送医务人员、运输防疫物资的首要“生命线”。

急难险重面前，既需要“战斗员”冲锋在前，也需要“保障员”全力支持。中国铁路武汉局集团有限公司广大团员青年积极响应“抗击疫情，青年先行”的倡议，立足岗位保安全、应急突击作奉献，为坚决遏制疫情扩散、夺取防控斗争胜利贡献青春力量。自疫情防控阻击战打响以来，武汉局集团公司各单位团组织纷纷响应，迅速动员850名团员青年作为春运常态储备力量，先后成立50支团员先锋队、青年突击队，并为参与突击奉献的团员青年配齐口罩、手套、消毒洗手液等必要的防护物品，执行好安全防护措施，确保发生突发情况，团组织第一时间响应。在武汉站、在武昌南站、在襄阳北站……中国铁路武汉局集团有限公司青年突击队员们立足岗位，为铁路运输保驾护航。他们说："我们有信心坚决打赢疫情防控阻击战。加油中国！加油湖北！加油'热干面'！"

青年突击队接到了任务通知：18 时 36 分，350 名医护人员、400 多件携带行李和医疗物资将通过 G546 次高铁抵达武汉站后转乘汽车，到武汉市泰康同济医院、湖北省妇幼保健院光谷院区承担确诊患者医疗救治任务。针对转运人员和物资时间紧、要求高这一特点，青年突击队第一时间与集团公司高铁调度，以及这趟列车的列车长联系沟通，认真核实人员具体车厢，详细掌握货物大小、重量等信息。同时，对突击队员做到了合理分工，明确职责，并备足了小推车等转运工具。

在距离 G546 列车到达武汉站前 15 分钟，20 多名"头雁"青年突击队员已在一站台等候，"这趟车的 350 名医疗队员、400 多件行李和医疗物资，都集中在 7 至 12 号共 6 个车厢，为确保转运有序快捷，我们突击队分成 6 个小组，分别对应做好本车厢的人员引导和行李搬运……"武汉站团委负责人朱梦然进行了布置动员。当 G546 次列车在武汉车站一站台缓缓停稳后，在站台上冒着寒风等候已久的青年突击队员立即上前，合力协作，手搬肩扛，仅用了 15 分钟就将运抵武汉的医疗物资从列车上卸下，并迅速装上了来车站接货的医院汽车。

驰援防疫一线，白天黑夜连轴转，青年突击队员们在每一个需要他们的地方，践行着铁路青年的责任担当。

团支部书记徐慧虽然是名女同志，身体比较单薄，但是巾帼不让须眉，已经连续 20 天没回家，一直坚守在单位积极参与物资抢运，由于过度劳累和受了风寒，加上每天十多个小时的超负荷工作使她疲惫不堪，累得腰酸背疼，体力几次接近透支，有同事在现场看到了她布满血丝的双眼和沙哑的嗓音，都劝她回办公室休息一下，可她却摇摇头固执地不肯去。

共青团员崔益博主要负责做好全国各地通过高铁支援武汉医务人员和防疫物资的大量客调命令整理、核对和流转工作，虽然每天的工作繁忙琐碎，但他从没有发生过一次疏漏，为圆满完成转运任务提供了保证。同时，他还兼顾出站口验票、测量体温等工作，相对于一线抢运物资的同事，他在后方默默尽力。

截至目前，“头雁”青年突击队 30 多名成员先后完成了 157 趟到汉列车共 3500 多名医疗专家、医护人员，以及将近 1.1 万箱医疗物资的转运工作。舍小家顾大家、宁愿自己辛苦一点也要多做一点……“头雁”青年突击队员们都在所不惜。

“紧急通知，今晚 23 点到明天凌晨 3 点有重点任务，大家还要再辛苦一下。”“收到！坚决完成任务！”2 月 7 日晚 22 时许，在武昌火车站 1 号站台南头，十余名身穿黄色工作服的青年刚刚转运完 9 吨物资，紧接着又接到了下一个任务。他们回到住地，简单清洗脸上的汗渍和身上的尘土，顾不上休息，立刻返回站台。新冠肺炎疫情期间，武昌火车站每天都要转运大量来自全国各地的防疫支援物资。根据上级部署，武汉桥工段组建了一支 30 余人的青年党团员突击队，对口支援武昌火车站行包车间转运、装卸物资。

一群平均年龄 27 岁、家住武汉市内、工作在市区之外的团员青年，由于暂时无法到岗上班，他们主动放弃了休息，克服了家中很多的困难，迎难而上、奋勇担当。

武汉桥工段江岸西线路车间青年周威，25 岁，家里孩子才一岁，但是每次遇有急难险重任务都是第一个冲在前面，在预告当晚任务量之后，明知是重活、累活他毫不犹豫第一个报名，短短十多天的突击工作使他的肩膀上和手掌上已经磨出了厚厚的茧。鄂州线路车间青年职工谢佳玮平时积极参加单位组织的各类活动，在旁人眼中，他是一个既喜欢玩手游，又能干工作，既有些“桀骜不驯”，又干活非常扎实的帅小伙。从 1 月 30 日至今，但凡是突击工作奉献他都主动参加，没有落下一天，在站台搬运货物过程中，他主动监督大伙做好防护措施，谁口罩没有戴好，谁把衣服脱太多了，他都会上去提醒。

家住汉口的鄂州线路车间青年王鹏，由于他参加突击队，全家都当起了后勤保障分队。从家里到武昌火车站单程 20 多公里，他克服了大量困难，开具了各类证明，每天开车到指定地点参加物资转运工作。

“因防控疫情需要，武昌南机务段团委计划组织成立一个 20 人的党团员突击队，分为两个组，开展物资转运、防疫消毒工作等突击奉献活动，希望大家主动报名参与。”武昌南机务段团委负责人开始在各个团员青年群里发出号召。随着武汉市疫情防控工作的紧张开展，大量的防控物资、新鲜果蔬、医疗药品器械搭乘客运列车，以最快的速度运抵武昌站，需要快速转运，为此武汉局集团公司牵头组织党团员突击队协助物资转运工作，让物资快速送上前线。

“我想参加”“我愿意参加”“我报名”……大家都踊跃响应，积极报名参与。不到一个小时，报名人数就达到四五十人，最后该段团委选择家离单位近，近期身体状况较好，征得父母同意的 20 个人成立了突击队。

“我父母都是从事医疗物资和药品销售的工作人员，家里常备的防护物资比较充足，个人防护意识也比较强，这种关键时候，我要报名参加，因为在参与活动的过程中，我可以更好地保护自己，也可以帮助大家加强防护，我希望每次突击奉献活动都能参与。”在所有报名职工中，来自该段新职工金郅珩的请愿信息显得尤为诚恳，他也自然而然地进入了突击队伍。

此后，每次突击奉献活动，金郅珩都主动要求参加，一次也不落下，从不喊累。他还主动给队员们讲解防护知识，帮大家做好防护。

截至目前，金郅珩已经参加突击奉献活动 7 次，和武昌南机务段的突击队员们一起，协助转运抗疫物资 4000 余箱、生活物资 60 余吨。现在，他又第一个报名参加了武昌站 12 名集中管理的突击队员，长期驻守在武昌站开展物资抢运的突击奉献活动，承诺“疫情不散，绝不退场”。

走一夜也要按时上班

2020 年 1 月 28 日凌晨 1 点多，万籁俱寂，河南省南阳市方城县一个小村庄里，户门轻掩，包继静在父母和弟弟的陪护下，借着手电筒的微光上路了……这个值乘高铁列车的“90 后”姑娘从未想过，上班的路会这样难。

1 月 26 日，郑州客运段高铁一队周口 6 组列车长包继静刚从郑州退乘，回到家中。未曾想，刚到家一天，为防控新冠肺炎疫情，南阳的省、市际班线，城乡公交、城市公交继续停运，出租车也不能上路运营。

“29 日出乘，28 日晚上就要到洛阳备乘。怎么办？”看到新闻的包继静，瞬间被焦虑包围。

当天晚上，全家围在一起想办法。对于她想上班的心情，父亲很理解：“你作为一个车长，必须担当起一个车长的责任，再苦再累再难你不能退缩，必须起到模范带头作用！”

母亲更是赞同："在最困难的时刻，思想上不能松懈，公路封路，公交停运，城市封闭，只有铁路还没停，想尽办法也要去上班！"

弟弟也鼓励姐姐："姐，你不去上班，没人带你们班组人了，你得去呀！"全家人的话，鼓舞了包继静。信心既定，接下来的两天里，包继静和家人想尽一切办法，都无果。眼看着出发的时间越来越近，包继静哭了。最终，她决定，"走也要走去"。

就在包继静下定决心的同时，她的乘务组里还有几个小伙伴也面临同样的难题。一个小伙子问道："静姐，封路了，出不去，怎么办？"

包继静说自己打算走到方城县，再坐高铁到洛阳。小伙伴惊呼："50 多里路啊！"

包继静回复道："封路不是一两天，今天不走，明天不走，总也走不成。谁都封路，谁都不去，值乘的人越来越少，车也没法开了。而且有一次找借口请假，就有第二次。"

1 月 28 日凌晨 1 点多，包继静在父母和弟弟的陪同下，走出村子，踏上了上班的路。原本身体就不好的妈妈，担心女儿的安全，坚持陪着一起走。寒夜寂静，村路崎岖，从乡道到县道，再到省道，一家人深一脚浅一脚地往前走。包继静说当时只有一个想法："特殊时期，公路停运，路也封了，一线防疫人员、急需的物资药品，都要靠铁路线来保证。我是车长不跑车，队伍谁来带？"

早上 7 点，东方初亮，走了整整 6 个小时之后，方城县高铁站出现在眼前。包继静"瞬间泪奔"，"好像把这一年的路都走完了"。

在方城高铁站外，父母拉着包继静的手不停叮嘱："下班后就别再回家，自己照顾好自己就行。"包继静眼泪在眼眶里打圈，跟家人说了几句话，进站后不忍回头。随后，父母和弟弟又步行 6 个小时走回了家。

乘火车按时抵达洛阳，包继静一见到同事就忍不住又哭了。不过，看到那个同样被“封住”的小伙子，也拼尽全力按时向车队报到，包继静又开心地笑了。

“太难了。”包继静说。有笑有泪的艰难中，还包含着外界的不解。“好几个小同事从家里出来时，都被当地要求‘想好了，出去就别回来了’，‘谁让你们天天往外跑，南来北往接触人那么多’……年轻同事都很委屈。”疫情当前，谁不想待在家里？可是航班减少、客运停止、公路封闭，铁路是道路畅通的唯一坚实保障，正是那些冒着风险从四面八方赶去上班的铁路“逆行者”，让非常时期的交通大动脉畅通。

从那天起，包继静到现在没有再回家，单位给因为疫情无法回家的员工临时安排了宿舍，“环境挺好，被褥都是新的”。不管包继静下班多晚，妈妈总要等到她报平安的信息才休息。

出于防疫考虑，29 日出乘前，车队从出乘室改到火车站二楼广场集合，包继静按程序向班组人员传达这趟车重点工作后，又增加了测体温和登记的环节。她值乘的车也由 16 节车厢的长车改成了 8 节车厢的短车，556 人的旅客定员，因为减少人员接触隔座售票，即便在节后复工返程“高峰”也不过 300 人。包继静带领车组成员一边注意防疫防护，一边留心安抚旅客情绪，还好“旅客们都很配合，有的还会提防疫建议，合理的建议我们就考虑采纳”。

在得知包继静这段最难上班路后，郑州客运段高铁一队及时与她的家人取得联系，对他们一家支持铁路工作表示了谢意，并表示单位会采取严密的防控措施，确保职工工作安全和身体健康。包继静的弟弟则回复道：“俺妈妈身体不太好，单位会更需要俺姐，家里还有我，让她放心，安心工作，无后顾之忧……现在只有高铁义无反顾坚守交通运输，你们更辛苦，一定平安度过。”

包继静 2013 年进入铁路系统，实习期里她就跟着师父参加了春运，跑郑州到乌鲁木齐的普速列车。严重超员、旅客爆满的硬座车厢给她留下了刻骨记忆，“从来没见过那么壮观的火车厢”。2020 年是包继静参与值乘的第七个春运，也是最寂静、最沉重的春运。“每年春运时，车厢里人多拥挤，但那种回家过年的喜悦特别动人。今年则没有这种气氛。原来总想春运的时候人少一点，轻松一点，今年旅客真的少了，却开心不起来。不过，不管怎样艰难，我们都会在岗，负起我们的责任，即使微不足道，也会为抗击疫情的战役早日胜利结束添一份力，让出行和回家的喜悦重新回到车厢里。”

写下“请战书”就扛起了责任

“今年的春运是我入路后第一次参与临客值乘，我想这也会成为我职业生涯中最难忘的一次。2003 年的‘非典’，我尚年幼，全中国用最温暖的大爱保护着我们。2020 年的今天，我已成为一名光荣的共青团员，面对新冠肺炎疫情的肆虐，我有责任、有义务，在危难时刻挺身而出！”1 月 30 日，如是写下请战书的田昊，激动的心情变得平静，做好了随时冲向一线的准备。

中国铁路北京局集团有限公司北京货运中心定州营业部团支部书记、货运员田昊的常工作主要负责依据配载要求选配货物，从事行李和货物的装配工作。2020 年春运前夕，上级单位抽调人员担任临时客车（简称“临客”）列车乘务员，这个刚入路一年半、当选团支部书记不到半年的青年率先报了名。在他的带动下，团支部的 5 名团员，除一名在休产假，其余 4 名全部报名参与值乘临客。

经过一周的培训，1 月 11 日晚上，田昊第一次备班，准备次日凌晨 3 点半值乘 T3039/3040 次（北京西至汉口）列车。当列车员为旅客服务，这让天天跟货运列车打交道的田昊有些期待，又让这个腼腆的“90”后难免忐忑，“没有实战经验，怕自己做不好”。

当时已经通过新闻知道了武汉有不明原因的病毒性肺炎，田昊的父母因为担心，不想让儿子去。面对一向严肃的父亲，田昊这一次表现出少有的坚持。“我也有点害怕，但我必须得去。”

1 月 12 日，2020 年春运第三天，田昊如期值乘 T3039，一路顺利。在他的记忆中，“当时气氛不是很紧张，旅客戴口罩的不多”。在他负责的硬座车厢里，旅客爆满，行李也很多，“没有下脚的地方”。田昊说，这种情况就需要列车员精神高度集中，值乘将近 14 个小时的车程下来，身体很累。

第二天，田昊继续值乘 T3040 从汉口返回北京西。这一趟车他负责的车厢里接到一位重点关照旅客，“一位看上去 80 多岁的老奶奶，坐着轮椅被推上来的”，田昊赶紧帮忙安排坐好，告诉老奶奶有事随时找他。绿皮火车不禁烟，为了照顾老人身体，田昊特别在开车后关照车厢里的旅客尽量不要吸烟，“大家都特别好，一路真的没有人抽烟”。

车停北京西站，田昊又搀扶着老人下车，亲手把老人交给接站的亲属。“他们很感谢，直到走远了还不住地转身跟我挥手，表示感谢。”这是田昊难忘的一幕，他连连说：“真的挺暖的，连续值乘两天都不觉得累了。”

随着新冠肺炎疫情不断蔓延，1 月 21 日从汉口西返回北京后，这趟临客暂时停发，田昊便回家进行为期 14 天的居家隔离。北京货运中心团委书记孙涵慧不放心，其间每天都给他们逐一打电话关心身体情况。

1 月 30 日，孙涵慧在通话时问道：“如果北京到汉口的临客重新开行，还愿意去吗？”

“当然愿意去！”问话声音未落，田昊就回答道。

连日看到白衣天使从全国各地奔赴抗击疫情的前线，读着全国铁道团委面向全国铁路70万青年发布的倡议书《让我们学着先辈的样子，勇往直前！》，田昊觉得自己好像就等着这一声“召集令”，“共青团员应该去，我应该贡献一份力量，义无反顾”。

挂了电话，田昊在家展纸秉笔，一口气写下了这封请战书，拍照发给了孙涵慧。田昊特别写到“非典”，那时他是八九岁的小学生，学校因为疫情停课，他在家守着电视机看抗击“非典”疫情的节目，记住了“众志成城的精神和全国人民的大爱”。

“请战书，写与不写不一样。想写的时候，很激动。真正写的过程中，就很平静了，没有任何犹豫。在请战书上按下红手印那一刻，共青团员的自豪感油然而生，有种奔赴战场的感觉。很多年之后，还会记得

北京客运段青年班组面向团旗宣誓：疫情不退，我们不退

按下手印的感觉。”

田昊还觉得心意未尽，爱好书画的他画了一幅自画像——“2020年的今天，我义无反顾来保护世界”，表达参与新冠肺炎疫情阻击战的决心。

这一次，支部的4名团员又齐刷刷地请战上一线。

进入2月，田昊值乘的临客还没有恢复开通，他和小伙伴们陆续隔离期满，身体状况正常，回到本职岗位。2月，打好疫情防控阻击战正处于关键时期，铁路作为国民经济大动脉，支撑着人力、物力的运配，为疫情防控提供了强有力的保障，“我们也按照要求，全力优先保障运往疫区的医疗防护物资和生产生活物资运输”。

换了一块阵地，田昊依然奋战在前线。他看到了自己的成长，“觉得肩上的担子比原来更重了，我就是抗击疫情的战斗力”。他也看到了身边团员青年的变化，这些每天朝夕相处的小伙伴，开始不自觉地聊起光荣与责任。田昊说，武汉“封城”，铁路人却毫无退缩，全力保障抗击疫情的交通大动脉安全、畅通，“我们理解了‘交通强国、铁路先行’的意义，我们懂得了自己的方向和责任”。

2020年1月31日，共青团中央发出《关于坚持党的领导，全团动员，在防控疫情阻击战中充分发挥共青团生力军和突击队作用的通知》。各地团组织和广大青年用行动诠释着“生力军和突击队”的作用。

团旗飘扬在抗疫最前线

陈晰

新冠肺炎疫情从武汉波及全国，牵动人心。

湖北省团委按照共青团中央的统一部署，第一时间向全省青年发出倡议，坚决打赢疫情防控阻击战。

湖北省各级团组织在疫情防控指挥部门的统一调度下，严格落实防护措施，在疫情防护宣传、政策措施解读、稳定社会情绪等方面广泛提供青年志愿服务。

疫情防控最前线，一声声“我报名，我参加”不绝于耳，一支支青年突击队火速成立，一封封自愿请战书按满手印，一拨拨捐款捐物爱心如潮，越来越多的荆楚青年加入疫情防控大军，用青春热血守护脚下的这片土地。

最美“逆行者”挺进抗疫一线

医院是战疫最前线，也是最危险的地方。无须豪言壮语，医护人员纷纷请战奔赴救治一线，用初心义无反顾地扛起医者担当。

陈阿香是蕲春县人民医院 ICU 护士，年前她请了几天假，带着不满一岁的孩子到北京和丈夫过年。没想到，只见了丈夫一面，接到动员令的她，就带着孩子踏上返程路。陈阿香坐火车、租汽车、跨摩托车，还徒步 80 公里。“大路封了，就走小路，小路没了就绕弯路到农田大畈上，孩子哭闹就把奶嘴塞给他，实在撑不住就坐在田埂上或者蹲在路边休息下。”抱着孩子辗转 3 天 2 夜，归队的陈阿香立刻投入战斗。

为及时返回一线参加抗击疫情的战斗，1 月 28 日早上 8 点，21 岁的荆州一医儿科住培医生吕晓龙从老家松滋市南海镇朝阳渠村，骑行 70 公里，途经沙道观、米积台、弥市、埠河等地。由于路桥封锁，有些地方他只能扛着自行车前行。在他顽强的意志下，下午 4 点终于回到医院，他说“虽然只是一名住培医生，能力和水平有限，但回来可以多一份力量，能和我的一线战友们一起战斗，为患者保驾护航，这一切都是值得的”。

黄晓霞是武汉市普仁医院的一名疼痛科医生。这是她从事医生工作的第五个年头，然而她已经 3 年没有回家过年了。2020 年，黄晓霞原计划 1 月 23 日带男朋友一块回老家河南商丘过年，火车票都提前买好了。就在 1 月 20 日即将要踏上归乡之路前夕，他们科室接到了医院就地转岗到传染病科的通知。接到通知后，她毫不犹豫地退掉火车票。1 月 21 日，黄晓霞和其他 25 名同事投入感染科工作，接诊治疗新冠肺炎疑似患者。“刚开始接到任务时，心里害怕肯定是有的。”黄晓霞说，她给爸爸打了个电话，告诉他们 2020 年不回家，她要去一线接诊治疗病人。“我爸跟我说，现在国家需要你们，你们得往上冲。但也一定要保护自己。”

在这场战役中，有无数这样的青年医护人员义无反顾地站在最前线。面对疫情，他们主动请缨、迎难而上，用自己的行动，展示了白衣战士的无畏、坚韧和奉献。疫情凶险，但白衣逆行。

这些天，武汉科技大学天佑医院肿瘤科的护士李慧每天穿着厚厚的防护服穿梭在一线病区。在医院征集志愿者时，她主动要求到任务较重的呼吸二病区参与一线工作，并要求不要告知家人。

“如有不幸，捐献我的遗体研究攻克病毒”，这个 95 后女孩的誓言让人落泪。爱美是女孩的天性，但在各大医院发热病区的年轻医生和护士们，为了避免交叉感染、方便穿脱防护服，毅然剪去长发。

在来势汹汹的疫情面前，这样的青春“逆行者”坚守在岗位上，和时间赛跑。他们用自己的生命，守护大众的安危。

坚守岗位，争当先锋

抗击疫情不仅仅是医护人员的战斗，更多平凡岗位的年轻人选择了坚守岗位，以实际行动为抗击疫情提供着坚实的后方保障。

周婵是武汉市急救中心 120 调度员。疫情期他们一天最多接过 15700 多个电话。“不停地接电话我觉得没问题，可是问题是，还有那么多电话我没有接起来，那才是最大的问题！”周婵说，非常时期，无车可派的情况有时会达到几百多单。“时间就是生命啊！”

2020 年 1 月 25 日凌晨，武汉市江岸区城市管理执法局向环卫集团全体干部职工发出倡议书，组建突击队支援汉口医院内部环境卫生保洁。倡议书一经发出，一百多名环卫工作者踊跃报名。

综合考虑身体状况和年龄结构等因素，管理执法局选定 15 名环卫工作者奔赴汉口医院。他们每天也和医护人员们一样，要先进行严格的自我防护。进入病区工作，他们要清洗厕所、收拾病人的呕吐物，还要收集大量的医疗垃圾。15 名环卫工作者中年龄最大的 55 岁，最小的只有 25 岁。

这些环卫工作者每天下班后，自己开车返回集中住宿地点进行隔离，早晨再回到医院工作。而在他们身后，还有更多的环卫工人也在准备着随时冲往一线。“你们在武汉的街上能见到最多的人就是身穿制服的环卫工人”。

荆州市公安县南平镇中刭村党支部书记黄秋实，是镇里唯一的“90后”书记。2020 年春节，黄秋实好不容易回随州与父母团聚。但疫情发生，心急如焚的他独自一人驾车几百公里，克服重重困难，回到了中刭村。他顾不得长途开车的疲惫，迅速投入疫情防控工作中。

1996 年出生的尹祺刚工作半年，从农历腊月二十九开始一直参与松滋市八宝镇疫情防控工作。大年三十早上，扒拉了几个水饺的尹祺跟妈妈说：“这次疫情严重，恐怕今天我不能在家陪你了。”他的工作包括统计各村返乡人员、发热人员、密切接触人员，联络各个疫情指挥长密切注意动向……

在医院这个战场之外，还有不计其数的年轻人，在物资保障、科研攻关、民生供应、基础预防等多方面全力以赴，与疫情赛跑。

我们共同的名字——“志愿者”

防控新冠肺炎疫情的战斗仍在继续。危急关头，一批又一批年轻人挺身而出。他们不惧风险、不计回报、各尽所能，用青春热血守护脚下的这片土地。他们有一个共同的名字——“志愿者”。

1 月 31 日以来，武汉市青少年阳光心理辅导团首批 20 名心理咨询师志愿报名，通过团武汉市委设立的 12355 青少年服务台，开展电话及网络心理援助服务。他们每天早上 9 时至晚上 9 时，分为早、中、晚 3 班，各有 6 位老师在线接听市民来电，倾听心声，安抚情绪，给予心理支持。

心理咨询老师童婷和丁晓莉叮嘱大家最多的是 4 句话：一要增加与他人的沟通，传递相互间的认同与肯定。二要给自己在这个时段设立一个小小的、可行的目标，对抗精神空虚。三要让生活“有规律”，建立失衡状态下的稳定感。四可以做一些“利他”的事，带给自己自信及成就感。

在江岸区，应急志愿者协助社区开展防疫宣传、物资保障、车辆驾驶、物业服务、困难救助、心理疏导等工作；在江汉区，青年志愿者参与心理咨询、环境清洁、防治知识宣传，并协助社区对进出小区的居民测体温；在硚口区，志愿者们投身于运送物资、护送医务人员、护送就医病人等工作；在武昌区，从 1 月 23 日开始，热心的志愿者们迅速建立了 QQ 群、微信群，组成志愿者车队，接送医生护士上下班；在汉阳区，志愿者奋战在转运病人前线，24 小时调度车辆转运发热病人。1 月 30 日，志愿者团队还将募集到的 951 箱洗衣液和 1.5 万只口罩全部转运至 6 家防控重点单位；在青山区，青年志愿者积极响应，争相报名参与疫情防控工作：协助交警检测收费站点来往车辆人员的体温，开车接送医护人员，运送医疗物资，为援助武汉的医务人员理发、做饭；在洪山区，大学之城青年志愿服务车队，为居民群众提供防疫知识宣传、寻医问诊、心理辅导等在线服务；在东西湖区，辖区内的小象创意科技有限公司向在武汉临空港参与疫情救治工作的所有医护人员提供免费的“芒果电单车”。武汉临空港青年应急志愿服务队青年志愿者主动投身电单车维护服务工作；在蔡甸区，水务局青年突击队铺设火神山医院管网。同时，青年志愿者们还协助完成蔡甸区各社区的消毒任务；在江夏区，基层志愿者们一遍遍地重复宣传防疫知识，扎实筑牢防疫第一线；与消毒人员一同对各小区进行全面消毒，坚持不落下一处、不错过一角，为疫情防控护航。江夏大花山户外运动中心改造的方舱医院，团区委组织30多名青年志愿者进场，迅速拆包、铺床。

42名武汉市青联委员自发组成“微光车队”，为一线的医护人员运送物资，足迹遍布武汉三镇……

疫情防控正在关键时刻，志愿者和志愿服务组织成为这场战斗中一支有生力量，凝聚起青春力量，助力筑牢防控疫情的坚实防线。

青年突击队彰显中国速度

2月1日晚上9点，火神山医院施工现场一派热火朝天，中建三局施工人员正在挑灯夜战，工地上施工人员24小时不眠不休，为第二天如期交付全力冲刺。

工地上，鲜红的青年突击队旗帜高高飘扬，一支支生龙活虎的青年突击队活跃在工地上。据中建三局团委负责人周凯介绍，为了优质高效地推进火神山医院项目实施，青年员工们纷纷请战，并且从全国各地“逆行”驰援武汉参战。在火神山、雷神山两个项目指挥部参建单位里，青年人超过60%，成为这场疫情阻击战中的生力军和突击队。

火神山医院建设是一场大会战。据报道，多支央企青年突击队在此勠力同心。

中国中铁用 23 个小时完成了医学技术楼主体钢桁架的现场拼装；中国电建 48 小时内支援 140 台配电箱，圆满完成电力物资供应；中国移动湖北公司武汉分公司用 3 天开通火神山医院附近 5 个 5G 站点，网速可保证两万人同时在线通信；中信建筑设计研究总院成立青年突击队，青年党员和共青团员无缝对接、轮班值守图纸出版岗位，让“24 完成出图”成为可能……

2 月 2 日，武汉火神山医院正式交付使用。在全国近 5000 万“云监工”的注视下，施工建设者们顶风冒雨、奋力拼搏，仅用了不到 10 天时间，就把一片杂草丛生的荒地，变成了一座可以容纳 1000 张病床的抗疫医院。紧接着，2 月 6 日，雷神山医院正式通过验收，并开始逐步移交，共设床位 1600 张。武汉之外，湖北省多地展现出同样的中国速度。1 月 28 日晚，黄冈“小汤山”医院开始收治病人，将大别山区域医疗中心改造为 1000 多张床位的疫情隔离点，黄冈只用了 3 天；1 月 29 日，上午 8 时，经过 5 天 5 夜的抓紧施工，荆州二医季家台社区卫生服务中心完成改建；1 月 30 日，孝感市第一人民医院（东城院区）的教学楼新建隔离病区投入使用，新增床位 100 张……这样的中国速

青年突击队风姿

度，是中国制度优势的集中体现，是建造技术的创新，更是建设者们的忘我奉献。他们在这些重大战“疫”建设工程中与疫情赛跑，就是在为生命争分夺秒。忘我奋斗在一线的青年建设者们，以坚毅为甲，以勇敢为矛，战斗在需要他们的每一个角落。他们无畏无私，冲锋在前，成为疫情阻击战的战疫先锋，为抗疫之路点亮了盏盏希望之灯。

让八方爱心稳妥安放

“我有口罩、消毒水的库存，寄到哪里合适？”

“我要捐款，账号能不能报给我一下？”

“我这里急需防护服和 N95 口罩。”……

自从 1 月 26 日湖北省新冠肺炎防控指挥部发布通告，指定湖北省青少年发展基金会为接受社会捐赠主体之一后，湖北省青基会负责人吴汉桥和同事们的电话就没有停过，一通通电话将全国乃至海外的爱心和暖意迅速汇聚到湖北来。

吴汉桥介绍，青基会第一时间就研究制定了捐赠物资和捐赠款的接收流程：“在接收到物资捐赠意愿时，立即掌握捐赠物资信息，并根据地方和医疗机构需求情况，迅速对接好需求方和捐赠方，物流直达，动员基层志愿者积极参与物资转运和搬送。”

“全流程联动，确保捐赠物资不中转不积存，提高效率。”

捐钱，捐赠医疗器械、口罩、防护服……短短几天时间，在团中央和全国各级团组织、中国青基会以及全国青基会系统的广泛发动、全力支持下，截至 2 月 13 日 24 点，湖北省青基会已累计接受社会捐款 23997.057199 万元，先后分 7 批向全省 17 个市州疫情防控指挥部和有关单位划拨捐赠资金共 21957.320575 万元。

在团湖北省委、省青联、省青企协的带动下，在鄂全国青联委员、中青企协会员和省青联委员、省青企协会员积极捐资捐物，直接向省内公益机构捐赠或帮助募集对接捐赠款物累计过亿元。除捐款捐物外，医疗卫生领域的青联委员单位、青企协会员企业加班复工，开足马力，把带着热度的口罩、防护服、食品等，送到了疫情防控第一线。

守望相助，让爱传递

为给这座深爱的城市加油，向这些可爱的“逆行者”致敬，湖北团属新媒体矩阵始终坚持“一级响应”战备状态，持续关注最新疫情、发布征集公告、澄清网络谣言、宣传医护典型。

武汉团市委联合武汉理工大学制作了原创 MV《武汉加油！》，全网播放量突破 200 万次。襄阳团市委制作了《共抗疫情，我是第……位承诺人》宣传防护知识。潜江团市委制作了《抗击疫情、众志成城》展现各行各业青年奋战一线的身影。

疫情紧张，如何为自己的负面情绪“防疫”？

1 月 30 日，团武汉市委的 12355 青少年服务台疫情防控心理援助热线正式开通，全天 24 小时接受微信公众号留言咨询，免费援助专线开通援助座席 6 个，招募国家级心理咨询师 24 名，实时提供疫情心理辅导服务。

疫情发生以来，全省各级团组织在地方疫情防控指挥机构的统一领导下，按照专业医护、便民服务、秩序维护、心理疏导方面分类招募志愿者，全省各地市仅参与防疫物资转运、清点、分发的志愿者就有 5 千多人。志愿者活跃在疫情防护宣传、政策措施解读、稳定社会情绪等各方面。

为了让支援湖北的天津医疗队和陕西医疗队更好投入战斗，武汉市青山团区委招募志愿者主动服务远道而来的逆行战士，为他们提供理发、餐饮、接送等服务，让医护人员安心工作。

为了及时澄清网络谣言，汉江师范学院马克思主义学院辅导员、“中国青年好网民”获得者毛晶玥在疫情开始之初，就成立了“关注新型冠状病毒的可靠信息与辟谣”青年志愿小组的十堰站点，招募了 56 名网友，利用网络文档协作的方式，群策群力，对各类谣言及时辟谣并发布消息。

疫情就是命令，在这场来势汹汹的战役中，一个个普通的年轻人迅速集结、一身戎装，全力投入到防控阻击战，与病毒抗争，与时间赛跑，用热血守护家园。正如湖北团省委向全省青年发出的《关于打赢疫情防控战致全省青年朋友的倡议书》中所说的：抗击“非典”、战胜特大洪水的英雄精神在我们身上传承。任何时候，我们都不是一个人在战斗，我们坚信，有习近平总书记的亲切关怀，有党中央、国务院的坚强领导和决策部署，有省委省政府的周密安排，我们万众一心、众志成城，认真做好各项防控防护工作，就一定能够打赢这场疫情防控战。

让我们行动起来，从我做起，从现在做起，武汉加油，青年给力！

重疫之下的武汉街头多了很多辆车身印有统一标识“防控疫情，方便群众，服务社区”的应急车辆，武汉的社区居民们隔窗而探，总能看到印有这样标识的汽车在小区中进出，他们知道是东风出行的车队来了。

请战红手印温情摁在车轮上

李玲

2020 年 1 月 23 日，突如其来的交通封城，意味着超千万人口的九省通衢之地进入“非常时期”。

这座特大型城市的公共交通和私家车停摆，给武汉的千万人口带来挑战。医务工作者、城市运行一线工作人员和社区居民应急出行以及物资运输问题摆在了眼前。在疫情防控工作压倒一切的特殊时期，出行领域成了抗击疫情的关键战场之一。保障安全、高效的出行被视为打赢这场战“疫”的重要力量。

在关键时期，东风出行作为东风公司旗下本土出行服务平台，紧急征集近千台车辆、1000 余名驾驶志愿者上岗，响应政府号召，承担武汉 3 个主城区——江岸、硚口和汉阳的保运任务，护送医护人员抵达抗击新冠肺炎疫情一线，并负责保障区域居民的出行需求。

在两江三镇的交通线上，一场与疫情的赛跑由此开始。在疫情漩涡中，东风出行，逆风而行，成为城市跳动的脉搏、温暖人心的风景、最美的“逆行者”。

千车千人服务武汉四分之一社区

武汉“封城”，公共交通停运。政府相关部门提出需求，东风出行立即筹建应急车队。一方面确认可以加入到应急车队的司机名单，另一方面想办法购买口罩、防护服、消毒水等防护用品。当天晚上，东风出行就已经确定了486名应急车队司机。与此同时，东风出行还组建了运营调度组、物资采购组、供应保供组、车辆发运组等，有序做好应急保运工作。

1月24日，除夕。东风出行北京研发团队通宵达旦，在家通过远程操作和协同，在完成系统停运的同时，调试和完善应急派单功能，用以提高应急出勤效率。

1月25日，大年初一，武汉疫情防控指挥部发布第9号通告，武汉中心城区区域实行机动车禁行管理。

“守护家园，人人有责！我报名！”“算我一个！”“也算我一个！”……1月25日，根据武汉新型冠状病毒感染的肺炎防控指挥部的要求，东风出行社区保障车队集结完毕并陆续深入武汉的汉阳、硚口、江岸3个行政区的社区。因为中心城区禁止机动车辆通行，很多在郊区的司机无法到位，东风出行向所有在汉员工发起倡议，号召大家加入社区保障车队中。倡议一经发出，东风出行员工踊跃报名。

“我是一名共产党员，我是一名东风员工，我也是武汉伢，武汉是我家！守护家园，人人有责！我申请加入东风出行应急保运车队，抗战疫情，义不容辞，随时听候调遣！这一疫，让我战！”志愿者们纷纷在

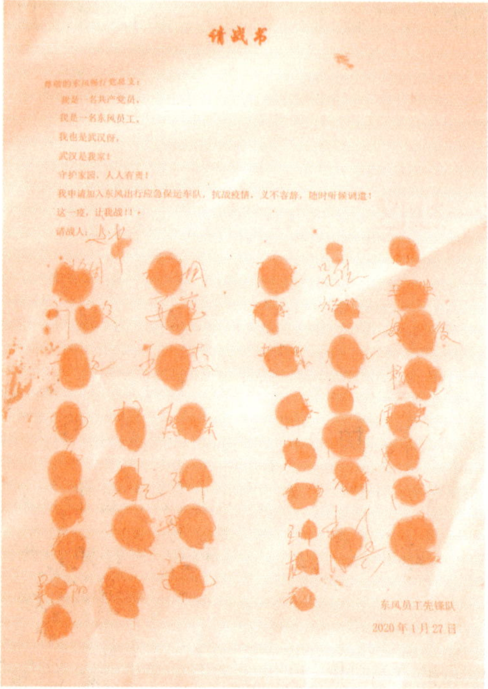

东风员工先锋队请战书

请战书上签字，并摁下红色的手印，随后驾驶着贴有“防控疫情，方便群众，服务社区”统一标识的车辆，奔走在武汉的大街小巷，帮助解决医护人员、社区居民的出行难题。

42岁的陈亮，是东风出行车队的一名领队。据了解，东风出行已经有3位同事被感染。“说不害怕是假的。但我相信，只要大家共同努力，就一定能迎来胜利！”陈亮说，“一方面，出行服务是和人接触比较多的职业，感染的风险会高一些，而谁也不希望出事；但面对突如其来的疫情和群众迫切的出行需求，作为武汉人，我应该冲到前面。”

大疫当前，东风出行迅速组建了社区保障车队。截至2020年1月24日，有1000辆东风出行汽车穿梭于汉阳、硚口、江岸等区，为不少于280个社区（占武汉四分之一社区）提供免费的服务。他们主动要求到岗，承担接送居民就医，为居民送菜、送药、送物资等工作，成了辗转于武汉社区、医院与街头的移动摆渡。

24小时在线，只为打赢这场仗

为了确保完成任务，东风出行还成立了一支先锋队——红旗车队。陈亮与19名同事成为东风出行红旗车队的队员。他们承担了更加艰巨的任务，那就是 24 小时待命，在这场抗疫之战中起到了模范带头作用。

陈亮做驾驶员至今为止已经有整整 20 年，作为一个土生土长的武汉人，一场突如其来的疫情和“封城”通告让他在这个春节迅速进入战斗模式，他第一时间冲到了战疫的第一线。“今年的除夕夜，我和同事们加班度过。”陈亮说。原本规定的工作时间是早上 8 点半到晚上 5 点半，但由于工作任务越来越多、人手有限，装货、开车、送货都是他一个人。一早出门，晚上 9 点多才回到家，一天下来没有吃饭是常事，由于穿着防护服，他们坚持吃饱后就不喝水，避免去洗手间。甚至凌晨两三点他们也会接到临时的紧急任务。

加入这场从年前开始的持续战斗，陈亮承受着身体和精神上的双重压力。当问到坚持下去的理由时，陈亮毫不犹豫地说：“因为我是武汉人！”

陈亮说，东风出行不是一个人在战斗，东风公司正举全集团之力支持东风出行。由于“封城”，防疫物资采购不畅，东风出行社区保障车队司机防疫物资短缺。东风公司紧急在全集团内协调资源。集团内部公司有的捐赠防护服、口罩、乳胶手套等防护用品，有的支援资金，用于购置安全防护用品，及时发放一线员工的补贴和奖励，给存在健康风险的员工及家属设治疗基金，切实保障一线司机的健康。

疫情面前，众志成城。“疫情不退，我们不撤。”陈亮说。东风出行的志愿者们逆流而上，积极助力省、市政府解决难题，保障武汉市民的出行需求。

武汉是我家，抗击疫情义不容辞

重疫之下的武汉街头多了很多辆车身印有统一标识“防控疫情，方便群众，服务社区”的应急车辆，武汉的社区居民们隔窗而探，总能看到印有这样标识的汽车在小区中进出，他们知道是东风出行的车队来了。

东风诞生、成长、壮大于湖北。守护武汉、守护湖北，也是守护东风人自己的家园。面对突如其来的疫情，东风公司极端重视，一方面努力做好员工的防护和关心关爱工作；另一方面全力支持和配合湖北省、武汉市政府做好防控，助力打赢这场疫情阻击战。

作为湖北省最大的央企，东风公司 1 月 23 日晚紧急决定，向武汉市慈善总会捐赠 1000 万元，成为第一个向疫区捐款的车企。随后，东风公司又分别向十堰市、襄阳市各捐款 1000 万元……自新冠肺炎疫情发生以来，东风公司密切关注，在做好内部防控的基础上，为疫情防控捐赠款物超过 6000 万元。

疫情源在武汉，疫情最严重的城市是武汉，东风总部在武汉。命运相连，生死与共。除捐款捐物外，东风公司以切切实实的行动支持省、

温暖人心的风景——最美的“逆行者”

市党委、政府防控疫情。东风出行，作为东风旗下的网约车平台，成立刚满一年。在人民需要时，在抗疫需要时，东风出行走到了抗疫的前线，在抗击疫情中彰显央企的担当，检验央企新兴业务的担当。

“面对疫情，能够为抗击疫情作出一点贡献，这也让我感到很自豪。加油，武汉！加油，东风！加油，东风出行！”陈亮说。“武汉是我家！我申请加入东风出行应急保运车队，抗战疫情，义不容辞，随时听候调遣！”自陈亮与他的同事在写给东风请战书上摁下手印后，陈亮就毅然出征了！为防控疫情加油出力。

疫情肆虐，东风逆行。东风人也在奔跑，不是朝着家的方向，而是驶向危险的战场。东风人不是医务工作者，他们在服务着医务工作者；东风人不是社区服务提供者，他们在服务着社区居民。如许许多多为“战疫”作出贡献的人一样，他们是“最美逆行人”。

五 · 动人一幕

12个昼夜与1万公里的见证

海外华人共克时“疫”显担当

150万只口罩的惊魂72小时跨境之旅

在这场全国范围的新冠肺炎疫情阻击战中，口罩等重要物资成为防控急需品，持续匮乏。落实北京市委、市政府部署，北京银行紧急在荷兰采购180余万只口罩顺利抵京。

12 个昼夜与 1 万公里的见证

华南

180 余万只医用口罩、行程超过 1 万公里、海内外上百人紧急联动、整整 12 个昼夜紧张忙碌、12 个昼夜焦急等待，各方爱心接力、历经曲折艰难……2020 年 2 月 16 日，北京银行积极落实北京市委、市政府和市国资委的紧急部署，在北京新冠肺炎疫情防控的最重要阶段，通过境外战略合作伙伴荷兰 ING 集团，在荷兰采购的 180 余万只医用口罩顺利抵京。

紧急响应寻货源

连日来，新冠肺炎疫情防控成为首都重中之重，直接关系首都百姓健康和民生安全。作为首都金融企业，北京银行高度重视此次疫情防控，坚定政治站位，第一时间成立疫情防控领导小组，多次紧急布置全行疫情防控与金融服务保障工作，切实把疫情防控工作作为当前最重要最紧迫的工作来抓，把维护首都稳定的初心写在实际行动上，把做好疫情防控的使命落在抓好落实上。

在这场全国范围的疫情阻击战中，口罩等重要物资成为防控急需品，持续匮乏。为更好支持医疗系统打赢这场疫情防控阻击战，2 月 4 日晚，北京银行负责人接到市国资委来电，希望通过北京银行的战略合作伙伴荷兰 ING 集团为首都采购一批医用口罩。“人命重于泰山，疫情就是命令，防控就是责任”，作为市管金融企业，北京银行责无旁贷。北京银行负责人立即与党委班子其他成员取得联系，第一时间响应市国资委的部署，紧急成立海外采购专项小组，研究落实海外采购方案。

当夜，北京银行董事会办公室、国际业务部、计财部、总行营业部、办公室、后勤服务中心……近 10 个相关部门的 20 余名员工悉数加入微信群，立刻启动工作。北京银行驰援首都疫情防控物资的战役打响。

消息传到荷兰，立即得到荷兰 ING 集团的积极响应。荷兰 ING 集团作为北京银行的战略合作伙伴，双方在过去 14 年里建立起全面、深入、良好的战略合作关系，被荷兰首相誉为“中荷乃至中欧金融合作的成功典范”。国内新冠肺炎疫情发生以来，荷兰方面高度关注疫情发展的动态，荷兰 ING 集团也在时刻关注和关心着北京银行的动态，并在 2 月 2 日向北京银行发来慰问函，在信中表示“我们的心和北京银行全体员工同在，如需增援，我们必将鼎力支持”。跨越山海，这是中荷友谊的一份见证。

2 月 5 日，北京银行联合 ING 集团经多方沟通，通过荷兰口罩供应商锁定 180 余万只医用口罩货源，并通过 ING 集团紧急联系协调空运方案。由于供不应求，供应商要求北京银行在一个工作日内完成签约、购汇及付款手续。所有人的目的只有一个：“锁住口罩货源，有多少要多少！”

当天22点，北京银行国际业务部率先行动起来，连夜将购买口罩整个流程各环节，尤其是涉及的外汇政策进行梳理，并联系国家外汇管理局北京外汇管理部，详细了解特殊时期针对防疫物资进口业务的外汇政策绿色通道。十余项事项一一梳理完，部门又立即召开视频会议，紧急研究各个待办事项的落实情况。从不畏难、能打善战、实事求是，是北京银行干部员工的一贯作风，开完当天最后一通视频会议，时间已经过了午夜。

次日清晨，北京风雪交加。因为雪太大，又由于疫情原因，北京市属单位延长春节假期，平时工作日人头攒动的金融街一片寂静，紧急海外采购的北京银行人却不顾风雪，匆匆赶来。北京银行负责人再次召集紧急海外采购专项小组会议，全力推进采购进度。因为时差，北京银行必须在当天16点之前完成付款。

“排倒计时，务必今日完成付款手续。”北京银行金融市场部负责人边看时间边说道。

“没问题，我们尽快完成！”计财部马上响应。

“我们现在就去办理。”总行营业部随即声援。

“我们这就着手翻译合同文本！”办公室立刻接上。

又是一轮多部门联动协作，“货款已经可以完成手续！”“发票请确认！”……此起彼伏的电话声和急匆匆的脚步声交织着，每个人的语速都变得飞快。万里之遥的北京银行荷兰代表处也一刻不停地忙碌着。工作人员驱车将近5个小时赶到供货方仓库实地验货，“时间再紧张，质量也必须要保证”！

在抗击疫情的战场上，时间就是生命，分秒必争、刻不容缓。终于，北京银行在当天16点前完成了口罩采购合同签署和采购款支付，并与荷兰供应商协商完成了货物打包、称重、计数等后续事宜。

万里运输援首都

货源锁定后，如何以最快的速度将口罩顺利运回北京，成为工作团队的新难题。180 余万只口罩装满整个仓库，由于货物数量巨大，加上近期境外货运资源极度紧张，多家货运公司表示只能分批运输，且时间难以保证。北京银行几经联系，最终通过中国国际航空公司承运本次紧急物资，一次性将全部口罩空运至上海，再由上海陆运至北京。北京银行和荷兰 ING 集团打破时差，持续联系协商，无数电话、邮件、传真往来，同步协调当地的货运代理，同步开始准备报关材料，力争以最快的速度将口罩运抵北京……

北京时间 2 月 10 日晚，180 余万只口罩整齐地码放在阿姆斯特丹的仓库里，静待登机起运。北京银行荷兰代表处的工作人员特意把一面

北京银行向首都防疫一线医疗机构及援鄂医疗队等提供现金及物资捐助

面五星红旗悬挂在物资的外包装箱旁边，还赶制了“抗击疫情　共克时艰——北京银行荷兰采购医疗物资首批运出”的红色条幅，贴在外包装箱上。他们说，“‘抗击疫情、共克时艰’，是我们的心声，也是北京银行人的坚定信念”。

2 月 11 日晚，180 余万只口罩装满了近 1900 个大纸箱，整批装运国航 CA1024 次航班飞往上海。与此同时，北京银行与国航及国外运输报关代理接洽运输方案、海外报关、运费报价等事宜，确保货物以最快速度通关，再陆运进京。

然而，13 日华北地区一场突如其来的大雪，又为口罩的进京路蒙上阴影。依然风雪交加，依然风雪无阻，北京银行迅速联系安排车辆，冒雪将首都急需的防疫物资连夜运到北京。

2 月 16 日，经各部门相互协作，以最快速度完成货物卸车拆包、舱单提报及海关清关等工作之后，180 余万只医用口罩顺利抵达北京。

昼夜不息、多方联络、困难重重、终得圆满，让人紧张得透过不气的紧张日程背后，是北京银行人分秒必争驰援抗击疫情前线的坚定信念、快速响应和实际行动。

新冠肺炎疫情发生以来，北京银行切实落实疫情防控工作责任，多次紧急部署全行疫情防控与金融服务保障工作，提出多项金融服务保障举措，为打好疫情防控阻击战、强化优质金融供给、提供坚实金融保障，并向首都防疫一线医疗机构及援鄂医疗队和其他疫情防控前线的工作人员提供现金及物资捐助超过 3000 万元。

据不完全统计，截至2020年2月5日，全国侨联系统为抗击新冠肺炎疫情筹集资金逾6亿元人民币，筹集物资价值超过2亿元人民币。海外华人在此次疫情之中，以切实行动助力国内疫情防控工作。

海外华人共克时“疫”显担当

王碧清

一个国家真正的强大，源自整个民族的信仰与凝聚力。祖国发生的任何事，海外华侨华人始终投以赤诚的关切与身影。

2020 年的伊始印刻着太多令人无法忘怀的记忆，也留下了许多拳拳赤子之心的背影。随着新冠肺炎疫情不断蔓延，每一个跳动变化的数字都牵动着无数中华儿女的心。在焦虑与不安之中，在关切与矢志奉献之中，医护专家、列车工作人员、公务员、志愿者、媒体人等众多中华儿女共同铸成了逆行道路上的坚毅脊梁，共佑华夏大地渡过此次难关。

在众多援助力量当中，来自海外的华侨华人勇敢担当，挺身而出。他们马不停蹄地寻找物资，一声声“武汉加油！中国加油！”，一箱箱源源不断的医疗用品直达抗疫一线……携手助力祖国抗击疫情，强大的向心力和凝聚力给予了更多同胞抗疫的勇气与信心。

西班牙侨声：争分夺秒跑赢“接力赛”

“力挺武汉，华人同在！募捐口罩，支持武汉。”得知疫情之后，西班牙华侨华人迅速行动起来。

连日以来，西班牙加泰罗尼亚北京同乡会的侨领韩杰、罗敢果、虎哥、关捷等人迅速行动，积极募集物资，对接相关机构，为防控疫情掬心智、洒热血。

随着北京市在 2020 年 1 月 23 日宣布取消包括庙会在内的大型活动等具体部署行动，正在北京的韩杰感受到了疫情的严峻，他一边嘱咐好国内外的亲友做好防护，一边联络在西班牙的夫人关捷首先在巴塞罗那发起募捐。

在韩杰等人的推动下，由西班牙中华妇女联谊总会自 1 月 24 日 21 时发起募捐。截至 1 月 29 日 21 时，整整 5 天 120 个小时，共募集 91860.72 元人民币、9756 欧元。此款项由西班牙中华妇女联谊总会全部对口捐献武汉市妇女联合会，并由武汉市妇女联合会统一组织购买医疗防护用品。

此次募捐活动中，捐款者最大年龄 76 岁，最小年龄 10 岁。其中，有的华侨家庭虽然因变故面临困难，依然踊跃捐款；还有一个华侨家庭，两个女儿主动把自己的压岁钱拿出来，让父母帮忙捐赠；有的华侨则在捐款后坚决不留姓名……

令韩杰尤为感动的故事和细节还有许多，来自加泰罗尼亚北京会、西班牙当地的友人在募集物资过程当中，都提供了无私的付出和帮助。“他们平常工作都很忙，但这次不管什么时间，给他们打电话总可以接通。每当采买到物资，他们比我还兴奋。通过这次抗击疫情的战役，朋友间的关系更紧密了。”韩杰说道。

自 1 月 25 日清晨返回巴塞罗那后，西班牙华侨华人社团联谊总会执行主席韩杰争分夺秒，寻找货源、购入物资。这天白天，他迅速联络中国和西班牙的亲友组织捐款以及购入物资等工作。晚上 8 点整，韩杰所在协会主办的迎新春慈善晚宴顺利举办。一年一度的慈善晚宴 2020 年是第八届，主办方当晚决定：晚会所筹得的善款全部用于采买防疫物资，驰援武汉！

西班牙华侨华人社团联谊总会迎新春慈善晚宴举办 9 年以来，为帮助西班牙当地贫困家庭和残障人士作出了诸多贡献。“以慈善活动的方式与当地各界友人共庆春节，既体现了加区侨胞乐善好施的优良传统，也让春节的意义得到升华。”韩杰说，希望不断推动当地侨胞认识自身肩负的社会责任，积极以爱心与实际行动回馈西班牙社会，为侨居国贡

2020 年 2 月 7 日早上 5 点，西班牙热心侨胞顺利抵达首都国际机场，并带回防疫援助物资

献力量。而此次疫情的来袭，也凝聚起当地各界力量，在筹款、采购、储存、寄送等方面也得到了西班牙国际友人的慷慨帮助。

“每天上网查货源，打电话，看货、取货，神经紧绷，彻夜难眠。”韩杰说，“作为北京籍侨胞，驰援北京方面的物资也是我所关心的。”在各方同仁的共同努力下，在西班牙当地友人的帮助下，西班牙华侨华人社团联谊总会募集购入多批紧急防护救援物资。

1 月 30 日，驰援北京的 N95 口罩、护目镜、医用手套顺利发出，令韩杰等人倍感欣慰。

2 月 3 日，第二批医用口罩、医用专业护目镜、医用手套等物资通过 EMS 快递寄回国内。

2 月 6 日，在中国驻巴塞罗那总领事馆和中国国际航空公司的帮助下得以免费托运救援物资，由热心侨胞带回专业医用防护服 400 套、医用口罩 2000 件，在 7 日早上 5 点顺利抵达首都国际机场，由北京海外联谊会派员接机。那时，西班牙已至深夜，远在西班牙的韩杰始终关切着飞行动态，他及时回复着信息：“非常感谢海联会的工作人员和热心的同胞！”

……

抗击疫情期间，韩杰向中国华侨公益基金会、江西省红十字会、武汉妇女联合会、辽宁省政协港澳台侨（外事）委员会抗击疫情专项基金等多次捐款，助力祖国抗疫一线。

每一天的奔波都是无硝烟的战争。“祖国疫情每一天跳动的数字都时刻在提醒，这是一场和时间赛跑的‘接力赛’。必须和时间抢速度，必须拼尽全力、争分夺秒把物资运回祖国。”韩杰说。

同时作为巴塞罗那华助中心常务理事，韩杰表示，随着春节假期的结束，返回加泰地区的中国同胞增加，“华助中心建议从中国来的同胞，每个人要自觉自律地进行居家隔离 14 天。我也捐赠了 2000 个医用口罩给华助中心，用于发放给刚刚回来的侨胞”。

目前，韩杰等爱心侨领仍在积极组织、寻找更多的货源，为疫情防控工作尽心竭力。一山一水总关情，巴塞罗那机场依然人头攒动，韩杰不止一次目睹着一批批爱心人士向飞回祖国的同胞请求帮忙，希望托运医疗物资回去，凝重而焦急的表情也随着大家“你一件、我一件”的齐心援手，舒展开来。韩杰说：“参与其中的大家都希望祖国尽快取得这次胜利，而抗击疫情也是每个人的责任和荣光。也正是因为祖国的强大，海外侨胞才更有凝聚力，也更有能力和自信。我也坚信在中国共产党的坚强领导下，我们终将战胜疫情！”

捷克侨声：24 小时随时待命

2 月 8 日，随着当日最后一班中捷直飞的航班顺利起飞，3000 件一次性手术服即将从布拉格空运至华中科技大学同济医学院附属协和医院。

连日以来，奔波寻找物资、联络运输渠道的宗伟勇、周灵建终于松了一口气。“非常感谢四川航空的给力！我们的捐赠物资可以免费先上飞机之后再补手续。”

当得知武汉市城市公交、地铁、轮渡、长途客运暂停运营，机场、火车站离汉通道暂时关闭，以及各地驰援武汉的医疗团队紧急集结等消息时，身在捷克的宗伟勇感到了疫情的严峻，他在微信朋友圈发布信息，呼吁道：“目前捷克一些朋友们和各个华人社团机构已经在众志成城努力调配、购买、寻找、捐献一些防疫物资了，各位！各位！各位！现在国内需求的是医用口罩、防护服、护目镜、免接触式体温测量仪。

如谁有防疫物资资源也可以联系我，我会协调按照市场价格购买，当然如有献爱心的同仁也表示感谢……本人微信 24 小时待命！”

在随后成立的捷克华侨华人捐赠捐助领导小组中，宗伟勇连同当地侨胞共同行动，采购、募捐，沟通国内外相关机构，在两天时间内购入了上千只口罩。宗伟勇是捷克华人青年联合会会长，多年来热心助人，被誉为“布拉格雷锋”。在布拉格当地最热闹的老城区广场，他所开设的“颐和园”中餐厅已有十余载，这里也成为当地华商奉献爱心的重要大本营。每天，这里会有上百名中国游客来餐馆用餐。这些天，他始终密切关注国内疫情的发展。不同国家相继出现确诊病例，也令捷克当地人不安，让在外旅行的同胞担心。宗伟勇和“颐和园”中餐厅的工作人员开始在餐厅内免费向中国游客发放口罩，帮助同胞安心、安全返程。

最初新冠肺炎疫情的消息传至欧洲时，来自中国武汉的 39 人旅行团正在欧洲旅行，随后欧洲当地的一些中餐馆纷纷拒绝提供服务，行至捷克时，该旅行社向宗伟勇求助，希望能够为同胞提供一顿久违的家乡

捷克华侨华人助力祖国抗“疫”

的饭菜。

宗伟勇得知后立刻联系导游，并主动提出免费提供午餐。在电话的另一端，旅行团的导游落泪了，一路上的心酸苦涩，遇到的冷漠和委屈在“颐和园”中餐厅得到了慰藉。“团里当时有 6 人有发热症状，我们很快联系捷克当地的医院进行检查，后证明是普通的感冒。后来听闻他们在瑞士时，有一个人感冒，也经历了全体的隔离，后证实是虚惊一场……现在欧洲这边看到中国人感冒确实会容易过度紧张，在外的同胞在路上遇到委屈、无奈时，我能帮到什么就帮些什么。”宗伟勇说道。

周灵建是捷克当地的著名华商，担任捷克青田同乡会会长，在得知国内疫情之后，同宗伟勇一道奔波出力。不过，由于大批量购进口罩，捷克当地的口罩市场变得紧俏，在当地的药店出现了口罩和温度计限购，一次性口罩甚至被商家大幅度涨价……宗伟勇等人每天继续去各大药店寻找资源，“经常深夜还在沟通，晚上只有约 3 个小时的睡眠时间”。有时预定的货没有及时送到，付了钱的货物也无法拿到，这些现实问题，令宗伟勇忧心不已。

在获悉自己的家乡青田县也开始暂停公共交通、进行严格防控时，宗伟勇热心联络回乡的侨胞，帮忙带回去 70 个温度测量仪。

而捷克青田同乡会等侨团发起的为国内募集抗疫医护物资活动得到了越来越多华侨华人的响应，大家纷纷行动起来。据同乡会会长周灵建讲述，目前已经采购到 78 万只医用口罩。

“这次团结一心、共同抗击疫情，捷克当地的华侨华人大家每个人都相互配合，都在亲力亲为地做力所能及的事情。”据不完全统计，截至 2 月 8 日，捷克华侨华人已募集 14 万欧元物资发回国内。

宗伟勇等人的所有辛苦与疲惫都在看到医疗物资顺利寄回国内的那一刻化作信心。宗伟勇有感而发：“这段日子特别感谢捷克华捷、圆通快递，他们为大家免费提供仓库，每天都加班加点，免费提供人力、物力、财力等方面的帮助，也非常感谢东方航空公司还有在祖国北京提供支持帮助的北京机场领导……正是因为有这么多爱心企业，我们的祖国一定会攻克疫情，一定会在浴火重生后，迎来不一样的光明！”

加拿大侨声：支援同胞也是对世界的贡献

在加拿大，各地华人亦纷纷团结起来，发起捐款、购入物资，并主动作为，以缓解当地居民因此次新冠肺炎的传播而引发的恐慌等消极情绪。

多伦多是加拿大最大的城市，这里生活着约 80 多万名华人，成立于 1985 年的多伦多华人团体联合总会（以下简称“华联总会”）在当地华人社群中颇有威望。1 月 25 日中国农历鼠年大年初一，华联总会即发出紧急倡议，呼吁募捐。

华联总会主席翁国宁表示，天下华人血脉相连，支援武汉人民和其他受到病毒感染的城市早日战胜疫情，这不仅仅是对武汉、对湖北、对中国同胞的支援，同时也是对世界范围内尽早控制疫情蔓延的贡献。

华联总会主席翁国宁、永久名誉主席魏成义首先带头捐款，1 月 25 日当天便成功募集爱心善款 30 万元人民币。次日，华联总会紧急召开常务理事会，决定推迟举行原定于 2 月 1 日的华联总会新春团拜会暨华联总会 35 周年庆祝晚宴，并提出，将用于晚宴的经费约 20 万元人民币全部捐出，来支援武汉人民抗击疫情。

华联总会所属的各会员单位的侨领们纷纷行动支援，积极联络资源，购入国内急需的医疗物资。1 月 28 日，华联总会筹集了首批捐赠物资：16000 个医用防护口罩、1000 副防护眼镜、30000 双医用手套。截至 1

月 30 日，华联总会已募集人民币逾 200 万元。至 2 月 10 日，两批医用物资已成功运送至武汉。“后续还有第三批、第四批正在路上”，华联总会常务理事周捷补充道。

据华联总会相关负责人介绍：“我们负责采购的常务理事们工作量非常大。一方面要联系厂家，落实采购物资；另一方面又要协调国内的物流，过海关需要的文件比较多。加上这里同国内有 13 个小时的时差，他们每天都要工作到凌晨两点多，非常辛苦。”

近日，因新冠肺炎疫情，加拿大部分地区的华人社团几乎取消或延期了所有公开活动。为了缓解当地华人的紧张情绪和外界对华人社区的误解，加拿大总理特鲁多也曾在 2 月 1 日，率 4 位联邦部长和十余位国会议员，专程来多伦多给华人拜年；当地政府也通过具体行动为华人商家打气。

“多伦多地区情况与国内完全不同，人们更多的是心理上的人为紧张情绪”，为提振当地华商信心，并以实际行动主动积极回应少数人对华人社区的误解和歧视态度，在忙碌筹集物资、畅通运输渠道之余，华联总会还是决定在 2 月 8 日恢复举办新春团拜会暨华联总会 35 周年庆

加拿大华联总会常务理事的捐款直接用于购买医疗物资，已经分批陆续运到国内

祝晚宴，并谢绝在近期从中国回加的朋友参加此次活动、进门使用消毒洗手液等细节上尽力做好防护。

当地的市民也开始自发支持华人商家，主动购物，一些店铺还出现了排队的现象。多伦多唐人街也渐渐恢复了生机。当时，华联总会还在积极发动下属社团各自采购医疗物资。相关负责人补充说："因为医疗物资匮乏，只有人多力量大才能采购到更多的物资，他们现在都已经各自采购好医疗物资分批运回国内。后期筹款我们还将陆续进行，用于医疗物资的采购。"

在温哥华，有着悠久历史传统的华人团体温哥华中华会馆也在继续发挥着联络侨胞、团结互助、维护侨胞各项利益的重要作用。温哥华中华会馆理事长姚崇英发出声明，呼吁温哥华市民"注意个人卫生，避免受到感染，同时保持冷静，特别不要误信一些虚假报道或谣传，引致不必要的恐慌"；并针对近期有华裔市民受到欺凌或嘲笑的现象进行发声，提出"如果近期由中国回来，应该进行自我隔离至少两周"；并号召"国民应对加拿大抱有绝对信心，更应该跟从卫生部门的指引"，齐心协力共克疫情。

自 2 月 3 日起，温哥华中华会馆通过登报、发送邮件、寄信等渠道积极为支援武汉抗击疫情呼吁捐款。姚崇英说："现在陆续有各处善款汇集过来，有一些会员其实在更早一些时间已经开始筹款，已经筹到几十万人民币。现在募捐还在持续进行中，我们接下来会做进一步的统计和公布。"

据央视财经频道报道，加拿大各地华人捐赠的途径有很多，华人企业、同乡会、商会等各类社团等都在积极筹集物资，发往国内。中国驻多伦多总领事韩涛表示："许多社团通过不同方式，以不同的渠道，向国内捐款捐物，表达了在抗击疫情方面对家乡坚定的支持，大家做了非常多的努力！”

“故园千里隔，休戚总相关。”近期，不停奔波采买、四处联络成为众多海外华侨华人的全部生活。美国、英国、荷兰、澳大利亚、泰国、智利……有华人的地方，就有为抗击疫情奔行的身影。他们说，多一份物资，一线的医生和护士就多一些安全和保障；他们说，位卑不敢忘家国之忧，当为疫情尽匹夫之力；他们说，不谢，我们都是中国人……赤子丹心，风雨同路，正是“四海一家、众志成城”的爱与决心，才让我们更加坚信，春暖花开会有时。

距离最后一班航班起飞的时间越来越近，而他们的货物还没有办完通关手续。怎么办？由于时差的原因，他一直在等待口罩上飞机的消息，6个小时像6年一样漫长，他的心脏一直在嗓子眼突突地跳动。

150万只口罩的惊魂72小时跨境之旅

耿国彪

“刘总，境外口罩货物提供商价格涨了五六倍，而且需要现金交易，买不买？”

“买，一定要买，钱的事我来想办法，一定要把货盯住！”

“刘总，这是依可亚航空公司飞往中国的最后一个航班了，如果货物不能按时上飞机，那将无法把刚采购的口罩运回国内。”

“好的，知道了，你们加快进度，我来想办法联系依可亚航空公司，让飞机多停留一会儿，一定让咱们的货物赶上这最后一班飞机。”

“刘总，目前海关还在新年放假期间，按照一般的通关程序，我们这批货要等到2月3日后才能拿到，您看怎么办？”

“不行，坚决不能让防疫物资在仓库里躺着，我来想办法，联系各级组织，而且还有绿色通道可以用，一定要让这批口罩以最快的速度到达疫区！”

……

这是72小时内，北京金葵花便民商业管理有限公司董事长刘郁经历的3个片段。为了让身处新冠肺炎疫区的一线医务工作者能多一层保障，他动用了自己几十年来积累的所有资源，虽然步步惊心，但结局圆满，最终将150万只医用口罩及紧缺医疗物资共5吨运回国内。1月31日，当刘郁听到所有货物已经通关，向着目的地进发的消息后，眼睛有些湿润，身子有些酸软，此时他已经3天3夜没有合眼了。

捐口罩支持一线医务工作者

2020年初，新冠肺炎疫情在武汉蔓延，波及全国。抗击新冠肺炎疫情战役打响，累计报告新冠肺炎确诊病例不断增多，疫情的不断蔓延使得疫区重点地区应急防控物资供应相继告急。

适逢春节，挑战重重，但这场看不见“敌人”，却关乎人民群众生命安全的阻击战必须打赢！非常时期，武汉“封城”，湖北承压，全国抗疫。这不是一个城、一群人的战役，而是我们所有人的战役。

此前，从国家卫健委高级别专家组组长钟南山院士在接受媒体采访时表示，新型冠状病毒可确定存在有人传人的现象，从个人预防角度，建议佩戴外科口罩。那个时候，刘郁就琢磨着要为疫区人民做点什么。

刘郁曾经是武汉大学的学生，不仅很多同学朋友居住在疫情最严重的武汉，而且还有不少朋友就是医护工作者，战斗在疫情防控阻击战的最前沿。从朋友圈刘郁了解到武汉疫情一天比一天严重，应急防控物资严重短缺，有钱也买不到东西。他便和自己的朋友紫光园餐饮公司董事长艾兴有商量向疫区捐赠物资，并最终确定购买口罩。

1月23日，刘郁、艾兴有、国际旅行社的吕国胜、天畅商旅的高锦兰、刘宇等就组成了采买运输口罩的微信群。他们通过旅行社在境外的导游到处寻找货源，然而美国、日本、欧洲各国的超市中因为疫情口罩都已脱销，并且价格都翻了几番，有的国家甚至禁止医疗物资出境。方方面面的消息反馈，要想购买大批的医用口罩，只有寻找生产厂商或经销商。

几天几夜的连续寻找，上千个打向世界各地的电话。功夫不负有心人，终于传来了好消息，俄罗斯境内有经销商能够出售 200 万只医用口罩。此时已是 1 月 27 日。

惊心动魄的 72 小时

疫情突发，医生的天职就是救死扶伤，哪怕是冒着被感染的风险，也必须冲向第一线，难道医生就不怕感染，不会感染吗？也怕，也会感染，感染了也会死。但他们依然奋战在第一线，这是医生的使命，正是他们的努力，恐慌中的人们才看到了希望，才有了希望。

刘郁明白，医生是需要经过多年学习与实践，是掌握了专业技能的专业人士，不是有热情、有抱负就能冲到疫情第一线的，身为民建会员我们能做的就是提供资金与医护资源的捐助。在刘郁的微信里有这样一段话：这是一场连电影剧本都写不出跌宕起伏的情节，连续 72 小时无眠，三国两地“跨国协同”作战。背后的泪水和喜悦一言难尽！在这里艾先生和我也呼吁大家更多关注疫情城市和地区，也请为我们的同胞提供更广泛的帮助与支持，我们坚信，通过各方努力，我们将很快打赢这场战役！

在收到俄罗斯境内有货的消息后，刘郁就委托依可亚航空 Ramadan Akpinar 下单购买，但第二天传来消息，货物只有 150 万只口罩了，并且价格涨了几倍，必须现金交易。

14000000 卢布现金，10 小时之内就要筹措到，对于当时刘郁、吕国胜而言简直是不可能完成的任务。

“又是一夜无眠。新冠肺炎疫情一直牵动着举国上下的心。疫情无情人有情。我们必须完成。”刘郁这样记录下当时的心情。

为了筹措现金，他们几乎将能找到的身在俄罗斯的朋友都找了一遍。先是说明原因，然后立即提钱汇集，最终集齐了 14000000 卢布现金。

交易完成，在随后的货物运输上又出了问题。本来俄罗斯依可亚航空为这批货提供了免费运输，但由于供货商提供错了货物的体积和总重量，使航班配重不能确定，最终没能成行。770 箱货物，每箱 6.5 公斤，需要 40 立方米空间，在吕国胜联系落实其他航班时又有坏消息传来，考虑到中国的疫情俄罗斯航空将暂停飞中国的航班，必须要赶上俄罗斯飞中国的最后一班航班！

距离最后一班航班起飞的时间越来越近，而他们的货物还没有办完通关手续。怎么办？吕国胜动用了自己在俄罗斯旅游、航空的所有合作伙伴，硬是让这班飞机整整等待了 6 个小时。

由于时差的原因，刘郁一直在等待口罩上飞机的消息，6 个小时像 6 年一样漫长，他的心一直悬在嗓子眼儿。当前方传来飞机起飞的消息，他长长地出了一口气。

为一线的白衣天使们送去一些保障

1 月 31 日中午 11 点 41 分，依可亚航空 E0435 航班降落在山东济南，这批满含着中俄企业家爱心的 150 万只医用口罩等共 5 吨物资终于顺利送到国内。但接下来的通关又成了问题。由于时值春节假期和疫情，海关人员不足，刘郁得到通知按照一般程序口罩出关需要到 2 月 3

日以后。

为了早日打赢这场没有硝烟的遭遇战，全国各级组织都积极行动起来全力保障疫情防控物资的调运。1 月 24 日起，全国海关就对用于疫情防控物资设立了专门受理窗口和绿色通道，做到即到即提，以最短的时间投入疫情防控，但需要办理相关手续。

为了协助 150 万医用口罩及相关物资顺利出关，早一点到达疫区，民建中央思源基金会，北京市昌平区政府、昌平区商务局等多方协助，通过海关绿色通道快速出关，做到了先提货后办手续……

1 月 31 日，由紫光园餐饮公司董事长艾兴有、金葵花便民商业管理公司董事长刘郁向境外采购的 100 万只口罩于晚 22 点平安抵达昌平区捐赠单位，另 50 万只口罩已抵达捐赠点杭州红十字会；由民建北京市委联合金葵花便民商业管理公司捐赠的 6 万只口罩和医疗物资也在去

刘郁为春节期间坚守工作岗位的员工发放红包

往疫情最严重的湖北黄冈市途中。此次捐赠款项达200余万元。

“为抗击疫情尽我们企业的绵薄之力，是我和艾总的一份心意，也是当今企业主的一份责任。”刘郁的声音有些沙哑。“增强实力，回馈社会”是刘郁的经营理念。在这个理念的支撑下，刘郁的公司不仅赢得了良好的口碑，而且发展迅猛，这也使得他有更大能力回馈社会。在谈起这次为抗击新冠肺炎疫情接力捐口罩时，刘郁疲惫的脸上露出了笑意。“希望我们捐赠的物资能为抗击这次疫情发挥作用，为一线的白衣天使们送去一些保障。”

正在此时，刘郁的电话又响了起来。原来俄罗斯又传来了好消息，他们采买的第二批防疫医疗物资已经完成，包括医用口罩、防护服、防护帽、医用体温测量器等，这批物资重8吨，需要包机运输。

听到这个消息，刘郁立即精神起来，接下来的战斗又要开始了，他拿起电话开始联系民航局，希望能尽快将这批物资运回国内，帮助新型冠状病毒的防护工作。刘郁认为，我们生活的社会应该是一个互帮互助的社会，更应该是一个人人相互关爱的社会。人与人之间可以形成互帮互助、关爱和谐的社会氛围。在参与社会公益活动的过程中，我们既承担着社会责任，又在帮助他人，并使自身的价值在奉献中得以提升。

六·知情者说

这个年假淹没在没有硝烟的战火中

以居家隔离的方式过了个最憋屈的春节

我在你身边

等待3个“正”字写完的那天

大年三十，医院所有部门比平时还忙碌，比平时拖班的人员还要多，晚上在同城的二姐家匆匆过了个年，却也是“年不知味”了。

这个年假淹没在没有硝烟的战火中

王民主

2020 年 2 月 2 日下午，我刚打开车门准备去上班，一位多日不见的邻居自车前经过，她好奇地问：“大家都在居家，你这是去哪里？”

这一突如其来的问话一时让我僵立在那里。全国的民众都被要求各自居家，我们医务人员取消休假，这不是众所周知的事情吗？邻居大姐这是怎么了？是不知道当下新冠肺炎疫情发展的形势，还是一时没想起我在医院上班呢？

因怕耽误上班时间，也怕与大姐对话时间过长，有违此次疫情的隔离规范。我隔着车窗对她做了个“再见”手势，就发动小车向单位驶去。

由于老爸于去年国庆假期过世，作为女儿，我们姐妹间很早就相互通气，商量好好给老爸拜这个他一生中最大，也是最后的一个年。

然而，离年假不到 10 天的 1 月中旬，我院临床的气氛突然紧张起来。内二科一位重症感冒的罗姓病患，突然就牵动全院医务人员的神经。省市区 3 级政府、卫健委、疾病控制中心等相关部门领导突然齐聚我院。紧接着，隔离消杀发热门诊、感染科；与病人有过密切接触的32位医务人员迅速被拉进临时组建的微信群，要求他们马上居家隔离，并安排行政人员与其一对一关联。

1月21日，患者罗某的医学确诊结果出来了，为抚州市也是江西省第一例新冠肺炎病例！一时间，所有人都围绕这个病人忙碌起来：成立专家组，呼吸科、重症医学科、急诊科、影像科、心血管、消化科等重要学科专家空前齐全地聚在一起。患者罗先生现年56岁，已出现呼吸衰竭症状，与其密切接触的两位亲属，还有一位在逃。立即制定治疗方案、隔离方案、急救方案、排查方案等，专家们每天讨论到深夜。上报、下传、做好预防、做好隔离、严密排查可疑接触人员……

一切的工作都显得比平时重要很多倍，我脑海中突然一幕幕放映着17年前“非典”疫情发生时的画面。

紧接着，“全省医务人员取消年假，春节期间照常上班”的通知下来了。以前每年过年不是跑乡下公公婆婆那儿，就是跑百里以外的娘家。2020年好了，大年三十，医院所有部门比平时还忙碌，比平时拖班的人员还要多，晚上在同城的二姐家匆匆过了个年，却也是“年不知味”了。

1月26日，即大年初一一大早，侄女发来微信语音，说她大儿子刚从杭州回老家就发烧、咳嗽，已连续3天了。我心里好一阵紧张，正月初一这天，按老家的规矩一般是不能去医院的。但孩子是成年的孩子，体温接近39℃，虽然未有武汉接触史，但也还是控制不住内心的恐慌。电话连线老家医院的同学，却又凑巧打不通。情急之下，我只能硬着头皮、鼓起勇气向领导说明家里的情况。深明大义的领导默许我回去看看，并交代我别与病人接触，争取尽早赶回。

下午2点到家时，侄女已在电话里抽泣，我赶紧电话联系当地医院的同学，嘱咐他们用自家小车护送，车上人员尽最大限度注意隔离。所幸晚间 7 时许，侄女打来电话报平安，她儿子已排除新型冠状病毒感染，系为普通感冒！

还好只是虚惊一场！

定下心来后，我佯装轻松地陪 90 岁老妈吃了顿饭。刚想着怎么跟老妈提回程的事，却听到屋外有敲锣的声音。一时间，全家刚定下来的心又被提起。老家的这个规矩是个千年不变的传统，即是村里有了红白喜事、大型聚会聚餐，再就是防火防盗、公共突发事件都是用锣代替警钟的。而大年初一打锣，那是少之又少，除非是特大事件。

哥哥起身出去，不一会儿回来说："村里封路了，说是从现在开始，外村的人员车辆都不能进村。"

"哦，那我现在回去了，妈……"

"不行，大过年的，外面黑灯瞎火赶路不吉利。再说，你来都来了，怎么也得等明天给你爸拜个大年，那打锣的又没说不能出村。"还没待我说完话，母亲就连珠炮似的打断了我的请求。面对母亲一连串的"大"道理，我实在不忍悖了她老人家的意愿。

照常理，父亲的大年将是特别盛大的。按家乡的习惯，给寿辰越高的老人家拜大年会越有福报（父亲享年 90 岁），所有的亲戚朋友都会带着香火来拜年，哥哥也早早地就准备好了 5 桌饭菜。然而，可恶的新冠肺炎疫情最终却让老爸此生最后一个年过得如此冷清。看着老爸慈祥的遗像，我不禁悲从中来，在他和老妈单独居住的老屋里放声大哭起来。

幸好这一天，有我作为 4 个女儿中的唯一代表；幸好这一天，有我作为亲戚拜年大军的唯一代表。老爸向来深明大义，我相信他会理解，会谅解我们的！

返回工作岗位后，一个接一个噩耗般的消息，已让连我所在的医院及全国医院，很快成为没有硝烟的战场。

时至今日，我院一线工作人员已从最开始的 30 多人增派到 100 多人；作为接受病人的感染科，从最初的一个病区增加到 4 个病区。全院所有医务人员都在请战书上签下鲜红的姓名，各个岗位类似舍小家、顾大家的故事早已不算什么新鲜事。感染病房护士的隔离衣，上身就得坚持 4 至 6 小时。因为哪怕喝一口水、上个厕所都得浪费一套防护装置，而一套防护装置至少得上百元，且是各大医院都短缺的医疗物资。所以，感染病房和发热门诊部分医护人员都穿着纸尿裤值班了。主动请缨、在一线岗位坚持半月有余等等先进事迹已感动全城！

1 月底，我院护士姐妹得到增派两名护士驰援武汉的命令，主动请缨的信息瞬间将护士工作群刷屏。200 多条报名信息被传到网上后，本地各大媒体纷纷转发，一时成为闲居在家的社会大众热议的焦点，该信息的点击率竟也史无前例地超过 10 万，而声援与点赞的热评也是长长

战“疫”一线的医疗救助人员与车辆

的一大片。

我虽不在临床一线，但我一直穿梭在采访一线，亲眼见证白衣天使是如何成为现时代最可爱的人的。短短数日，社会各界爱心人士纷纷要求献爱心，向医护人员送营养汤、送水果、送牛奶，甚至免费为医生护士理去妨碍戴防护帽的长头发等等。暖心的大爱，让我们感动的同时，也让我们战胜病魔的信心倍增！

随着火神山、雷神山医院正式接管，军队与兄弟医院驰援武汉、毒株分离、确诊时效缩短等好消息轮番传来。我突然发现，在这样的现实背景下，忘我地忙碌，才是医护人员自豪而踏实的状态。

行走在上班途中，我不自觉地回顾与邻居的对话，不自觉地回想着今天的日期，竟顿了数秒才想起今天是正月初八。心中不禁泛起“不知今夕何夕”的酸楚。

“元宵未到年未消。”在以往这个时候，人们应还处在年假的“反嚼期”。只不过，2020 年的这个假期，还是让它淹没在抗击新冠肺炎这场没有硝烟的战火中，才是让社会大众，让医务人员自己更心安的安排吧。

新冠肺炎疫情从武汉暴发，像洪水猛兽，席卷全国各地。这场“洪水”似乎蓄谋已久，千家万户即将团圆之际，冲断了人们归家的路、归家的桥。

以居家隔离的方式过了个最憋屈的春节

武汉封城了。我们小城属于武汉城市圈，新冠肺炎很快入侵到我们小城。

春节临近，京粤沪浙汉各路朋友都返乡过年。朋友平常见面少，这次总算逮住机会聚一聚。这期间，城区各大小餐馆爆满，朋友似赶庙会一样，涌向不同的餐厅。

人们都不知危险正在袭来，有些嗅觉灵敏的召集人及时取消。

我心存侥幸。年前，宴请来自广州东莞的朋友，提前在酒席上送些新年祝福，心想不会有什么问题。我没有听女儿劝阻，十分隆重地尽了一次地主之谊。

大年三十，想说服女儿到她大姨家吃年饭，女儿以在家里绝食的方式阻挠我们出门。“同行的外婆年近八旬，最易感染，一人有染，全家难宁。”明知女儿的观点是对的，此时亲情的天平占了上风。

我们匆匆吃过年饭，没有了昔日过年的喜气。祝福的话题跳到武汉封城上。惦念女儿一人留在家里，我们又急匆匆往回赶……

大年初一，小城通知封城。所有机动车辆禁行。所有人员不得进出。新老城区隔断。

岳母和我们一起生活，妻子又是姊妹中的老大。按照惯例，小舅子和姨妹都过来拜年聚餐。清晨弟妹分别打来电话，给老人拜年。我又做女儿工作，“奶奶是泰山，奶奶要亲情，不能让她留遗憾”。女儿一口回绝，“通知封城了，这时节平安比亲情重要”。

女儿读书多，见识广，我们没有理由不听她的。对弟妹一一回绝，让他们别过来。

空寂。没有昔年的欢声笑语。年饭席上，女儿一再祝福“奶奶健康长寿、晚年幸福”。岳母还是叹气，“活了几十年，第一次过了这样的年”。女儿安慰说，“奶奶长命百岁，明年会过一个好年”。

一会儿，女儿找到佐证：“你看，昨天表叔宴请各地回乡战友过年，表姐阻拦不了表叔，无奈只好偷偷将餐馆举报了。只有你们还是认为亲情比生命重要。”

于是，我们通过电话给几位长辈、几位胞兄一一拜年。朋友之间则微信或信息拜年。大家都改写了对接和抒写的模式，但文化传承仍在。

电话交流中，我很羡慕我师兄的生活模式没变。他将兄弟姊妹 6 家 18 口宴请到酒店过年，摆了两桌。热热闹闹，气氛不减往年。

小舅和姨妹几次相约想来看望自己的老母亲，侄儿、外甥也相约过来拜年，走到半路都被我们劝导回去了。同居一座小城，走起来不过几步路，疫情却阻断了亲情路，也阻断了青山绿树和阳光。

表弟的两个儿子在武汉工作，回家过年，全家居家隔离。想接年过九旬的老父亲吃一顿年饭，老父亲也想看望孙子、曾孙。疫情却阻隔了他们的奢望，让一个耄耋老人过个孤寂的年。

走访叔伯姑舅，兄弟姐妹互访。无论千里百里也要聚一聚，磕嗑唠子，叙叙旧情。这种春节文化 2020 年完全依赖电话和互联网了。

武汉的一个疏忽，导致全省乃至全国的路都断了，犹如飞出去的鸟儿不能返回老巢探一探，只能在外徘徊一样。武汉成了人们声讨的对象，尽管无辜、无奈，却也在情理之中。

湖北武汉九省通衢，现在关闭了九省的交通要道，省内各市县区也相互关闭通道。上千名解放军战士、上万名医务人员和专家空降支援“孤岛”，为疫区开辟了一条特殊的生命通道。

“封一座城，保一国人”，这是全省各市必须接受的一个事实。一座城，几座桥都封堵了；城乡之间，各个出口都封堵了；乡镇之间，村落

军队支援湖北医疗队队员乘坐高铁抵达武汉（范显海 / 摄）

之间，社区之间，连麻雀都受到惊吓，互不往来。

春节期间，每天的早新闻第一组数据并不乐观，湖北的各市县区是高发区，各省疑似病例也在递增。

昔日，车站、广场、超市、商场都是车水马龙，人潮涌动。自大年三十小城封城，连续几天都是一片空旷、安静。火车站、汽车站空无一人。宽敞的大街上唯有几辆工勤车、通勤车和救护车穿行。超市关闭几天后，政府安排救灾帐篷到各小区门前定点配送生活物资。

让所有人在家隔离两周以上。这的确让人们有太多的失落，留下太多亲情对接的遗憾。现在唯有密切配合当地政府指挥的联防联控，才有希望彻底围剿病毒，才能在阳光下安全穿行。

在家人劝导下，我放弃外出健身的爱好，居家隔离。

正月初八，进入疫情高发期，也是疫情最严峻的阶段。武汉归返人员潜伏体内的病毒都暴发出来了，密集接触的亲属也不同程度表现出症状。病毒疯狂蔓延，不知突然会感染到谁。

城区每个小区，包括城中村、还建散户的出口，都用树杆或竹竿搭建了一米五高的围栏，围栏上蒙上密密的丝网或帆布。即使多个出口，也围成铁桶一般。隔断了进出的行人，隔断了病毒的渗透，也隔断了阳光。每一个出口都搭建了救灾帐篷。工作人员昼夜值守，时刻保护小区的安全。

接到师兄的电话：大嫂被感染了，躺进了专业医院就诊。包括师兄自己在内，一大家 18 口全部隔离。这是我羡慕的师兄，居然撞上了枪口。

我也突然感到不适，喉咙痛、四肢酸软、低烧 38 度。上午吃了些药，用热水泡泡脚，仍是没有改观。平常日行万步、走路虎虎生风的汉子，现在上两步台阶都没有力气，这下真是病了。下午叫了救护车，妻子急急忙忙把我送到人民医院发热门诊。

门诊大厅坐满了候诊的人。四五个诊室门前排了长长的队。轮到我看了医生，又拿着单子验血、拍片，等待检查结果。

遇上文联的一位文友，确诊是新冠肺炎，从早晨到下午，仍在排队等待住院病床。那种失魂落魄、双目无神的状态叫人心里一震。

看到一个部门的昔日同事，刚刚从诊室出来，精神萎靡不振，确诊被感染了，正在办理住院手续。让我心里翻起了五味瓶。

这是漫长的等待过程。心里忐忑不安，一分钟似乎比一天还长。心想悔不该心存侥幸搞宴请，不该大年三十仍外出。人们一旦陷入了危险，失去了生命，何处寻情，何有礼仪？亲情梦、礼仪梦固然重要，但平安梦是首要的。

一会儿验血结果出来了，医生说是细菌感染，排除新冠肺炎。不过还要等待拍片确诊。这一下让我宽心了许多。一小时后，拍片结果出来，没有大碍。医生开了一些排毒药，让我回家隔离几天观察一下。

一场虚惊。但是身体不适，遵医嘱的同时，还要靠自救。服药、喝白开水、温水泡脚。晚上盖了两床厚重的被子，让浑身冒汗排毒……

遵医嘱产生奇效，所有不适症状全消。正月初九大清早，向接诊的医生和亲人们一个个报告喜信，同时也收到他们的祝福。

庚子春节的疫情仍在蔓延，仍在威胁每个人的生命安全。

为了战胜疫情，许多新一代医疗战士冒着生命危险，请战到一线。他们协同专家组担负起特殊使命，几天几夜没有合眼，甚至有的被隔离，有的被感染病毒住院，有的献出了宝贵的生命。

当地政府组织广大党员干部、部门工作人员以及各行各业的志愿者，他们为劝导人们居家隔离，构筑围剿疫情的铜墙铁壁，把生死置之度外。他们舍小家、顾大家，上演了一幕幕感人至深的病毒无情、人间有爱的动人画面。

但愿风信有期，翩然而至。但愿在“雷神山”“火神山”的保佑下，病毒会消灭殆尽，百姓会幸福安康。

懂事的孩子直为我点赞，嘱咐我好好照顾他爸，自己也要做好防护，千万不能有半点闪失，电话里传递来不尽的牵挂和担忧，句句温暖着我。

我在你身边

欣筠

当人们和往年一样，正准备迎接新春佳节到来的时候，一场突如其来的新冠肺炎疫情，让这个新年突然蒙上了一层恐怖的阴影。武汉封城，咸宁封城，赤壁封城……各地封城，回不去，也出不来，大家只能把自己封在家里，惊悚、焦急、恐慌地等待着……

湖北省赤壁市新冠肺炎疫情防控工作部署早，医疗卫生单位启动快，综合管控措施得力，当地人民医院各项工作有序进行。然而，面对这一从未接触过的新型病毒，人们还是有点猝不及防，特别是日益严峻的形势，让鼠年春季气氛变得格外凝重，从大年初一开始，紧张的气氛陡然升级，一场看不见硝烟的战斗打响了。在这场“恶战”中，我更多的是一个见证者，虽说在急诊科待了一天，并没有直接接触病人，丈夫和那些医务人员每天接诊病人两三百例，处置急诊病人几十例。特别是传染病防控重要关口，他们时刻处于被感染的危险境地，紧急接诊，迅速处置，科学诊断，哪一个环节都来不得半点马虎。而这样的岗位，丈夫一干就是十几年。

新型冠状病毒，人传人，飞沫传染，病人数目飞快增长，人类医学的盲端，存在诸多的未知和不可预见性。显然，这是一场异常艰苦的战役，作为医疗机构龙头老大的赤壁市人民医院一下推到了疫病防治的风口浪尖。从元月中旬开始，赤壁市人民医院就启动了 24 小时值守的发热门诊，开辟隔离病区。丈夫是医院急诊科主任，还兼管着 120 急救指挥中心，身处人民传染病防控中心最前沿。他每天忙得脚不沾地，常常一大早就出门，晚上一两点才回家。吃餐饭也是囫囵吞枣，电话不断，不得安生。不是要调剂 120 接送车辆，就是要安排调度科室上班人员，安排急诊接诊工作，总之一个字：忙！

为了迎战这次疫情，赤壁市所有的医务人员全部取消了春节休假，全员投入防控疫情工作当中，无数医务工作者放弃了与家人团聚，数不清的防控人员日夜坚守岗位。初二，丈夫又是晚上 11 点多钟才回家。看着他疲惫饥饿的窘态，我实在有些心疼，对他说："唉，老妈被弟弟接走了，女儿去她婆家过年了，我闲着也是闲着，我要去给你们帮忙，好不好？好歹我在诊所也待了十几年，还是有些经验的。"乍一听，他当即呵斥我："开什么玩笑！"第二天，他又是半夜才回到家里。这时，我瞅准机会跟他磨。也许是病人确实太多，科室人手严重不足；或者是每天连轴转，真的太累了，希望多个帮手，他终于答应了我的请求。初四一早，戴上口罩，做好防护，我就跟着他去急诊科跟班了。

我担任的是 120 话务员工作。还别说，这个工作真不简单，短短的一两分钟内你要把电话那头病患的基本情况摸清楚，准确记录下来，然后跟主备班的医生护士司机交代，第一时间安排出诊。平日里每天 100 多个求助电话，他们都忙得不亦乐乎，而这阶段时间一下子翻了好多倍，急促的电话声响个不停，急诊科医务人员、患者来往穿梭，人员爆满。一天下来，我嘴巴说干了，嗓子喊哑了，半点力气都没有了。中午 12 点，我匆匆赶到与医院一墙之隔的家里，简单吃口饭又慌忙赶到科室，一直忙到晚上 6 点多才回家。这时，丈夫和他的同事们还在科室忙。

在急诊科“兼职”一天，虽然很累很辛苦，但我的工作得到了护士长和其他几个小姐妹的认可，还帮助到了一些需要帮助的人。特别是和丈夫一起，亲眼见证他们紧张忙碌的工作场景，浑身的疲倦顿时消减了许多，满心欣慰和自豪感油然而生。因为，在抗击疫情的岗位上，我和丈夫，和他们在一起。让我真切地体味到有一种幸福叫：你在一线，我在你身边。

这一天，我还看见、听到了一些让我感动和落泪的人和事。原以为英雄是个离我很遥远的名词，其实这些鲜活的人物和故事就在赤壁市，在人民医院，在我的身边，也在你的身边。护士雷霞的第二个孩子才 7 个月大，她第一时间报名去隔离病房，总护士长说她孩子太小建议她暂时不去，她硬是忍心给孩子断了奶，直接把自己的洗漱用品也搬到了医院。

在人民医院护理群里，护士程玲这样留言：忘了吃了多少餐盒饭，忘了坚守多少天了，从这场“硬仗”开始就没有见过家人，想你们了……2020 唯愿早日拿下战“疫”。

吕晴在内二科工作，还在休产假，看到院党委发出倡议后，与科室十多位护士姐妹一起报名参战：护士长，我随时上班；护士长，我报名；护士长，算我一个。其实，这算不上请战书，简单的话语饱含是医务人员临危不惧、守护生命的使命担当。她们大多只有 20 多岁，那稚嫩的脸庞满是纯真，有的还只是刚刚毕业的娃娃。当我看到她们正在高年资护士的示范下，互相对照着把笨重的防护服反复穿上脱下，做着临战前准备的时候，我不禁陷入沉思：前线意味着什么，进入隔离区到底会有多大危险，她们也许还不尽全知。迈入医学殿堂时南丁格尔精神和希波克拉底誓言他们从未忘记过。健康所系，性命相托。当疫病来临的时候，当人民群众生命安全和身体健康遭受威胁的时候，每一位医者都会逆风而行，义无反顾。我的丈夫，那位毅然给孩子断奶的母亲，所有曾经举手宣誓，身穿蓝色或白色工装的医生护士都是英雄。与急诊科紧临的放射科也是防控工作重要前沿科室，医生汪雷在医院公众号留言：不高估人性，不低估计人心。不刻意崇高，不道德绑架。我们在自己该在的地方，坚守该做的事情；我们在需要的时候，坚持需要做的事情。市应对新冠肺炎疫情工作领导小组指挥部从万通源公司调派的 20 名司机同志，只要 120 出诊号令一响，一个“好”字干脆利落，风驰电掣般急速驾车冲向接送病人的路途上，他们任劳任怨、不惧风险，俨然一名冲锋陷阵的战士。

2020 年 2 月，在湖北赤壁市各小区、街道，医务人员、志愿者、电力工人、环卫工人开展排查、消杀、生活物资供应工作（余柒明 / 摄）

家乡的疫情牵动每一位在外赤壁儿女的心，打电话、发微信、聊视频成了分隔两地亲人间互相关心、鼓励最暖心、最直接的方式。丈夫身处医院急诊科，特殊时期，特殊岗位，晚上 10 点多，远在兰州的女儿女婿照例打来电话询问爸爸的情况。我如实告知她，爸爸工作的辛苦繁忙后，颇有几分得意地告诉女儿，妈妈今天也去科室帮忙了。懂事的孩子直为我点赞，嘱咐我好好照顾他爸，自己也要做好防护，千万不能有半点闪失，电话里传递来不尽的牵挂和担忧，句句温暖着我。

被家人感动，被身边的人感动。在危险甚至死亡随时降临的时候，我看到：送救治防疫物资的热心群众来了，帮着义务接送病人的客车司机来了，在医院协助开展志愿服务的“红马甲”来了，还有爱心人士主动要求为给一线人员送夜宵。他们与白衣天使们共同奋战在抗击疫魔的主战场。我还看到，在这场抗击疫病的战役中，医生护士成了新时代最可爱的人，更多的人对医院、对医生护士投来了感激和赞许的目光，紧张的医患关系不经意间变得亲切而融洽了。接下来，我将继续留在急诊科 120 接话员的岗位上，和丈夫还有这些可爱的白衣战士们一起战斗。你在一线，我在你身边。

我相信，硝烟散去，必定繁花似锦。待到阳光明媚，我再回归家庭，做好丈夫后勤保障，陶醉于优美的诗文，在舞与美中尽情享受人生。因为，生活原本就是这般美好。

灾难时期，人与人之间的友好，陌生人的关爱，这多少让人有莫名的感动。也许爱与感动，从未离开过，它们不过需要一个特定的环境和非常时期暴发。

等待3个“正”字写完的那天

杨洁

立春，天气格外晴朗，鄂南小城的天空前所未有格外湛蓝。春节本应有的渲闹欢腾和熙熙攘攘的人群被寂静代替，街上呈现出奇怪的安静，除了通勤车、救护车疾驰而过打破安宁，风一直不紧不慢地吹，各小区、桥头、路边搭的帐篷、拉的横幅，与这个春节、这座小城明显地不搭调。可唯有这样，我们的抗疫战才能引起大家的全力参与关注，每一天新型冠状病毒像一座大山压抑得人们喘不过气，这些鲜红的公告宣传语，深蓝的帐篷，忙碌的身影多少给恐慌不安的人们带来些许安宁。

我提着两袋衣物及洗漱用品从小区往外走，一名40岁左右的社区女工作人员拦住我，劝诫我不要出门。我给她看挂在胸前的工作证，并强调我是去做隔离的。她再次打量我，热情地说着祝福关心的话语。灾难时期，人与人之间的友好，陌生人的关爱，这多少让人有莫名的感动。也许爱与感动，从未离开过，他们不过需要一个特定的环境和非常

鄂南某小区给居家隔离者供应生活物资供应（余柒明 / 摄）

时期暴发。

我在北站酒店 13 楼某房间内，此刻我的身份是一个隔离者。我还必须做一个沉默者。窗外，一只土黄色的小狗正利索地穿过马路，它是自由的，一定没有新型冠状病毒的困扰。而此刻，我想变成一只没有思想的鸟儿，停歇在枝头，或振翅飞向高空。我要捕获人类尚未解密的动物的阴谋，根除一切使人类痛苦、忧伤的源头，唤醒人类文明、理性的生活，抛弃谎言与不义，与世界上所有物种友好相处，甚至春风、冬雪、一棵湖畔的芦苇，我要爱它们如爱护自己的发丝一样，让无私的爱播撒居住的每一寸土地和每一片天空。

早上 6 点半，我被砰砰砰的敲门声惊醒，酒店值班医生来量体温，36.2℃，正常，心情明朗起来。关上门，隐约听见对门的年轻女人在责怪值班医生敲门声太大，惊扰了她等。在非常时期，这些医生医务人员放弃了他们休息时间与家人团聚的时刻，为隔离人员量体温、送餐、倒垃圾，我们与他们素昧平生，却享受他们贴心周到的服务，实在没理由去责怪他们做的一切，除了宽容与理解，除了感恩，除了闭嘴，我们还能做什么呢?

隔离第三天，午后，阴雨寒风，这一刻，我开始想念家中养的多肉植物、有着青绿色花苞的海棠、可口的饭菜、灯火可亲的每个日常，我更开始想念我的孩子、我的爱人、我的婆婆。可是，我必得忘记一切爱，让孤独的隔离成全自己，也成全他人。我隔离的房间，白色的床单、白色的墙壁、白色的沙发，幸好有两棵翠绿的富贵竹养在花瓶，为单调的房间带来一些生机和活力，它的根须在努力地向花瓶底部生长，这饱含深情的挣扎与游离，诉说着生命的真谛，爱的不断延续，我们每个人的一生，爱与成长一直延续，源于此，止于此。

翻开微信朋友圈，有些做微商的人还在不厌其烦地推销产品，甚至保险，这多少让人厌倦。幸好更多的是抗击疫情的好消息、励志故事、感人作品，这一刻我的情绪安稳而宁静，波澜不惊，等待宣判，没有悲伤，也没有喜悦。我平静地在日记本上写着“正”字，等待 3 个“正”字写完的那天，重获自由之身。这期间，不断有朋友来电或发微信，致以关切的话语，还有朋友不顾危险送来两箱牛奶，这些深情厚谊，我一律笑纳，容我日后再慢慢回报。

我期待寒冬阴霾尽早地吹散，春暖花开的那天早点来到。在这片有爱的国土上，那些一直在无私无畏付出的一线医护人员、公安干警、党员干部，他们在民族危难之际的一举一动常常让我感动地落泪。原谅我一直不是一个擅长表达的人，但是你们的爱传递着感动，传递着大义，传递着正能量，传递着温暖。我们要在这份爱的传递里共同祈愿，祝福明天，祝福我们伟大的民族。

七·“聊斋”锐见

当代最可爱的人

构筑疫情应急治理的铜墙铁壁

以创新服务民众来撬动基层的治理革命

3.2万多名白衣天使筑成了新时代一座可歌可泣的防疫长城。在家与国之间，中国人从来都懂得忠孝的权衡取舍。

当代最可爱的人

王跃春

一位同事给我发了一张照片，是她的一位学医的叫李楠的中学同学从武汉发来的。照片上的他全副武装，防护服、护目镜、口罩一应俱全，双手叉腰，充满自信。同事说不知为什么，看到这幅照片，感觉他像个英雄。

在我心中，他就是英雄；在我们心目中，3.2万名驰援湖北的医护工作者和湖北当地的白衣天使，全是英雄。面对照片，我想起了刘锋杰教授的一段话：人若是鸟，苦难就是人生的风暴。人有两种选择，躲避风暴，在避难所中求安逸；或者迎着风暴飞翔，将翅膀锻炼得坚韧而刚强。没有人能强求个体必须作出某种选择，但从选择的价值看，迎着风暴飞翔或许更为灿烂。在新型冠状病毒面前，医护工作者当仁不让。一位母亲在请战书上强烈要求上战场。她强调："我的儿子正在学医，我要给他做个样子！"

武汉一位86岁的老医生，每天坐着电动轮椅赶赴医院为病人开诊，他说：“干我们这行的，不就是救人命吗！”那位患了渐冻症的金银潭医院院长张定宇一瘸一拐地在火线上穿梭，一个多月来，他每天只能睡两三个小时。

德国著名思想家歌德在 1771 年 10 月 14 日发表过一篇演说：我觉得我们最高尚的情感是，即使命运似乎已经把我们引向普遍的消亡，我们仍怀着存在下去的希望……毫无疑问，每一个人无论是最低贱的，还是最高贵的，无论是最无能的，还是最可贵的，宁可对一切都感到厌倦，也绝不会厌倦生命。

我们相信没有哪一位医生护士是为了当英雄而开赴前线的。谁不希望天下太平，国泰民安。而此时此刻，与疫情短兵相接，白衣战士负有神圣的天职。他们没有退缩，他们挺身而出，他们在尽自己的职分。成千上万的医务人员处于极度疲倦状态，几十天难得休整，他们正在用全部的付出拯救生命。

2020 年 2 月 2 日上午，军队支援湖北医疗队队员乘坐空军运输机抵达武汉（范显海/摄）

法国作家阿尔贝·加缪在小说《鼠疫》中说：对未来的真正慷慨，是把一切献给现在……只要有一丝温情尚在，绝望就不至于吞噬人心……如果说世上还有什么东西值得永远向往而且有时还能得到，那就是人间的真情。可亲可敬的每一位医护工作者不是正在将生命化作真情，温暖着武汉三镇，温暖着千湖之省，温暖着华夏九州吗？！

几天前，一组镜头让人落泪：一群年轻的奔赴湖北的甘肃女医护人员，出发前正在完成最后一个动作，彻底剪掉美丽动人的长发。迎接她们的将是长时间防护服的闷热和洗漱的不便，为了以更高效的状态适应新的战斗，她们义无反顾，不惜以光头示人。国难当头，美发何足惜！

这便是一个古老民族的力量。80 多年前，思想家梁漱溟先生在文章中说道：中国民族，每每从自卫上发出力量来，能够战胜强敌。中国以整个国家为一个力量……一时的兴奋没有什么用处，要紧的是能沉着

援助湖北武汉的内蒙古医疗队

持续……同心协力，奋勉向前，便是人生真义。

3.2 万多名白衣天使筑成了新时代一座可歌可泣的防疫长城。在家与国之间，中国人从来都懂得忠孝的权衡取舍。

北京佑安医院一位年轻的护士名叫刘薪，从疫情袭来的那一刻，她就把全部的热情投到了患者身上。她既一丝不苟地完成着医护的职责，同时又尽了一位心理辅导师的责任。那些初期倍感孤独并不配合治疗的患者，在她温暖的话语中开始转化。这令人称道的高尚行为来自于她拥有家国情怀的父母。20 多天没有谋面的父亲，给她写了一封信：我一直认为女儿很普通，就是一名护士。但是战役来临之际，我才深深地认识到我的女儿是斗士，一名不畏生死，勇于担当的战士！老爸从女儿留守的那一天起，就把女儿的孩子接到自己身边。老两口知道女儿爱吃茴香馅的饺子，便千方百计托人将热腾腾的饺子送上前线。饺子入口的瞬间，尽管含泪，但斗志更足。

作为当代最可爱的人，白衣天使感动着天南地北每一个华夏子孙。有一位名叫骆名良的参与建设雷神山医院的普通工人，拿起刚刚发给他的全部 7500 元工资毫不犹豫全都买了牛奶，捐给了医院，只留下了简简单单的 5 个字：有国才有家！

武汉当地一位残疾人理发师宋忠桥大年三十就写了请战书：我是一名共产党员，我要为医护人员尽一份力量。疫情期间，理发店几乎全部关张，他开赴一线，免费为新时代最可爱的人剪发。他向医生护士们表示，疫情结束，我一定免费再为你们剪一个最美的发型，回家去跟亲人团聚。

冯梦龙有言：国有已困之形，人有不困之志。中华民族 5000 年来披荆斩棘，历经劫难，百折不回。每到危难之际，家国担当之人奋不顾身，一马当先，这是存储了几千年的民族基因。

日前，习近平总书记作出重要指示强调，务必高度重视对医务人员的保护关心爱护，确保医务人员持续健康投入战胜疫情斗争。

令人感到欣慰的消息已经传来，新增病例已经十几天持续下降。还记得宋代王令的名句：子规夜半犹啼血，不信东风唤不回。

突发事件往往是偶然的，但政府的应急管理机制应该是常态的。人类并不具备征服和彻底战胜细菌和病毒的手段，但这并没影响到人类文明的繁荣。经历了重大疫情，让我们学会应急处理与危机管理，也会倒逼我们改革治理方式。

构筑疫情应急治理的铜墙铁壁

余玮

幅员辽阔的中华大地，人口众多，无论是自然灾害还是人为灾难相对来说都比较多，给人民的生活、工作及生命、财产造成了很大危害。我国已经进入必须直面各类自然风险和人因风险，尤其是新兴风险频出的时代，建立从灾难预防到灾难治理的一整套应急治理体系势在必行。

2018 年应急管理部的成立，在顶层设计上对应急碎片化问题的解决作出了跨越式的回应，尽管应急管理领域仍然需要进行大改革。党的十九届四中全会关于国家治理体系及治理能力现代化的论述，站在国家安全的战略高度提出了安全治理的问题，对应急管理能力现代化提出了更高的要求，也要求应急管理以此为契机，做好从“应急管理”到“应急治理”及“安全治理”的范式转变，构建更为高效的应急治理体系和更为配合有序的应急治理共同体。

2003 年的“非典”疫情，深深触动并引发了中国公共应急治理体制的改革，也唤醒了国人的公共卫生意识。时隔 17 年之后的 2020 年春，我国发生了新冠肺炎疫情，其来势更加凶猛，防范形势异常严峻。从中央到地方，从国家卫健委到湖北、武汉当地政府，从奋战在一线的医护人员到广大人民群众，政府、社会、医院和个人等各方面迅速行动起来，形成了防控疫情的合力。如何应对以疫情为代表的各类突发性公共事件，科学防治、精准施策，是新时代国家治理或社会治理的重要课题，事关国家安全与民生福祉，是不可回避的重大风险挑战。

敢打疫情防控阻击硬战

党的十九届四中全会指出，我国应对各种风险挑战工作有力有效，并提出“坚持总体国家安全观，统筹发展和安全，坚持人民安全、政治安全、国家利益至上有机统一”。过去我们一直提的是“改革、发展、稳定”的关系，这次提出“统筹发展和安全”。从这一变化中可以看出，对于国家安全重要性的认识已经到了一个新阶段和新高度。

我国目前面临着一个国内外风险挑战明显增多的复杂局面。在这种情况下，我们更要完善社会治安防控体系，健全公共安全体制机制，构筑基层社会治理新格局，完善国家安全体系。党的十九届四中全会从制度与国家治理体系与治理能力现代化的关系角度，提出了“社会治理是国家治理的重要方面”。为了创新社会治理理论，全会提出，“完善党委领导、政府负责、民主协商、社会协同、公众参与、法治保障、科技支撑的社会治理体系，建设人人有责、人人尽责、人人享有的社会治理共同体，确保人民安居乐业、社会安定有序，建设更高水平的平安中国”。

一般而言，一个健全的社会治理体系，应该包括常态化社会治理和非常态社会应急治理两大部分。其中，因细菌、病毒引发的各类瘟疫，是人类应对重大突发公共事件的典型应急治理案例。根据人类与诸多瘟疫斗争实践的教训，只有未雨绸缪，以生命为本位，科学防范，综合防控，有效治理，减少生命和经济损失，防范社会割裂，增强社会免疫力和弹性，是一个国家和社会提升治理效能、充分保障人民生命安全、维持社会经济可持续繁荣发展的关键所在。

2003 年，一场突如其来的"非典"席卷各国。17 年后，新型冠状病毒 COVID-19 在华中武汉肆虐。很快，全国各大城市也先后发现输入性病例，甚至泰国、韩国、新加坡等国家或地区也有了确诊或疑似病例。历史往往具有惊人的相似之处：同样是冠状病毒，同样是来源与传播路径不明。纵观人类与疫病斗争的历史，人们还远未摆脱被动局面。面对新冠肺炎疫情这一具有高度不确定性的风险，要迎难而上，我们不能心存侥幸，要在系统考量和科学研判的基础上，充分预估最坏的情形，立足统摄全局的整体战略，果断实施缜密周全的有效举措，力求取得最好的防控治理效果。

在突发性公共事件日趋增加的大势下，具有传染性、扩散性、危害性的传染病疫情，直接危及的是人们的生命安全，如果政府的治理方法不及时、不得当，无法有效控制疫情的扩散蔓延，就会引发社会的普遍恐慌，甚至引发疫情扩散区健康群体对疫区民众或疑似者群体采取不理性的伤害行为，进而造成更大的社会撕裂或对立，这将给国家安全、民族团结、社会稳定带来深远的负面效应。习近平总书记强调，要把人民群众生命安全和身体健康放在第一位，把疫情防控工作作为当前最重要的工作来抓。

让信息公开跑在谣言的前面

科学处置突发事件是做好舆情处置的前提，更是民众所盼。在全媒体时代，“媒体无处不在，人人都是记者”，突发事件很容易引起舆论广泛关注。社会中的谣言就像人体中的病菌一样，重要的是我们如何抵抗它。而政府的公信力毫无疑问就是最强的免疫力。当权威信息缺位，小道消息就会占据真空，满足人们知情的心理，导致巨大的社会恐慌。政府通报每日疫情动态、回应社会群众关切、发布最新抗疫措施很有必要。通报的“硬核”信息多为确诊病例数量、治愈出院、医务人员驰援等疫情动态。

对公众而言，例行发布会的另一个直接意义是对传闻的澄清。疫情来袭，面对突发的公共卫生危机，焦虑情绪也容易传染。而网络信息鱼龙混杂，亦容易滋生恐慌。非常时期，容易滋生谣言。最好的应对方式，就是让权威发布走在传闻前面。发布会，亦是动员令；常态化发布，便是不间断动员。如果疫情披露不够及时，在一定程度上就可能延缓整个疫情的防范进程，也为后来的防扩散增加了难度。实践证明，及时主动发声，强化舆论引导，能有效疏导社会情绪，凝聚社会共识。当然，加强应急信息系统建设已经成为各级应急管理部门有效破解工作人手少、任务重、效率低、期盼高和信息传递滞后等难题的迫切需求。而真正发挥好应急信息系统的作用，在系统建设和使用中必须克服和解决条块分割、各自为战，系统不兼容、数据不共享等突出问题。

经过疫情，我们习惯了社区或村落广播在疫情暴发期里天天响起，循环播放疫情防控知识，呼吁居民或村民能不串门就不串，能不办酒席就不办，不论红白喜事。我们也经常看到基层利用电动车车载小喇叭走街串巷、进村入乡，在人员密集区长时间播放，让防控知识深入人心。志愿者挨家挨户“面对面”劝说安心在家莫出门，宣传各级政府防疫政策法规和疫情防控知识，引导广大人民群众正确理性看待疫情，积极科学防控疫情。这种紧盯“神经末梢”的社会治理，的确能促进疫情防控工作，强化宣传力度。

与 2003 年应对“非典”相比，2020 年应对新冠肺炎疫情，我国各级政府的做法更成熟，力度也更大，得到了国际社会的普遍认可和赞许，但同时在疫情信息披露、病毒医学研究、科学卫生意识、公众社会责任、社会包容等方面也暴露出一些短板和不足，需要进一步加强和完善。2020 年新冠肺炎疫情暴发以后，在没有查明病毒宿主并掌握传染机制的情况下，经历了一个从前期“人不传人”到后来“人传人”的解释过程，对病毒的宿主难以作出权威的确定性判断，这说明国家乃至全球病毒学界对不明原因烈性病毒的研究能力还存在一定的欠缺。因此，为防范重大疫情，需要在整合国内研究力量的基础上，进一步加大基础研究投入，在一线科技创新中心城市增设国家高等级生物安全实验室，与国际病毒与生物安全领域建立合作机制，快速提升我国生物安全实验和病毒医学的科研能力，尽力

疫情期间，居民关注相关信息（俊康 / 摄）

缩短破解不明原因病毒宿主及传染机制、疫苗研制的时间，为尽早切断疫情扩散提供科学依据。

在自然灾害、事故灾难、公共卫生事件、社会安全事件等突发公共事件发生后，直接受害者（如死难者家属、伤员、幸存者）和现场的目击者，往往会产生严重的心理危机。如何面对突发事件中的“看不见的伤痛”，即如何做好应急心理干预，能否有效地处理危机事件后受灾群众的心理危机问题，已经成为衡量政府应急管理水平的关键因素。当然，加强对群众心理危机干预知识的宣传和教育，充分利用互联网，在官方微信公众号、微博账号等发布相关权威心理危机知识，一方面可以缓解公共危机在群众中产生的负能量，消除公众的恐惧心理，另一方面可以鼓励更多人积极参与到救援工作中。

积极应对新冠肺炎疫情，宜及时发布疫情防治有关信息，及时向世界卫生组织以及有关国家和地区通报疫情信息，同世界各国加强卫生合作，同国际社会一道有效应对疫情，维护全球卫生安全。

凡事预则立

后勤保障建在平时，用在战时，是“兵马未动，粮草先行”的真实写照。加强应急物资储备，针对不同类型应急救援充足准备相应物资，能确保关键时刻能调得出、用得上、有成效。

趁疫情哄抬物价，属于典型的发“国难财”，是不折不扣的人祸。各地政府和有关职能部门如果能迅速行动起来，加强对与疫情防控有关商品、药品价格的关注与监管，严厉打击各类哄抬价格、囤积居奇、价格欺诈等违法行为，维护市场价格秩序稳定，为打赢疫情防控攻坚战提供坚强保障。

虽然说商品价格取决于市场供求关系，供不应求时，商品价格就会上涨，反之价格就会下跌，但在不同情况下，商家在调整商品价格时，也需要采取不同的方法，要将商品的市场性和公益性有机结合起来。否则，就会让消费者对自己的行为产生怀疑，从而失去消费者的信任，甚至引发许多新的社会矛盾。在发生重大疫情等特殊情况下，商家坚持不涨价销售，其实最能体现商家的社会责任心和职业道德，也最能够赢得消费者的关注和尊重。如果在疫情发生时商家仍然能够坚守良好的职业道德，守住信用底线，体现良好的社会责任心和公益心，就会得到消费者的充分信任，从而在疫情等重大事件过后用信任回报商家。然而，在疫情防控尚处攻坚阶段的背景下，如果有经营者蓄意囤积居奇、哄抬物价，这种做法不但背离了市场原则，也涉嫌严重违法。经营者在赚取经济利益的同时，也应当承担相应的道德义务和社会责任，包括为防控突发事件、维护社会秩序稳定尽到应尽之力，而运行良好的社会秩序和持续向好的经济发展，本身也是经营者赖以生存的基本前提。在应对突发事件、防控重大疫情等特殊时期，如果有经营者为哄抬物价而散布涉及突发事件或疫情的虚假信息，就必然引起社会恐慌，干扰应对突发事件、防控重大疫情大局。按照我国法律，散布谣言者有可能构成编造、故意传播虚假信息罪。

2020 年新冠肺炎疫情暴发以后，几乎全国人民都戴起了口罩，口罩成为最紧俏的物品，但在生产能力有限、工厂工人放假过年等因素下，全国大中小城市、医院和农村地区的医用型防护口罩严重脱销。看来，未雨绸缪，在国家和省级层面，围绕不明原因病毒可能引发的疫情，做好相关防控物资和医疗人才队伍的城乡统筹、储备、生产、调度、协调和使用，提高疫情暴发时期的资源配置效率，快速满足疫情区防控物资的需求，解决供需矛盾，对疫情的预防和治理至关重要。

治病毒，治谣言，更要治人心。在社会紧急状态下，企业是重要参与者，如公共卫生相关行业的企业正在加班加点地为疫区提供必需的产品和服务；同时公共危机也给企业带来了不可抗力，如各种资源势必更多向处理危机的短期产品和服务倾斜，从而影响了企业正常的生产和服务能力，增加了成本，加重了企业的债务和财务负担。鉴于此，社会各方尤其是政府层面既要调动企业共同参与疫情阻击战，也要积极帮助企业纾困。在这个背景下，政府相关部门宜尽快开展研判，对受到疫情影响的行业，以及疫情中不可或缺的生产企业、服务行业进行有针对性的减税降费。

凡事预则立，不预则废。预案是应对紧急事件所作的预先准备，是应急救援的“路线图”。要严格程序，坚持专业人员起草、专家综合评审、主要负责人审批的编制程序，并让业界专家、一线工作者全程参与。要科学制定，围绕应急事件事前、事中、事后各环节，明确应急救援的职责、措施及程序，明确谁来做、怎样做、何时介入等，定期组织专家开展预案评审，确保预案“不过期”。

群防群治群控中凸显制度优势

疫情猛于虎，等不得靠不得，更慢不得。防疫会涉及管控、动员、监测检查、科普等，需依法而为，在规则框架下理顺各方职责，实现更高效合理的联防联控。2003 年 5 月，我国出台的《突发公共卫生事件应急条例》明确规定，突发事件应急工作应当遵循预防为主、常备不懈的方针，贯彻统一领导、分级负责、反应及时、措施果断、依靠科学、加强合作的原则。该条例还明确了针对突发公共卫生事件的防控途径与层级化分工，包括国家层面和省、市、县各级政府的职责。

应急事件往往涉及范围广、部门多，有必要构建完善统一领导、指挥高效、组织有序的应急救援管理体系，理顺各部门、各地域、各行业在应急救援中的职责关系。建立跨部门、跨行业应急救援指挥机构，负责在应急救援中统揽全局、协调各方，推动参与救援力量信息共享，统一调配应急资金、物资、队伍等，高效指挥不同种类应急事件救援，确保应急救援各项工作有序有力开展。

庚子春节前夕，湖北省武汉市暴发新冠肺炎疫情事件后，中共中央迅速召开常委会，听取汇报，作出重要指示，发出全党动员、全国动员的“一级响应”。经过几天，情况在继续发生变化，一次次再研究、再部署、再动员。中央迅速成立了应对疫情工作领导小组，向湖北等疫情严重地区派出指导组，中国预防医学界等也针对疫情快速应对、科学探索，多支军队医学或医疗机构作出快速反应进入疫区，为彻底消除疫情提供了坚实支撑。从中央到地方或各单位也建立了相应的指挥部。

围绕应对疫情，由党中央成立专门的工作领导小组，既非一般常态，又借鉴运用了常态的制度经验——党的十八大以来，以党中央成立的领导小组直至委员会，来统筹推进某一方面重要工作，既体现顶层领导机构的“顶格”配置，又体现自上而下、“一竿子插到底”的务实推动，这些治理国家、办妥大事的好经验，用在此次应对疫情上，令人心里有底、充满期待。

习近平总书记强调，“要始终把人民生命安全放在首位”。应急救援是救人于危难间、救人于水火中，是安全生产的最后一道防线，也是坚持以人民为中心、始终把人民生命安全放在首位的具体体现，责任重大，必须常抓不懈。

疫情发生时，往往会牵动全社会的方方面面，比如工信部门可能要针疫情加重导致相关类型医护用品需求量暴增的情况，按照重大传染病联防联控工作机制要求，紧急协调各地相关部门组织本地生产企业克服困难尽快抓紧生产，全力增加市场供应。财政与医保部门可能就要确保确诊者不因费用问题影响就医，确保收治医院不因支付政策影响救治。一是对于患者发生的医疗费用，在基本医保、大病保险、医疗救助等按规定支付后，个人负担部分由财政给予补助。二是对其中的异地就医患者，先救治后备案，报销不执行异地转外就医支付比例调减规定。教育部门则可能就要通过多种形式开展健康教育，宣传普及疫情防治知识和防控要求，引导做好防控；区分已发生疫情和未发生疫情地区，指导分类做好应对方案；发生疫情地区的教育行政部门，要制定严谨周密的防控方案，根据疫情发展情况切实做好开学师生返校预案及相关准备工作等等。

应急救援队伍是应急救援的主体和关键，要坚持政治引领，坚持党的绝对领导，始终对党忠诚，时刻听从党的指挥，保证在应急事件到来时拉得出、上得去、完成好，确保在人民群众最需要的时候敢于冲锋陷阵，在应急救援中传递党和政府温暖，为维护人民群众生命财产安全勇于奋斗。平时坚持备战演练，通过演练让队伍熟悉应急救援体系、应急救援方案，熟练掌握应急救援工具、设备等，验证应急救援的组织、人员和应急救援预案等可靠性，修改完善存在的不足和缺陷，进一步提高应急救援能力。强化队伍建设，就能做到处置有力量。

疫情的发生及其应对是对中国社会现代化的一次重大考验，也是推进国家治理体系和治理能力现代化的良好契机。只要充分发挥中国特色社会主义制度优势，就能坚决打赢疫情防控阻击战。

"硬核"布网已落实到"最后一米"

疫情来得突然，对基层治理力量应对是否及时、行动是否迅速或有条不紊是一个考验。应急响应机制刚一启动，有的街道就能马上织密疫情防控多级网络，组建环境保障组、值守备勤组等职能组，先干什么后干什么、各组任务分工和人员配置，清清楚楚；有的地方能马上构建起多级群防群控体系，民警、综治、城运、环境等各条口部门人员迅速各就各位、各司其职，落实落细联防联控措施。面对突发疫情，要能打"有准备之仗"，基层治理力量无时无刻不在准备着。

城市治理这个复杂系统工程中，疫情防控和垃圾分类、河道整治、拆违等工作看似不太相关，其实落到最基层的执行层面，各项工作都是类似的：都需要走街串巷搞宣传、解释政令、执行政策；都需要发动能发动的一切力量开展社会共治，做好登记造册、情况排摸；都需要做通"人"的工作，让人心更顺、人情更浓。之前经过多次探索试验总结出来的基层工作机制、经验和理念，究竟到位与否、管用与否，疫情防控阻击战正好是一次检验。

在重点疫区展开网格化监控和拉网式的搜寻，尽可能将所有疑似罹患者找出来。所遗漏的每个患者都可能是一个疫情传播"网络节点"，要有效阻止其传播，不能在医院守株待兔，而要想到最坏的情形——很多疑似患者可能在不知情的情况下忽视病情，在知情的情况下惧怕隔离。社会动员是中国共产党的光荣传统，我们要抓住这个根本和关键，完善"枢纽型"社会组织工作体系、创新社会组织治理，提高社会动员能力、社会组织能力。直面疫情，在党和政府的动员部署下，每个社会成员都能够具有高度的社会责任意识（如自我隔离既是保护自己，更是保护大家，为阻断病毒传播作贡献），社会组织或社会团体自觉有效地组织起来，以居民小区和社区为单元，进行自我防护、自救和互救，这可从根本上增强社会应对各种危机的弹性。

“智慧城市”是城市治理的追求。实施“网格化 +”，可以拓宽社会参与平台，把社会力量引入社会服务与城市管理信息化网络。城市是人类文明的重要载体，这一次疫情，武汉这个人口达到千万级别的城市，而且是九省通衢，在 2020 年春运期间因疫情而被“封城”，确实是人类有史以来的罕见事件。如果武汉的每一个市民的情况都被掌握，每一个人都可以被精确追踪，每一个流出人口都可以被定位，那么我们这次疫情防控会更加井然有序，这就是“智慧城市”的价值。“智慧城市”包括交通管理、物流供应链、应急灾备、信息溯源等等，都会全面数据化，甚至具备了人工智能的灾备预测等等。这体现整个社会的管理水平，相信经历这一次疫情，中国在“智慧城市”建设上又会前进一步！

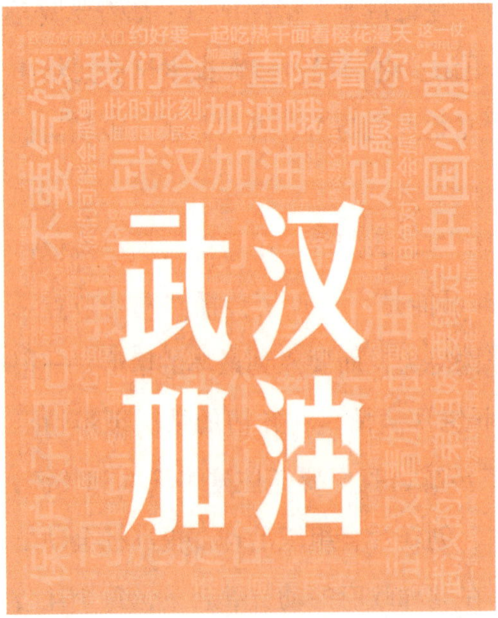

公益广告《武汉加油》

自 2003 年 5 月国务院颁布实施《突发公共卫生事件应急条例》以来，中国已经建立了世界上规模最大的国家突发公共卫生事件应急体系，但也应注意到，该应急体系尚未得到大规模的实战检验。当然，大城市已因抗击“非典”，积累了不少实战经验，但农村地区在这方面并未得到太多“拉练”。农村是防疫重要战场，同时也是薄弱环节。防疫可以

海南三亚的乡友们商议安排因新冠肺炎疫情滞留于此的湖北老乡的吃住问题

适当"下沉"，在广大农村地区积极布防，将医疗资源适当向卫生条件这些薄弱地区倾斜。

第一书记政策是我国乡村基层治理的重要创新，是乡村治理体系和治理能力现代化建设的重要内容。青年第一书记通过党与基层社会的良性互动，在多元共治、组织建设、改善民生、维护稳定等维度上推动了基层治理的发展。疫情暴发时，可以高兴地看到第一书记尤其是青年第一书记在疫情的基层应急治理参与上注入了鲜活的力量。青年第一书记同其他第一书记相比普遍学历较高，思路开阔，富有激情，善于创新，能给基层带来创新元素，增强基层对党的政治信任，且能够充分利用各种资源实现疫情应对时组织更科学的调控和有效治理。疫情的发生，对青年第一书记来说是以另一种方式参与历史，传递并见证中国力量。

2020年春，新冠肺炎疫情突如其来。这次疫情从初起、扩散至蔓延、逐渐被控制等所展现的过程，有关地方及有关部门应对疫情的举措，映射出了现行社会治理体系的运作情况，但也凸显了推进社会治理体系和治理能力现代化的必要性，更暴露了政府官员提升社会治理能力的必要性。应对疫情就是一面镜子。各级干部的态度如何、能力如何，心里是不是装着百姓的冷暖安危，治理能力是不是跟得上时代要求，面对复杂风险矛盾有没有化险为夷、把事情办妥的本领，这面镜子照得一清二楚，人民群众就是阅卷人。

中华民族自古以来就是一个多灾多难的民族，也是一个不屈不挠的民族，每经历一次困难，就会坚强一次，成长一次，我们不仅没有倒下，反而变得更加强大。这是一个越挫越勇的民族，它的韧性不可想象。这种敢抗争、不怕输、不服气的性格，就是我们的民族精神。相信经过这次疫情，我们的应急治理能力现代化建设会达到一个新高度。

社会治理是国家治理的重要方面，良好的社会治理是社会和谐稳定、人民安居乐业的前提和保障。疫情中，基层实现网格管理，织密防线，发挥着基层治理体系制度效能和制度威力，探索出应对突发公共卫生事件的新路。

以创新服务民众体制来撬动基层的治理革命

余玮

“为中国人民谋幸福，为中华民族谋复兴”，是中国共产党人不变的初心和使命，也是推进国家治理体系和治理能力现代化的鲜明价值指向。以人民为中心，不是一个抽象的概念，而要落实在制度安排与治理实践之中。

治国安邦重在基层。基层是人民群众生活休憩的家园，是社会治理最深厚的支撑与基础。基层社会治理是国家治理的基石，其治理质量是国家治理体系和治理能力现代化的试金石。党的十九届四中全会通过的《中共中央关于坚持和完善中国特色社会主义制度　推进国家治理体系和治理能力现代化若干重大问题的决定》(以下简称《决定》)提出“构建基层社会治理新格局”，为加强和创新基层社会治理提供了科学指引和基本遵循。

加强和创新基层社会治理，着力解决人民群众最关心最直接最现实的利益问题，有利于密切党群干群关系，把人民群众紧紧团结在党的周围。2020 年春，来势汹汹的新冠肺炎疫情牵动所有人的心。做好疫情防控，于基层社会治理而言既是一次大战，也是一次大考。实践证明，在这场战“疫”中，只有紧紧依靠人民群众，才能坚决把疫情扩散蔓延势头遏制住，坚决打赢疫情防控的人民战争、总体战、阻击战。

“治理”“管理”与“体制”“体系”的一字之易

顺应时代发展要求，我们党不断深化对社会治理的探索。从 1993 年党的十四届三中全会提出加强政府的社会管理职能，到 2004 年党的十六届四中全会提出加强社会建设和管理、推进社会管理体制创新，再到党的十八届三中全会基于推进国家治理体系和治理能力现代化，首次提出创新社会治理体制，我们在认识上经历了从社会管理到社会治理的重要转变。习近平总书记指出：“治理和管理一字之差，体现的是系统治理、依法治理、源头治理、综合施策。”《决定》提出坚持和完善共建共治共享的社会治理制度，强调完善党委领导、政府负责、民主协商、社会协同、公众参与、法治保障、科技支撑的社会治理体系，建设人人有责、人人尽责、人人享有的社会治理共同体，确保人民安居乐业、社会安定有序，建设更高水平的平安中国。这体现了我们党社会治理理念的升华和对社会治理规律认识的深化。

我们的党，是无产阶级政党；我们的共和国，是人民共和国。早在 1948 年，毛泽东就说过：“各级政府都要加上‘人民’二字，各种政权机关都要加上‘人民’二字。”人民是历史的创造者，是决定党和国家前途命运的根本力量。我国国家制度深深植根于人民之中，能够有效体现人民意志、保障人民权益、激发人民创造力。社会治理共同体理念深刻回答了由谁治理、怎么治理、治理成果由谁享有的重大问题，彰显着浓厚的人民性特质。习近平总书记强调：“坚持人民性，就是要把实现好、维护好、发展好最广大人民根本利益作为出发点和落脚点，坚持以民为本、以人为本。”

“人人有责”，是治理主体的人民性。社会治理事业是人民的事业，社会治理的好与坏，直接关系到人民的生活质量和幸福指数。每一位公民都应认识到参与公共事务不仅是宪法赋予的权利，更是每个人应承担的责任和应尽的义务。习近平总书记指出：“一切治理活动，都要尊重人民主体地位，尊重人民首创精神，拜人民为师。”同时，他指出：“决胜全面建成小康社会的伟大进军，每一个中国人都有自己的责任。”责任意识是社会治理过程中主人翁意识、参与意识落到实处的重要保证。“人人尽责”，是治理方法的人民性。推进社会治理，必须强化问题意识，坚持问题导向，倾听群众呼声，了解群众诉求，想人民之所想，急人民之所急，使人民群众的美好生活期待在有针对性的社会治理实践中得到充分满足。习近平总书记强调：“社会治理的重心必须落到城乡社区，社区服务和管理能力强了，社会治理的基础就实了。”“人人享有”，是治理成果的人民性。社会治理不是为了回应少数人的期待，实现人人享有、各得其所，满足最广大人民的根本利益才是其价值归宿。习近平总书记强调：“检验我们一切工作的成效，最终都要看人民是否真正得到了实惠，人民生活是否真正得到了改善，人民权益是否真正得到了保障。”在社会治理成果享有问题上做到人民满意，就要努力促进公平正义，把“蛋糕”分好，把发展的成果更多更公平地惠及全体人民。

从纵向看，国家治理体系包括国家治理、地方治理和基层治理；从横向看，国家治理体系包括国家治理和社会治理。国家治理在广义上涵盖对国家一切事务的治理，等同于治国理政。国家治理主要指政党治理、政府治理、政社关系等 3 个层面。国家与社会划界而治，同时国家在社会失灵时发挥元治理作用。社会治理具有两层内涵，即社会治理体制和具体社会事务治理。根据党的十九届四中全会精神，新时代我国社会治理体制的内涵是“党委领导、政府负责、民主协商、社会协同、公众参与、法治保障、科技支撑”；当社会治理意指具体社会事务治理时，在大部分时候社会治理与基层治理是重合的，即基层社会治理。基层社会治理要兼顾国家治理的统一性，但更重要的是强调“地方性”，即必须在特定社会背景下因地制宜地探索治理模式。

从党的十七大、十八大，到党的十九大，有关社会治理的论述是不断完善、发展的。党的十七大报告中，特别提到了要完善“党委领导、政府负责、社会协同、公众参与的社会管理格局”；到党的十八大，增加了“法治保障”，同时强调“社会管理体制”。党的十九大又进一步提出了要加强和完善社会治理体制。与党的十九大报告相比，《决定》从“社会治理体制”到“社会治理体系”，一字之差说明社会治理不仅要以制度为基础，还要强调运行体系，体现了把社会治理制度优势更好转化为社会治理效能的要求。

社会治理制度是指社会治理主体为了维护正常的社会秩序而制定的具有约束性的各种行政法规、章程、制度、公约的总称。它包括有权迫使人们服从的正式制度和规则，例如明文规定有严格惩奖措施的法律和各种规章制度；也包括各种人们同意或以为符合大家利益的非正式的制度安排，如伦理道德规范、风俗习惯、村规民约、社区公约等。在我国的社会治理制度建设中，一方面要加强法治建设，推进科学立法、民主立法、依法立法，以良法促进发展、保障善治。另一方面要加强德治建

2020 年 2 月，武汉火神山医院病房在新冠肺炎疫情中紧急建成并启用（范显海 / 摄）

设，强化道德约束，规范社会行为，调节利益关系，协调社会关系，解决社会问题。例如加强行业规范、社会组织章程、村规民约、社区公约等社会规范建设，充分发挥社会规范在协调社会关系、约束社会行为等方面的积极作用。同时，引导公众用社会公德、职业道德、家庭美德、个人品德等道德规范修身律己，自觉履行法定义务、社会责任和家庭责任，自觉遵守和维护社会秩序。当然，要根据我国国情，利用传统文化的合理成分，充实社会治理的方式方法。强调社会治理体系，体现了社会治理内涵的不断丰富，系统性、整体性和科学性不断增强，不仅要以制度为基础，还要强调运行方式。

创新之中构建多元共治体系

习近平总书记深刻指出，“加强和创新社会治理，关键在体制创新”。

与党的十九大报告相比，《决定》在加强和创新社会治理方面，提出在“党委领导、政府负责、社会协同、公众参与、法治保障”的基础上，增加了“民主协商”和“科技支撑”，这是我国人民当家作主制度优势的具体体现，也是社会治理体系和能力现代化的要求，使社会治理体系的表述更加全面系统、进一步完善。

社会治理中的民主协商，涉及政党协商、人大协商、政府协商、政协协商、人民团体协商、基层协商以及社会组织协商等多种形式，是一种参与式民主、全过程民主。把民主协商纳入社会治理体系，丰富了社会治理的渠道和方式，体现了在中国共产党领导下多方参与、共同治理的社会治理理念，是加强和创新社会治理的必然要求，有利于提高社会治理现代化水平。当前，我国社会大局稳定、人民安居乐业，但社会治理面临的形势和环境仍然比较复杂，迫切需要在社会各领域进一步协调关系、理顺情绪、化解矛盾、凝聚共识，实现共建共治共享，确保社会安定有序。民主协商是在人民内部围绕共同问题进行广泛商量的过程，具有推动人民有序政治参与、促进决策科学化民主化、密切党同人民群众的血肉联系等独特优势。充分发挥民主协商在社会治理中的独特优势，能够增强社会各方参与社会治理的积极性，完善共建共治共享的社会治理制度，凝聚社会治理的最大共识，形成社会治理的最大合力。民主协商具有深厚实践基础和群众基础，是加强和创新社会治理的有效方式。通过切合实际、富有成效的协商机制，能够让各种主体有序参与到社会治理中，使其各尽所能、各展所长，形成社会治理整体合力。

习近平总书记指出：“创新社会治理，要以最广大人民根本利益为根本坐标，从人民群众最关心最直接最现实的利益问题入手。”现实中，大量关系人民群众切身利益的问题要在社会治理领域得到解决，涉及群众切身利益的决策要充分听取群众意见。民主协商的实质就是有事好商量、众人的事情由众人商量。在社会治理中开展民主协商，一方面要问需于民，畅通各方面表达渠道，广泛听取各方面意见建议，找准群众迫切需要解决的突出问题；另一方面要问计于民，既尊重大多数人的意愿，又照顾少数人的合理诉求，广纳群言、广集民智，找到人民群众意愿和诉求的最大公约数，推动决策科学化民主化，使人民群众的根本利益和长远利益得到切实保障，使人民日益增长的美好生活需要不断得到满足。

“科技支撑”方面，一个重要的表现就是智能化。信息化社会的到来要我们在社会治理的服务和管理方面应当走出传统的思维方式，实现革命性的社会治理方式的变革。党的十九大关于社会治理提出要提高我们社会治理的智能化水平，就是针对我国当前信息的碎片化、条块化、人力和运行成本高、快速反应能力不足等问题给社会治理创新提出的新要求。社会治理智能化，就是在网络化和网络平台基础上，运用大数据、云计算、物联网等信息技术，使我们的社会治理能够更加精准分析、精准服务、精准治理、精准监督、精准反馈，能更好地服务不同社会群体，更有效地管理好国家和社会的公共事务，在社会治理方式上实现革命性的变革。

近年来，在我国基层社会治理中，智慧城市、智慧社区建设深入开展，移动互联网、大数据、物联网、云计算和人工智能等新技术应用日渐广泛，这为在现代复杂社会条件下实现良好的基层社会治理提供了重要技术支撑。如果善于把大数据、人工智能等现代科技与社会治理深度融合，通过现代科技推进社会沟通、改进管理和服务，打造数据驱动、人机协同、跨界融合、共创分享的智能化治理新模式，就能为基层社会治理提供更多科技引擎，不断提高基层社会治理效能，为人民广泛、持续、深入参与治理活动提供便捷高效的平台和渠道。关于如何科学精准打赢新冠肺炎疫情防控阻击战，习近平总书记指出，要鼓励运用大数据、人工智能、云计算等数字技术，在疫情监测分析、病毒溯源、防控救治、资源调配等方面更好发挥支撑作用。

社会治理社会化和公共服务市场化已成为一种发展趋势。政府逐渐调整与社会的关系，从过去对社会治理事务大包大揽逐步转移职能，通过购买服务和招投标等方式将可以由市场和社会承担的事务交给企业部门和社会组织承担。

社会治理专业化，要求社会服务和治理有专业的队伍、专业的理念、专业的技术和方法来进行社会治理和开展社会服务。社会治理专业化的发达程度是衡量一个国家或地区社会服务和社会治理水平的重要标志。因此，要加强社会治理各类专业化人才队伍建设，建设高素质专业化人才队伍，特别要培养造就一支数量充足、结构合理、素质优良的社会工作专业人才队伍。社会工作专业人才是具有一定社会工作专业知识和技能，在社会救助、慈善事业、社区服务、就业援助、贫困帮扶、纠纷调解等领域直接提供社会服务的专业人员。目前，我国社会工作者非常紧缺，严重影响了我国社会治理的专业化水平的提高，这需要我们加快社会工作者的培养和队伍建设，提高社会工作者的待遇，健全社会工作者的激励机制，充分发挥他们在社会治理中的积极作用，提高我们社会治理水平。

习近平总书记指出，社会治理的核心在人，重点在城乡社区，关键是体制机制的创新。中央要求，推动社会治理重心向基层下移，把人力、财力、物力更多投入到基层，以网格化管理、社会化服务为方向，健全基层综合服务管理平台，强化城乡社区自治和服务功能，健全新型社区管理和服务体制。特别是在城乡社区要发挥社会组织作用，实现政府治理和社会调节、居民自治良性互动。

民心是最大的政治。当前，我国社会主要矛盾已经转化为人民日益增长的美好生活需要和不平衡不充分的发展之间的矛盾。这一矛盾在有些地方尤为突出，给基层社会治理带来严峻挑战。为此，一些地方紧紧抓住群众最关心最直接最现实的利益问题，精准施策、靶向发力，努力减少基层矛盾的产生，使地方的发展更有“温度”，让群众的幸福更有“质感”。只有坚持民有所呼、必有所应，把脉民生痛点，抓住民生短板，聚焦群众反映最突出的民生问题，从群众最关注的“厕所革命”“垃圾分类”等类似问题入手，经常梳理一批“关键小事”清单，一件事情接着一件事情办，一年接着一年干，才能不断增强群众获得感，让幸福阳光洒满每一个角落。

《决定》强调，“健全基层党组织领导的基层群众自治机制，在城乡社区治理、基层公共事务和公益事业中广泛实行群众自我管理、自我服务、自我教育、自我监督”。健全党组织领导的自治、法治、德治相结合的城乡基层治理体系，是构建基层社会治理新格局的内在要求。自治是基层社会运行的重要方式和依托，是基层社会充满活力的重要源头。它不但有利于激发群众的积极性主动性创造性、增强社会认同，还有利于减少矛盾冲突、增进社会和谐。加强和创新基层社会治理，能充分发挥基层群众自治的积极作用。

面对新冠肺炎疫情，习近平总书记强调，要改革完善重大疫情防控救治体系，健全重大疫情应急响应机制，建立集中统一高效的领导指挥体系，做到指令清晰、系统有序、条块畅达、执行有力，精准解决疫情第一线问题。他指出，全国都要充分发挥社区在疫情防控中的阻击作用，把防控力量向社区下沉，加强社区各项防控措施的落实，使所有社区成为疫情防控的坚强堡垒。令人高兴的是，我们看到在战“疫”一线既有冲锋陷阵的医务工作者，也有数不清的社区或村委会工作人员，共同筑起了抵御病毒的坚实堤坝。

法治是实现国家治理体系和治理能力现代化的重要依托与重要标志，是社会治理的基础性保障。把社会治理纳入法治化轨道，可以发挥法治对社会治理的规范和保障作用。应该依法赋予并保障群众的自治权利，依法构建群众有序参与并行使各项民主权利的机制，以法治方式统筹力量、平衡利益、调节关系、规范行为。领导干部要善于运用法治思维、法治手段化解矛盾、破解难题、促进和谐。只有弘扬法治精神、培育法治文化，才能努力使循法而行成为全体公民的自觉行动。

习近平总书记强调，“社会治理的最好办法，就是将矛盾消解于未然，将风险化解于无形”，“要坚持把非诉讼纠纷解决机制挺在前面，从源头上减少诉讼增量”。只有坚持源头治理，才能从根本上解决矛盾，防微杜渐。近年来，各地大力推进“最多跑一次”改革，群众对政务服务和公共服务的获得感、满意度得到了大幅提升，但群众投诉举报、矛盾纠纷化解等还存在多头跑、反复跑的问题。为此，一些地方把“最多跑一次”改革延伸拓展到社会治理的全过程，围绕“只进一扇门、办好所有事”的目标要求，构建“党委领导、多方参与、调解优先、司法终局”的新时代矛盾多元化解模式，实现矛盾纠纷化解“最多跑一地”。

发挥法治保障作用，能引导社会公众形成自觉守法、遇事找法、解决问题靠法的法治思维和法治习惯，推动法律服务下沉，强化基层法律服务体系建设，为群众自治提供法律保障。发挥道德在规范人们行为、调节社会关系中的重要作用，加强社会主义核心价值观的宣传和普及，发挥道德榜样的示范作用，则能凝聚社会正能量，营造崇德向善、见贤思齐的良好社会氛围，依靠德治预防和化解社会矛盾。

新冠肺炎疫情期间，防控很重要，非常时期要有非常举措，其实一般民众都理解。但个别人戴上特别的所谓“袖章”之后，一下子变得盛气凌人起来。越是非常时期，越要强调依法行事，疫情防控，绝不是可以随意侵犯公众正当权利的挡箭牌。面对再大的危机，法治的底线都必须守住。在应对疫情的基层治理中，有些执法太过、刻板，没有尺寸，让人感受不到共克时艰的温暖，这就有损党与干部的形象。

面对疫情，各地严防严控，加强人员管理，织起一张张强大的防控网，对阻止疫情进一步蔓延起到了重要作用。病毒必须隔离，但人心不能疏离。人文关怀是应对灾难的强大精神力量，既要有严格的管控，也要有温暖的关怀，从而凝聚起全社会的力量，守护共同的家园。

长期以来，我们在基层社会治理中积极拓宽群众参与社会治理的范围和途径，不断丰富内容和形式。深入开展以居民会议、议事协商、民主听证等为主要形式的民主决策实践，以自我管理、自我服务、自我教育、自我监督等为主要目的的民主治理实践，以村务公开、居务公开、民主评议等为主要内容的民主监督实践，让群众成为基层社会治理的参与者、受益者，全面推进基层群众自治制度化、规范化、程序化，引导人民群众依法行使民主权利。健全社区管理和服务机制，推行网格化管理和服务，发挥群团组织、社会组织作用，实现政府治理和社会调节、居民自治良性互动，夯实基层社会治理基础。

在构建基层社会治理新格局上，《决定》从“完善群众参与基层社会治理的制度化渠道”“加快推进市域社会治理现代化”“注重发挥家庭家教家风在基层社会治理中的重要作用”3方面提出要求。这回应了当前基层社会治理探索的实践成果和城市化进程中的发展要求，具有较强现实针对性和长远意义。

为打赢新冠肺炎疫情防控阻击战，全社会成员守土有责、守土担责、守土尽责（王传顺/摄）

社会治理的创新实践表明，体制机制创新和内生动能激发是一体两面、同构共生、不可或缺的要素。一方面，体制机制创新是推进基层社会治理现代化的制度保障，是撬动和倒逼社会治理各领域改革的“杠杆”；另一方面，只有真正了解民情、集中民智、维护民利、凝聚民心，不断增强人民群众的获得感、幸福感、安全感，才能使体制机制创新的“杠杆”找准撬动基层社会治理内生动能的“基点”，从而真正推进基层社会治理体系和治理能力现代化进程。

彰显中国特色和制度优势

我国国家制度和国家治理体系具有坚持人民当家作主，发展人民民主，密切联系群众，紧紧依靠人民推动国家发展的显著优势。习近平总书记指出，古今中外的实践都表明，保证和支持人民当家作主，通过依法选举、让人民的代表来参与国家生活和社会生活的管理是十分重要的，通过选举以外的制度和方式让人民参与国家生活和社会生活的管理也是十分重要的。党的十九届四中全会提出，完善党委领导、政府负责、民主协商、社会协同、公众参与、法治保障、科技支撑的社会治理体系，并强调完善群众参与基层社会治理的制度化渠道。

中国共产党的领导是中国特色社会主义最本质的特征，是中国特色社会主义制度的最大优势，党是最高政治领导力量。加强和创新基层社会治理，需要多个主体共同参与，但党的领导是根本保证。构建基层社会治理新格局，需要把党的领导贯彻到基层社会治理全过程，提高党的政治领导力、思想引领力、群众组织力、社会号召力，寻求社会意愿和诉求的最大公约数，不断满足人民日益增长的美好生活需要。人民参与国家和社会治理，彰显的是中国式民主广泛、真实、管用的特点和优势，能保证党和国家事业始终以人民为中心、为人民谋幸福，也能有效汇聚起蕴藏在人民群众中的智慧和力量，为党和国家事业发展提供源源不断的动力。

改革开放以来，在经济高速增长、城镇化快速推进的同时，迫切需要解决基层党委政府组织动员能力弱化、基层党建与治理“两张皮”、基层党委政府与广大群众“断层”、基层社会治理碎片化分散化矛盾化等问题。习近平总书记指出，现在，基层社会治理体系中存在不少问题，必须通过改革加以解决。他强调，城乡社区处于党同群众连接的“最后一公里”，要把加强基层党的建设、巩固党的执政基础作为贯穿社会治理和基层建设的一条红线，深入拓展区域化党建。基层党组织是党在社会基层组织中的战斗堡垒，发挥基层党组织的“领头雁”作用，突出政治功能，加强全面领导，确保基层治理沿着正确方向健康发展。

推进社会治理体系和治理能力现代化，关键在党，重心在基层。面对基层社会治理内容复杂、头绪混杂、环节繁杂问题，基层党组织要切实担负起治理主体的责任，把握时代脉搏，体察社情民意，着力固本根基，精准发声发力，战胜前进道路上的各种风险挑战，把党的组织优势转化为了基层治理的效能和活力。如果把每一个党支部、每一名党员都调动起来，把群众的操心事烦心事揪心事解决好，那么党建就真正成为基层社会治理的“压舱石”和“定盘星”。

在基层社会治理改革创新过程中，有些地方坚持以党建为引领，强化系统设计、顶层设计，发挥自治、法治、德治、智治的作用，融合推进“党建”+治理，让关口前移、重心下沉、权力下放，让条块联动、块抓条保，属地统领、捆绑考核，真正实现深耕村（社）网格、做实网格，确保民有所呼、我有所应、上情下达、下情上传，以强有力的党建引领各项事业高质量发展。

“心系群众鱼得水，背离群众树断根。”“治理有效”的根本目标能否实现，群众最有发言权。社会治理只有根植于生动的社会实践之中，立足于火热的群众生活之中，才能产生打动人心的力量。以党建引领社会治理创新，必须以服务群众、造福群众为出发点和落脚点。一些地方通过“一站式”公共服务、“菜单式”便民服务、“项目式”志愿服务，建立起“十分钟服务圈”“爱心银行”等社区党建品牌，思群众所想，排群众所忧，解群众所惑，打通服务群众“最后一公里”，彰显了党建工作的价值，确保党的路线方针政策和决策部署惠及群众。实践表明，基层治理好与坏，关键在于党的全面领导，抓住党建的“牛鼻子”，把党的政治优势、组织优势转化为基层社会治理效能，实现党建引领高质量发展。

城市是兼具多维度、多要素的地理空间，其中既有高密度聚集的地理单元，也有发达的经济体系和多样化的社区形态。党的十九届四中全会提出“加快推进市域社会治理现代化”，为我们探索具有中国特色、市域特点、时代特征的社会治理新模式指明了方向。

市域社会治理体系是党委领导下政府和社会共建共治共享的制度体系，包括一整套紧密相连、衔接协调的体制机制和制度安排。1954 年 12 月 31 日，我国第一届全国人民代表大会常务委员会第四次会议为了加强城市中街道居民的组织和工作，增进居民的公共福利，通过了《城市居民委员会组织条例》；1982 年，基层群众性自治组织被正式写入宪法；为了让城市居民群众依法办理群众自己的事情，促进城市基层社会主义民主和城市社会主义物质文明、精神文明建设的发展，1989 年正式颁布了《中华人民共和国城市居民委员会组织法》，城市基层群众自治建设迈上了法制化、规范化、程序化的轨道；20 世纪 90 年代，民政部第一次提出了开展“社区建设”的工作思路，并持续对社区建设的可行性、必要性进行了研究论证；2000 年，中共中央办公厅、国务院办公厅下发《关于转发〈民政部关于在全国推进城市社区建设的意见〉的通知》，标志着我国城市社区建设在新世纪开启了全新的篇章；2003 年，党的十六届三中全会在阐述科学发展观时提出了“社会建设和管理”的概念；2006 年，国务院印发《关于加强和改进社区服务工作的意见》，第一次提出了加强社区服务体系建设的要求；2010 年，为了适应新形势下加强城市基层管理和服务的迫切需求，中共中央办公厅、国务院办公厅印发了《关于加强和改进城市社区居民委员会建设工作的意见》，旨在增强城市基层管理和服务能力，切实提高居民群众生活水平和生活质量，密切党群干群关系，巩固党在城市基层的执政基础，保障居民群众享有更多更切实的民主权利，维护基层社会稳定；2013 年，党的十八届三中全会正式提出“社会治理”，并提出要“创新社会治理体制”“建立科学有效的社会治理体制”；2014 年，党的十八届四中全会提出“坚持系统治理、依法治理、综合治理、源头治理，提高社会治理法治化水平”；2017 年，《中共中央、国务院关于加强和完善城乡社区治理的意见》印发，城乡社区是社会治理的基本单元，这是我国历史上第一个以党中央、国务院名义出台的关于城乡社区治理的纲领性文件，致力于全面提升城乡社区治理法治化、科学化、精细化水平和组织化程度，促进城乡社区治理体系和治理能力现代化，其中专门指出，要强化问题导向和底线思维，积极推进城乡社区治理理论创新、实践创新、制度创新。

市域社会治理是国家治理在市域层面的体现和落实，需要调动各个城市探索发展的积极性，充分发挥不同地方的独特优势。多年来，我国在市域治理方面开展了一系列卓有成效的工作，比如平安城市建设、文明城市创建、卫生城市建设、智慧城市和小区治理、城市综合管理等，促进了各地城市面貌和治理水平的提升。无论是保障社会稳定、生态安全、安全生产，还是推进社会治安、城市文明、城市治理，都需要充分发挥党委、政府的统筹谋划作用。不同城市的实践探索，为推进市域社会治理积累了宝贵经验。

市域在国家治理体系中具有承上启下的枢纽作用。市域社会治理需要发挥群众力量，包括引入集合群众智慧的议事协商、德治教化、智慧治理、公众参与等创新机制，助推市域社会治理迈向更高水平。社区是城市基层社会治理的细胞和末梢，既是党和政府各项政策落实落地的“最后一公里”，也是基层群众诉求向党和政府反馈的“第一公里”。如何将城市治理进一步向街巷胡同延伸，如何进一步激活党委和政府联系服务群众的“神经末梢”，就成为社区治理体系改革的关键。从自治角度讲，只有认真研究社区治理各个主体之间的权责，发挥社区党组织的领导作用，抓好基层协商民主建设，运用好社区议事厅、居民恳谈会等载体，才能进一步激发各类社会主体参与基层自治的活力，真正让社区回归自治组织属性，回归服务群众的本源。从法治角度讲，要把法治化落实到城市规划建设管理的各个方面，一方面，对于社区治理急需的法律法规，要查漏补缺，解决好不完善、不健全的问题；另一方面，坚决做到依法治理，通过法治实践不断提升市民的守法意识和文明素质，使社区成为基层依法治理的基础和前沿。从德治角度讲，要进一步增强社会主义核心价值观的认同归属感和自觉践行力，在基层社区加强社会公德、职业道德、家庭美德、个人品德的宣传教育，更加注重道德教育的精准性和实效性，形成有效防范价值失范行为的微观环境。文化是集体行动得以产生的规范性因素，也是社会治理可持续的基础。不同的地方面临着不同的物理环境、人群属性和公共问题情景，这也使得这些治理共同体在解决问题时会形成具有自身特色的价值、非正式规范、社会资本和文化。

基层群众自治制度是我国一项基本政治制度，它以农村村民委员会、城市居民委员会和职工代表大会为主要形式。人民群众通过这些群众自治组织，依法直接行使民主选举、民主协商、民主决策、民主管理和民主监督权利，广泛参与基层公共事务和公益事业管理。实践表明，我国的基层群众自治参与人数众多、自治领域广泛、民主实践生动，展现出旺盛的生机活力，是加强和创新基层社会治理的有效形式。

乡镇和街道治理体制建设，是推进国家治理体系和治理能力现代化的基础性工作。乡镇政府和街道办事处是我国最基层的行政单位，很多上级指令要通过它们来实现，人民群众通常也是通过与它们接触来感受党和政府的温暖。在区划调整改革中，针对乡镇、街道普遍面临的“事多人少”难题，统筹推进乡镇、街道机构改革，在统一规范设置办事机构的基础上，可自主设置特色机构服务特色发展。

随着城镇化不断推进，农村各家各户几乎都有人在外上学或务工。新冠肺炎疫情，是一次对农村基层组织、群众基础和治理能力的重要检验。令人欣慰的是，各地村干部轮流值班、党员分片包保、志愿者站岗排查、村里能人积极倡导、在村村民互相监督等举措多管齐下，有效减少了人员流动性，最大程度实现了对病毒的物理隔离。中国基层的疫情防控网，正是靠千万基层干部“一针一线”编织起来的。

在“十三五”规划中，提出加强和创新社会治理，并提出要建立共建共享的社会治理格局。党的十九大报告在加强和创新社会治理领域，提出要建立共建共治共享的社会治理格局，即在“共建共享”基础上增加了“共治”，更加充分地体现了治理的核心思想。

共建共治共享作为一种理念，描述了政府与社会之间互动的理想蓝图，但现实中需要找到实现路径和方法。一些地方在推进共建共治共享方面进行了一系列探索，比较典型的是建立“小巷管家”“接诉即办”和“问计于民”等。“小巷管家”的建立，让市民能够随时找到政府，并且能够让政府从被动应对问题到主动发现问题。“小巷管家”涉及政府官员、社区工作者和民众等多样性人群，是一个调动各方力量共同参与社区治理的努力。“接诉即办”则是问需于民的具体体现，让居民通过热线直接找到政府，这是一个问题发现的过程。“问计于民”是政府与民众一起寻找解决方案的过程，通过建立居民对话会、多方协商等方式来促进共同行动。

新冠肺炎疫情是对国家治理体系和能力的大考。国际舆论纷纷热赞“中国组织力”，高度评价中国集中力量办大事的制度优势——“只有中国可以！”，成为海外社交媒体上的“超高频”网友留言。国际社会看到，在中国，有最能凝聚全国力量，最有办法把人力、财力、物力切实有效地集中运用到疫情防控工作上的制度体系和社会环境——在中共中央统一指挥、统一协调、统一调度下，坚定信心、同舟共济、科学防治、精准施策，"全国一盘棋"释放出无穷无尽的战斗力。一方有难、八方支援的互助行动遍及神州大地，疫情防控的人民战争进一步让世界感受到中国人民坚不可摧的意志、愈挫愈奋的精神。

随着中国治理体系和治理能力建设进入新的历史阶段，提升民众的幸福感获得感不仅体现着一种价值理念，更是一种发展智慧，民生工作的水平高低成为治理能力的直观体现。党的十九届四中全会提出了把制度优势更好转化为国家治理效能的时代课题，重中之重就是把"人"这个关键因素放在中心位置，将解决好民生问题作为完善社会基层治理体系的主要抓手或支点。只要坚持和完善中国特色社会主义制度、推进国家治理体系和治理能力现代化，以人民情怀彰显治理价值，以人民智慧激发更大活力，就一定能凝聚起实现中华民族伟大复兴的磅礴力量。

"众志成城、武汉加油"宣传画

跋　一页页裹着火的纸

一直炒得沸沸扬扬的贺岁片《夺冠》(原名《中国女排》)因多种原因没有在2020年春节如约而至，其中也与武汉的“一声咳嗽”有关。

这个春节，口罩成了最中国的表情。阖家团圆的春节前夕，新冠肺炎疫情迅速从武汉、进而从湖北蔓延全国。习近平总书记迅速排兵布阵，武汉开始封城，全国各地纷纷开始启动一级响应。新时代的保卫战打响!

过年，成了过关。新冠肺炎疫情来势汹汹，每天跳动的疫情数据牵动着每一个中华儿女的心，让这个春天显得格外寒冷和恐慌。但是，在最初的惊慌失措后，看到那些奋战在抗击疫情一线的身影，看到那些奔走在支援路上的勇士们，无情病毒带来的“寒冬”终将慢慢远去，一个温情的春天正向我们走来。

这次抗击新冠肺炎疫情，是对国家治理体系和治理能力的一次大考。每有大事，时政主流期刊《中华儿女》不缺席！我们没有退缩与畏惧，第一时间紧急行动起来，以笔为戈，以纸为盾，策划、采访、约稿、写稿、编辑、制作等几乎占据了我们许多同事除睡眠以外的所有时间，用自己的方式讲述中华抗疫的故事，传递中华儿女的感动与力量，凝聚中华儿女的共识，鼓舞众志成城的士气，共克时艰。

疫情面前，最打动人的是真实，而我们用笔用双脚记录下了这真实。一个个感动，戳中泪点。我们看到，白衣天使们“医”无反顾，抗击疫情的路途虽有千难万险，但阻不断他们逆行的最美风姿；我们看到，许多基层干部和民众以极高的效率严密布防，提升着社会治理能力，用一项项“硬核”举措筑起了一道道抗击疫情的防线；我们看到，各类企业出手了，一笔笔资金、一桶桶消毒液、一箱箱口罩、一件件防护服……被分文不取地送往了各地的医院和救灾物资集散地；我们看到，迅速成长的“90后”“00后”站到战疫最前线，年轻护士脱掉防护服后的勒痕照成了这个时代最美的影像；我们还看到，海外华人心系祖国、心系同胞，从世界各地以各种方式支持祖国渡此劫难……

第一时间推出的这部《赶考2020》，是我们联合出版社用自己的方式助力这场战“疫”。一行行文字的背后是一幕幕鲜活的故事，我们是眼含热泪看完一篇篇来自天南海北带着温度的稿件的，我们仿佛听到一个个“去武汉！”的响亮而让人热血沸腾的声音。“不计报酬，无论生死”是他们出征的誓言，口罩在脸上留下的压痕是他们战斗的勋章。

一个有希望的民族不能没有英雄，一个有前途的国家不能没有先锋。每一场特殊战斗，都需要一批英勇的战士；每一次生死搏斗，都会涌现一批无畏的勇士。我们常常看不清他们的脸，因为他们总是站在我们前面。这些天，各行各业工作者挺身而出、义无反顾，冲锋在疫情防控第一线，为防控疫情提供保障，为万家团圆提供守护。透过照片，我们不知道你是谁，我们却知道你为了谁！透过文字，我们知道他（她）离享受静好的人们物理距离很远，但是我们清楚他（她）离这个战“疫”很近、离我们的心很近。有的夫妇结伴去抗疫一线，他们说最好的爱情就是“战在一起”。

“‘非典’时你们保护‘90 后’，现在‘90 后’保护你们！”一群美丽的白衣天使们为降低传染风险、避免滋生细菌，相约剪掉心爱的长发，发誓：“疫情不除，头发不留！”我们突然觉得他们在一夜之间就长大了！

当年打仗是攻城，如今打仗是封城，居家隔离已成为普通百姓无人不知的特殊贡献。有的人说，被困在家里不能上前线，不能捐物资，那就好好待在家里、不出门乱晃，不为国家添乱。是的，很多人没有机会冲锋在前、没有条件到疫情一线，却接受自己平凡而普通的居家生活以默默支持战“疫”。其实，被隔离的城市与乡村，没有隔离爱！一场疫情，让我们因为口罩紧紧连在一起，让我们明白：活在这个世上，除了生死，其他都是小事。没有什么比生命重要，没有什么比活着更好；让我们明白：因为爱，我们暂时离开。

那些饱含温情的画面，被我们悉数记录了下来，让我们感受到了每一个平凡人的战“疫”心路，看到一位位专家誓言夺“冠”的铿锵脚步，也看到了社会各界众志成城、抗击疫情的伟大力量。在看不见硝烟的战场之外，一个个中华儿女用尽“十八般武艺”奉献“涓涓暖流”，以一个个行动、一颗颗爱心感动着这个世界。大事前看担当，平凡中见真情。无数个你我他，用坚守与奉献构筑起一道道健康防线，一个个中华儿女真切地体会到什么叫无畏、坚韧、奉献。

最美的中国，不在远方，就在身边，就在我们书写的一页页纸上。我们以这部厚重的书向英勇的中华儿女致敬，向抗疫英雄致敬，向和衷共济、迎难而上、敢于胜利的中国精神致敬。文字中一个个温暖的举动和瞬间，让我们倍感温暖和鼓舞。一个个真心英雄，凝聚成一幅中华民族面对疫情不屈不挠的画卷，承载着一个个城市或乡村的温度。

惊雷骤雨噩音频，蠹孽衔冠唬骇人。
铁令锁城封汉口，黎元披甲战瘟神。
华佗定有驱魔术，扁鹊该知陆毒苗。
黑夜凄凄终远去，春临冰破九州新。

有感战“疫”，作诗一首。疫情防控还在继续，疫情之下还有更多的故事更多的感动正在上演……他们是普通人，他们中有你也有我！他们是英雄，我们每个人都是英雄！我们守土有责、守土担责、守土负责，所有的人都在努力，有理由相信全民参与、全域防控会很快赢得最后的胜利。我们坚信：没有一个冬天不可逾越！

加油武汉！加油中国！

2020 年 3 月

红旗出版社 RED FLAG PRESS 推动进步的力量

图书在版编目（CIP）数据

赶考2020 / 王跃春，余玮主编．—北京：红旗出版社，2020.4

ISBN 978-7-5051-5164-2

Ⅰ．①赶…　Ⅱ．①王…②余…　Ⅲ．①报告文学—作品集—中国—当代　Ⅳ．①I25

中国版本图书馆CIP数据核字（2020）第040645号

书　　名　赶考2020
主　　编　王跃春
执行主编　余　玮

出 品 人　唐中祥
总 监 制　褚定华　徐　澜
封面设计　蒋宏工作室
出版发行　红旗出版社
地　　址　（北方中心）北京市沙滩北街2号
　　　　　（南方中心）杭州市体育场路178号
编 辑 部　0571-85311182
E-mail　674079684@qq.com
图文排版　阳光盛嘉
印　　刷　三河市龙大印装有限公司
开　　本　710毫米×1000毫米　1/16
字　　数　210千字
版　　次　2020年4月北京第1版
书　　号　ISBN 978-7-5051-5164-2

责任编辑　曾晓蓉
责任校对　周婷婷
责任印务　金　硕
邮政编码　100727
邮政编码　310039
发行部　（北京）010-57270296
　　　　（杭州）0571-85311330
印　　张　17
印　　次　2020年4月北京第1次印刷
定　　价　58.00元

欢迎品牌畅销图书项目合作　联系电话：（北京）010-57274627　（杭州）0571-85310181
凡购本书，如有缺页、倒页、脱页，本社发行部负责调换